六界妖后 6

張廉
插畫／Izumi

Kadokawa Fantastic Novels DX

目錄

第一章　都是孩子

我靜靜地站在聖池旁，揚臉望向懸浮在聖池上方的暗光，它巨大的黑暗身影投落在聖池中，如同一輪黑色的月亮，帶出一種特殊而神祕的靜謐。

那輪黑色的月亮在聖光的池水中，宛如一個可以吞噬一切的黑洞，靜靜地以肉眼不可見的速度旋轉，讓人誤以為它是靜止的。

它是我的神器，從前，我一直在它體內，出來時，還未像今天這般好好地看過它。它讓人感覺到的那種靜謐、空曠而神祕，宛如整個黑暗的宇宙出現在面前。明明看不到任何生命，卻感覺得到有生命正在孕育著，讓人想知道宇宙會孕育出怎樣的生命，這種誘惑很難抵擋。

萬千年前，聖陽和玥就這樣站在聖池邊，注視著我，等待我的降臨。他們誤以為我是邪神，因為當這個世界開始有邪惡的力量時，這些力量開始源源不斷地被我吞噬。

可笑的是，我在降生時，也以為他們是對的。

直到我的力量越來越強大，越來越深的記憶被喚醒，我才知道自己不是邪神。

我先於他們出現在這個世界，一直在沉睡。因為世界未成，善惡未分，我虛弱得如同母親子宮裡的嬰兒，沒有任何記憶，沒有任何感知。

當他們降臨世界後，伴隨而來的惡才喚醒了我。只是，他們那時也不知心中埋有惡，被自己的善一直欺騙著。而那幾乎不可見的惡正在他們心底最陰暗的角落，一點點地發芽、滋生，當他們意識到時，自身的性情已變。

陰陽平衡，善惡平衡，不是說有了神就要有魔，而是在於每個人的心。人們認為大惡是入魔，我卻覺得大善也是一種入魔，一種對於渴求善的入魔。

「麟兒，我跟剎成婚了，最近感覺身體有些奇怪……」我撫上自己的小腹，像是有一團氣在小腹內始終運轉著。我雖然沒有孕育過胎兒，但也知道孕育胎兒的感覺不是這樣的。

我從未孕育過神族的孩子，自然沒有經驗，但我小腹裡的東西絕對不是胎兒。那感覺和我的神丹在調息旋轉時有些相似，但又有所不同，它是溫暖的，旋轉勻速而有規律，會吸收我的體力，卻不吸收我的神力。

這也因此讓我感覺到一絲乏力，這種乏力不像是神力被耗盡，而是像凡人一樣，變得虛弱。剎還不知道這件事，因為我不知道自己到底怎麼了，也不確定身體到底怎麼了，無法跟他說明，也無法跟任何身邊一個男人說。所以現在只能跟麟兒說了。

「紫垣他們也下界了。吃不飽整天趴在神門前睡覺，不知那個世界現在怎樣了……」我靜靜地凝視暗光漆黑的表面：「麟兒，等你醒來，我們一起去那個世界看看吧，你應該想見見天水才對。」

暗光漆黑的表面忽然出現了一絲震盪。

我微微一驚。暗光不僅僅是我的神器，也是我身體的一部分，它和我是融為一體的，它的波動讓我感覺到了它體內的心跳。

我的心也立刻產生了一絲震盪，血液開始波動起來。

我心跳加速地踏上聖池的水面，水面在我的腳下蕩開一圈平靜的漣漪。我站到暗光的下方，它異常光潔的表面映出了我的身影。

我伸出手，慢慢地摸上暗光。暗光的表面再次震盪了一下，撲通！切切實實的心跳聲，傳入我的腦中。

我欣喜地摸上了暗光：「麟兒……」

——撲通……撲通……

暗光表面的震盪越來越頻繁，一圈又一圈漣漪在暗光的表面不斷出現，打亂了我映在暗光表面上的臉。

——撲通！撲通！撲通撲通撲通！

心跳聲越來越清晰，越來越快速。

我後退了一步，好讓自己看見暗光的上方側面。忽然，暗光整個表面變得安靜，整個世界的空氣也宛如徹底凍結般陷入了寧靜。

我緊緊盯著暗光，生怕視線剎那間的游移讓自己錯失一切。

緩緩的，暗光的側面開始出現一圈漣漪。暗光漆黑的表面開始浮現出人的五官，最先是鼻子，然後是面頰，深凹在眼眶內的眼睛。

我激動地看著這一切——我的麟兒，終於降生了！

漆黑的臉孔輪廓完全從暗光中浮出，但依然被暗光包裹著，看不到他正常的肌膚，肩膀開始從暗光中脫離，身後如同拉絲，依然與暗光相連。

緩緩的，他被暗光包裹著落到我面前，整個懸掛在了半空，雙腳依然在暗光之中。一點一點人色的肌膚從黑色中漸漸浮出，像是一片又一片碎片開始慢慢拼湊起來，麟兒的臉漸漸映入我的眼簾。

我激動地立刻抱住了他的脖頸：「我的麟兒……」

「娘……？」他虛弱的聲音映入我的耳中。我笑了，離開他的脖頸捧住他的臉，看著他緩緩睜開的、如同嬰兒般清澈的眼睛：「不，我是你師傅。」

一綹又一綹髮絲脫離了暗光，紛紛垂落我的臉龐。他一直看著我，用麟兒最初的目光看著我，似是想起了什麼。他睜了睜眼睛：「我……認識妳……妳叫……師傅……」

我點點頭。

他久久看著我，然後笑了，純真的笑顏如同六歲時的他。

那時，我騙他我是他娘，他信了，然後哭了。因為我騙了他，六歲的他，只想要個疼他愛他的娘。

如今，他以為我是他娘，我卻是想哭了。麟兒，我可不是你的娘，我是你的師傅，是你的愛人，是你未來的……妻子……

啪！他身後與暗光相連的拉絲突然全數斷裂。

「啊！」一聲，麟兒墜入了我面前的聖池之中，帶著一絲滑膩的池水只是蕩漾了一下，漸漸恢復平靜，他沉入了池底。

沒。

「麟兒！麟兒！」我立在聖池中呼喚他。腳下的池水很平靜，平靜得像是將他已經徹底吞

忽的，聖光閃耀的聖池中似是游過一條細細的黑色的小蛇，我一愣，正想細看時，嘩啦！麟兒整個人從池水中而出。我欣喜地看著他，聖光的池水從他的臉上緩緩淌落，滑膩的池水一點一點流過他修長的頸項、赤裸的鎖骨、結實硬挺的胸膛和肌理分明的腹肌，一點肚臍嵌在他腹肌之中，宛如黑寶石一般。

黑色的髮絲黏附在他的身上、手臂和後背，服貼在他窄細但精壯的腰肢上，勾出了他讓人心跳加速的性感身軀。

他開始好奇地打量四周，純淨的神情如同不經人事的孩子。

「這裡是聖池。」我說。他的目光再次回落我的臉上，烏黑的眼睛清澈而透亮。他認真而仔細地打量著我，注視我的視線變得越來越熟悉，越來越深邃。濃郁的情愫從他的眸底不斷地湧出，他忽然伸手一把拉過我的身體，埋下臉吻上了我的……唇……

「師傅，我終於見到妳了。」他幽幽的話語像是已經想起了我，帶著深深的情。

我立刻抱住了他，他俯下身也用力抱緊我的身體，我們終於再次相聚。此刻的相聚是如此地不易，我們經歷了太多太多，甚至是他的灰飛煙滅！

太多太多的話一下子湧上心頭，卻讓我不知如何說起。他應該還未全部想起，我不想說太多太多我們的過去，給他一下子塞入我們所有的回憶。

那些記憶還在他的心裡，只是還未被點亮，還未甦醒，他需要一點一點將它們找回，找回我

們曾經的世界。

「師傅……」他靠在我的肩膀上緊緊地擁住我，像是他對我的愛已化作本能。他本能地擁抱我，即使忘記我們之間所有的一切，他依然記得我的臉，我的溫度和我叫……師傅。

我也緊緊地環住他的脖子，靠在他的頸邊，不想再放開，不想再失去他。我深深吸入他的氣味，忽然，眼前晃過一條黑色的小蛇，讓我一時忘記了呼吸。

那條前端尖尖的黑色小蛇從左往右晃過，又從右往左晃過，我這次真的看清了，麟兒……居然長了條尾巴！

黑色的尾巴像是他黑色的魔力。

「麟兒……」

「師傅……」

「你……有尾巴了……」我一伸手，正好把再次晃過的尾巴握在了手中。

「唔！」他悶哼一聲，雙手開始從我身上滑落。

「麟兒！」我立刻抱住他。忽然，暗紫色的魔光從他身上閃現，尾巴上的魔力瞬間劃開了我的手心。我下意識鬆手時，他在暗紫色的魔光中懸浮起來，整個人被魔光籠罩，無法再看清，隱隱可見他身形越來越小，一對魔光的翅膀開始在他身後撐開。

他成為這個世界真正的魔神，我們神族的剋星！

魔光開始收回他的魔翅，他六歲時的模樣從魔光中浮現。當魔光完全炸碎時，他身穿小小的黑衣墜入我的懷中，魔光閃耀的魔翅漸漸化作和蝙蝠相似的小翅膀，兩顆小小的尖牙微微壓在下脣上，黑色的小尾巴無力地垂在身後。

我徹底呆滯地橫抱著他小小的身軀。魔族多有尾巴，所以，身為他們的真神，有尾巴不奇怪，可他居然變回了小孩子！

空氣中帶出了剎的氣息，我抬起臉時，他已經立在聖池邊吃驚地看著我懷裡的麟兒。他的臉上已不再青白、死氣沉沉，多了分生氣讓他在神界的人氣越來越高。再換上青色銀紋的華袍，更少了冥王天生陰森的氣息。

「剎……」我鬱悶地看向他，他也朝我看來。「我可能……真的要先做麟兒的娘了……」

「嗤。」他側開臉，忍不住一笑。

我立刻沉下臉：「很好笑嗎？」

「咳！」他輕咳一聲，轉回臉看我：「這裡畢竟是神界。他是我們的剋星，神界自然也是他的剋星；他是魔族，降生讓他很虛弱，這裡又無魔力讓他補充，他變回孩子也不奇怪。」

我抱起麟兒，悶悶不樂地側開臉。我也知道他是怎麼了，就像當初我跟帝琊打得虛脫變回小孩一樣。

「妳可以把他送去魔界。」剎說。

我搖搖頭，從聖池中飛起，落到他的身旁。他落眸看我懷裡熟睡的麟兒，我微微擰眉：「他和我最初降生時一樣，現在不能接受太多的魔力，一是對身體有害，二是會打亂他心中善惡的平衡，他會真的入魔。有些事還急不來。」孩子就孩子吧，我已經等了那麼久，不能為了盡快讓他恢復成人而功虧一簣。

剎聽完也是贊同地點頭，伸手托起掛在麟兒身後的尾巴，一縷縷暗紫的魔光從尾巴上流過。他看了一會兒，再看麟兒身後的魔翅，也是魔光流動，如同血液。

「既然有了尾巴和翅膀，他應該還會長角。」剎看向他的眉心。

「角？」我擰緊眉，看向麟兒的眉心，魔印立刻隱現，不由揚笑：「這可是真正的魔神，魔印也與我們不同。」

「嗯，應該是。」剎認真看了一會兒，似是想起什麼，抬眸看我：「小妹，妳說過，妳和玥大戰時撕裂了時間，出現了平行世界；那麼，另一個世界的鳳麟也會以魔神的身分降生，那裡的妳若不與他相愛，他心中無愛，會不會真的入魔？」

他的話讓我不由也有些擔心，看向懷中的麟兒：「若真是如此，也是那個世界的事了，我們不能干預。但我相信，那個世界的我和麟兒也會相愛。」我看向麟兒柔嫩的臉，不由壞壞而笑：「其實……他是小孩子也不錯，我仍然很懷念他小時候的樣子。」我忍不住一手抱著他一手捏他的臉蛋：「看，多好玩～～」

「妳輕點兒。」剎擰擰眉，握住我欺負麟兒的手：「妳可以先帶他去異界，那裡的魔力不多，是最初的，適合他成長。」他收回手，認真看我。

我看向他，想了想，邪邪地笑了：「那裡的他們也該是這點歲數吧。」

剎的面容立刻緊繃起來：「妳想做什麼？」

我揚唇壞壞對他一笑：「你說呢～～～」

他眸光緊了緊，立刻扣住我的肩膀：「還是我帶鳳麟去那個世界吧。」

人……

「不！」我抱起麟兒直接飛起。這種好事怎能讓給別人？而且，那裡也有麟兒想見的另一個人……

他對麟兒恢復記憶會有幫助。

「我現在就去。」我朝神界最高之處飛去。

「小妹！別鬧！」剎急急地喊。

我懸停半空，衣裙飛揚，往下遠遠看他：「放心～～～我會手下留情的～～～～」我的嘴角已經邪邪揚起。

他站在下方的身形更加緊繃一分。

我懷抱麟兒邪邪一笑，轉身往上繼續飛去。

自從創世之後，我封閉了異世之門，徹底告別了我和聖陽等六神之間的過去，也是為不讓這個世界影響另一個世界的成長。

是時候該去看看他們了。

❖

我落在神台上，趴在門前的吃不飽只是抬了抬眼皮：「娘娘，妳來啦……」

「嗯。」我懷抱麟兒，大步走向神門。吃不飽轉轉眼珠，在看到我懷中的小人時整個躍起，神光閃現，長髮立刻飛揚在門邊。雙臂撐開之時，已經露出他分外壯碩的胸膛，兩塊胸肌在大開的領口中鼓起，泛著如同他是吃不飽時皮膚緊繃的迷人光澤，粉紅的桃花在繃開的衣領內若隱若現，性感而狂野。

「娘娘，他是誰！」他壯碩的身體擋在門前，像是一堵牆。

我仰起臉，邪邪一笑：「你猜？」

他緊緊盯視麟兒片刻，忽然轉身趴在神門上捶打：「連孩子都有了……不公平啊……我什麼時候才能有我的小吃不飽啊……」

我的眉腳瞬間抽起，抬腳毫不猶豫地踹在他挺翹的臀上：「別亂猜！不是我跟剎的孩子！」

他的臀部踹上去格外硬實，不像是那種有彈性的臀部。

他沒有轉身，只是轉回臉，從長髮下再次瞄了麟兒一眼，視線落在他掛落的尾巴上，瞬間轉身張開嘴就要撲來！

我立刻飛起後退，厲喝：「吃不飽，你幹什麼？」

吃不飽瞇起眼睛，憤懣地狠狠盯視我：「娘娘，妳居然跟八翼……」

啪！我直接甩出小竹新做的蛇鞭，抽在了吃不飽的臉上，紅痕立刻浮現。他一時傻了眼，我收回蛇鞭甩落在地，啪！

「你睡多了腦殘是不是？」我一手抱住麟兒，攥緊手裡的蛇鞭。

吃不飽用一種無畏無懼的神情看向我：「他有和八翼一樣的翅膀和尾巴！娘娘妳居然……」

他狠狠指向我，目光裡滿是怨婦一樣的神情。

我的眉腳抽搐，想再次抽他時，他又轉身趴在了神門上，開始捶打：「不公平啊——什麼道理啊——我以為妳不跟我生小吃不飽是因為嫌我是獸，原來妳跟八翼連孩子也生啦——」

「吃不飽！」

啪！啪！啪！我甩起蛇鞭，在他後背連抽三下。他扭了扭屁股，轉回身一臉鬱悶地一邊撓後背，一邊垂下眼皮看我：「娘娘，妳那是什麼眼光？八翼都被我撐鬆了，有什麼好？明明我健壯多了，看我的肌肉。」他開始擺弄自己的肌肉：「多有型，多有力，保證讓妳開心……」

「這是麟兒！」我終於忍不住說出了答案。我從降生到拆光帝琊他們的神骨，何曾後悔過！但今天，我真的好後悔自己居然讓吃不飽來猜謎，他的想像力超乎我的想像！

吃不飽怔住了神情，呆呆看鳳麟：「娘娘，妳說這小娃是鳳麟？」

「是啊！他剛降生！」

吃不飽又呆了片刻，忽然再度轉身趴在神門上捶打，這次不是哭喊，而是偷笑：「噗！太好了，終於少了一個男人。」

我的臉瞬間黑到底。吃不飽在想什麼，我還不知道？

「讓開！我要送他去異界。」我沉臉收起蛇鞭。

吃不飽此刻可以說是用最快的速度讓開：「好的！」他的雙眸放出了激動的眸光。

我斜睨他。他立刻斂起興奮表情，繃緊臉皮，努力不讓自己笑出來。

我還不知道他？他最希望我把所有男人都送去異界。看他那副樣子，我忍不住壞笑道：「我和他一起去～～等他長大再回來～～～」

果然，在我這句話說完後，吃不飽是真的笑不出來了。他抿抿嘴，不開心地轉開臉：「他們有什麼好？娘娘是不是給我個機會，妳給我個機會我保證……」

「你閉嘴！」我橫白他：「老實點。」

他不甘願地白我一眼，退到一邊不再說話。

我抬手揮出神力，神力掃過有著聖陽浮雕的神門，隨即傳來轟隆隆的聲音。聖陽的雙手開始打開，四顆魂珠閃亮起來，神門緩緩開啟。立刻，新世界清新的氣息撲面而來，讓人不自覺地揚起笑容。

我看看還在不開心的吃不飽：「還不過來？不想出去遛遛？」

吃不飽一愣，立刻看向我，我對他無奈地笑了笑。他頓時眉開眼笑地跟了上來，威風凜凜地站在我身旁。

我回頭看看神門：「不能沒人看守神門，讓小竹來。」

「小竹？」吃不飽忽的驚呼，我瞥眸看他有些不自然的神情：「小竹又怎麼了？你大驚小怪什麼？」

他的眼神開始閃爍游移，一手摸上自己的胸膛：「小竹……小竹……」

看著他那副忽然心虛的神情，我瞇起了眼睛，心中立刻召喚：「小竹，你在哪兒？」

我瞥眸看吃不飽，他偷偷看我一眼，立刻轉臉看向別處，一手摸著自己的嘴。

「娘娘～～我在吃不飽大人的肚子裡～～～」耳邊已傳來小竹分外鬱悶的聲音。

我的臉登時陰沉下來：「吃不飽——你又背著我幹什麼好事了——」

吃不飽的後背登時僵硬，我的蛇鞭已經再次甩出。他眨眨眼，看看我手中的蛇鞭，隨即轉過身，然後便聽見一聲嘔吐的聲音，嘔——
——撲通！
吃不飽旋即淡定地轉回身擦擦嘴：「沒什麼意思，跟小竹玩玩。呵……」他站在神門邊心虛地笑著。
「娘娘——」小竹從他身後出現，渾身濕透，本來漂亮順滑的綠髮被吃不飽的唾液完全浸濕而黏糊在一起，身上也是分外腥臭的味道。他朝我跑來，我立刻揚手：「站住！」
小竹腳步一頓，下一刻就生氣地開始告狀：「娘娘！吃不飽大人太過分了！我看他一人守門寂寞，好心好意給他送吃的，結果他就把我給吃了！吃不飽大人，你怎麼可以這樣？」小竹轉向吃不飽，吃不飽微微側開臉看向別處，似是完全不把小竹放在眼中。
「我那麼崇拜你，你怎麼可以吃我？你吃了我誰照顧娘娘？誰看好娘娘的床？」小竹憤怒地說著，沾在嘴唇上的吃不飽的唾液四處噴濺。
吃不飽立刻瞇起了眸光，殺氣已經隱現，嘴中嘟囔：「就為這個，也要吃了你！」
「吃不飽大人……你！」
「你們兩個都閉嘴！」我厲喝之時，懷中的麟兒似是被我們吵到，動了動身子。我立刻抱緊他，冷冷看著二人。
小竹氣憤地收住聲，噁心地看自己全身。
吃不飽嘴角微微一揚，抬手伸出小拇指，悠哉地剔牙。
我擰眉瞥眸看小竹：「去洗乾淨！」

「知道了……」小竹滿臉的委屈和鬱悶。

我再瞥眸看吃不飽：「你別跟我去了！」

吃不飽的後背立刻一僵，猛地轉身跳起，四肢落地趴在我的裙下：「娘娘，我知錯了！」

滿臉吃不飽唾液的小竹狠狠看吃不飽。

我懷抱麟兒，看了一會兒吃不飽：「答應我不再吃小竹，我才帶你去。」

吃不飽一怔，看樣子還有些猶豫。

「吃不飽大人，你還想吃我？」小竹不可思議地看著吃不飽。

「不吃不吃了。」吃不飽不耐煩地轉開臉：「我還嫌你臭呢。」接著滿臉嫌棄地轉回臉看小竹：「你那麼臭，會熏死娘娘的！」

「我臭？」小竹受不了地翻白眼：「你那是嫉妒！嫉妒我守護娘娘的床，而你只能在這裡守門！」

立刻，吃不飽眯起了雙眼，殺氣再現。

小竹也瞇起了綠眸，再也不是一臉崇拜的模樣。

我瞥眸冷冷看向他們，小竹似有察覺，立刻收起殺氣，噁心地聞聞自己的身上，生氣地看吃不飽：「你都把我弄臭了！哼！」接著鬱悶地轉身一躍，躍下了神台。

吃不飽慢慢起身，走到神台邊伸長脖子探臉看了看，臉上露出一抹老謀深算的陰笑。

我橫睨他一眼，轉身走入神門：「還不走？瞎看什麼？」

「來了！娘娘！」

接著就感覺身後一陣大風撲來。我轉身時，他已經化作一坨黑黝黝的肉趴在我的身後，朝我吐著舌頭，激動地挪動四肢：「娘娘，上來，快上來。」

我抽了抽眉，直接甩出蛇鞭纏在他的脖子上猛地一收，他登時翻了白眼：「嘔！」

「真要遛遛你給你減減肥了！走！」我轉身拉起繩子，走入幻彩琉璃的通道，身後傳來沙——的拖地聲。

走到通道的盡頭時，我停下了腳步。即使神光覆蓋了面前的一切，我依然感覺到了那熟悉的氣息。他已經感應到我的到來，此刻就站在門的另一邊。

曾經的他，是我曾經的愛；那時的他，是我的全部，是我的世界。

但現在的他，已經不再是那個人，而是天水。

他跟他，已經不再相同，但是我知道，他們對我的愛，依然一樣。

我看著面前的神光，清晰地感覺到他深深的視線已經穿透面前的光芒，落在我的臉上。我知道自己即使能跨出這個門檻，這顆心，依然跨不過。

我抬腳跨出了神光，那一刻，天水的容顏已經映入我的雙眸。他微笑地注視著我，徹黑的眸中是太多太多的話語，多到他似乎也陷入了混亂。但是，他依然努力保持臉上的微笑，不希望讓我看出他內心的激動。

我竟是也一時沒了話語，只是一直看著他，沒有了來時想戲弄御人他們小時候的心情，也無法保持臉上邪邪的笑容。

我們就這樣一直對視，他看著我，我看著他。他像是激動得不知該如何開口，而我卻是尷尬得不知如何開口。

「嗯……」懷中的麟兒微微一動，吸引了他的目光。他看向我懷中，第一刻認出了麟兒，欣喜上前：「鳳麟降生了！」

「嗯。」終於有了話題，打破我們之間那讓我幾乎窒息的寧靜。

他高興地看著鳳麟：「他很虛弱，妳是該帶他來這裡。」

「嗯，這裡可以讓他的身體先獲得穩定。」我抱起麟兒，再次看向他：「而且，你是他曾經的親人，對他恢復記憶有幫助。」

天水的臉上浮現絲絲懷念的微笑：「是啊，那時我們住在一起，我照顧他的時候，我自己也才九歲。」

我在天水回憶的話音中出了神。他是天水，他僅僅是天水，他擁有和麟兒一起的過去，他們從小一起長大，相依為命，這份深深的感情，讓我羡慕，又讓我嫉妒。

我的兩個最愛，居然在一起。

心中五味交雜，像是吃醋的感覺讓我有些煩躁。

「吃不飽！」忽然，傳來了八翼欣喜的驚呼。天水微微一笑，讓開了身體，八翼立刻朝我的方向奔來。天水微笑看向趴在我身邊的吃不飽：「吃不飽，八翼可是很想你啊。」

「煩！」吃不飽擰起眉，八翼已經跑到吃不飽面前蹦蹦跳跳：「吃不飽！走！我帶你去看看這個世界。」

吃不飽懶懶地看他一眼：「不去。」

八翼微露失望，神光一閃，現出了人形，豔麗的粉髮垂落胸前。八翼轉臉看向我：「娘娘，吃不飽還是那麼懶。」

「嗯。」我勾起了唇，壞壞一笑，將手裡的蛇鞭放到八翼面前：「帶他去減減肥。」

吃不飽登時跳起：「不要讓八翼遛我！」

吃不飽還沒說完，八翼便欣喜地再次變回原形，咬住我手中的蛇鞭轉身就跑了：「是！」

沙——吃不飽從我身邊被拖了出去。他鬱悶地看我，回過身把臉靠在地上，在八翼的奔跑中一路滑行。

「吃不飽也算是懶到一種境界了。」天水看著吃不飽遠去的身影而笑。

我抬眸環視，發現周圍已和我離開時完全不同，四處仙花綻放，彩蝶飛舞，不像曾經的神宮那般單調沉悶。

「這裡變了。」我們面前是一條光輝璀璨的小道，蜿蜒而下，通往一個恰似水晶般純淨的新天地。

我向前走去，他卻伸手攔住了我：「妳要換身衣服。」

我看向他，他身上只是一件最簡單的麻質長衫，簡簡單單的圓領，僅僅只有一圈銀線繡成的花紋。這簡單的服飾將我的思緒再次拉回遙遠的過去，那個世界的最初……

「給妳。」我的面前遞來一件也是簡簡單單的白衣，針線細密精緻，絲絲的熟悉感讓我宛如已經看到了它的主人縫製它的畫面。

我揚唇輕笑，伸手推開面前的白衣：「你想做什麼？」

他的目光不再平靜，黑眸如同被投入亂石的湖水，波瀾起伏：「如果我說想挽回妳呢？」他深深地、眸光無法平靜地注視我。

我在他的注視中久久盯視他的眼睛，那裡面有太多太多他想對我說，卻始終沒有機會說出口的話。

太多太多的感情讓我也難以平靜，他想挽回我的愛；然而當他試圖喚回聖陽與魅姬曾經的愛時，也會喚回魅姬對聖陽的恨。

「嗯……」懷中的鳳麟動了動，他瞥開了目光。我看向鳳麟，他伸了個懶腰，在我懷中甦醒：「啊！我怎麼變小了？」

他背後的翅膀自然而然地帶著他飛起。他飛在半空，看著自己的雙手和小小的身體，再焦急地看向我：「師傅，我到底怎麼了？」

我笑了笑：「你沒事，只是魔力虛脫，所以變小了。」

「虛脫……」他再次看自己，小小的眉毛擰在一起，臉上帶出了一絲煩躁。

「鳳麟，好久不見。」當天水的聲音傳來時，鳳麟轉臉看向他。在看到他的那一刻，他的視線定在了天水的臉上，久久凝視天水，同時緩緩飛向對方，細細地看著天水溫和的五官：「我好像……認識你。」

天水也深深地看著鳳麟：「我是你的師兄，天水。」

「天水……」鳳麟微微側臉輕喃他的名字，語氣裡透出絲絲的熟悉感。

天水的神情開始變得懷念，宛如在回憶他與鳳麟兒時相依相伴的純真時光。

的圓領白衣。

「師傅——」忽然間，遠方傳來一個孩子清亮的喊聲：「師傅——」

遠遠的，跑來了幾個和麟兒現在差不多大小的孩子，跑在最前面的孩子藍髮飛揚。

「孩子？」我有些驚訝地看向天水。他微笑點頭：「是，孩子。」

我沒想到天水會讓他們從孩子開始成長。我抬手拂過面前，身上已經換上了和天水一樣簡單的圓領白衣。

孩子們一起跑來，極為熱鬧。

最先出現的是對任何事物都充滿好奇的小帝琊，嗤霆依然緊緊跟在他身後，然後是御人，接著……是那個淡定從容漫步而來的月色身影。

我的目光遙望著那個小小的月色身影……他還是這樣不合群。

感覺到天水看我的目光，我瞥眸看他一眼，他對我微微一笑。我收回目光，鳳麟飛回我身旁，趴在了我的後背，看著那群跑來的孩子。

「他們也跟我一樣，是因為虛脫而變成小孩子？」他環住我的脖子問。

我搖搖頭：「不，他們是真正的孩子，是有人想讓他們的感情從零開始，一點一點慢慢體會。」我瞥眸看向天水，他再次頷首微笑，不再是神君高不可攀的容顏。天水的容貌和人類貼近，將來帝琊他們會與人類變得親近。

「師傅！我們看見一個好大好大的怪……」小帝琊跑到了我們身前，話音因為看見我而中斷。小嗤霆和小御人也呆呆地看著我，停住了腳步，站在小帝琊身後。

緩緩地，走來了小小的月色人影，他月牙色的長髮只到肩膀，隨意披散著，長長的瀏海幾乎快要遮住他半邊的臉龐。他漸漸停下了腳步，怔怔地仰起臉看向我，微風輕輕吹起了他的瀏海，露出他月牙色的大眼睛，裡面如同倒映在湖水裡的彎月，在風中顫動起來。

我微笑地看著他。玥，我來了。

「師傅……她是誰？」小帝琊輕輕地問。

我看向小帝琊他們。小帝琊一頭藍色短髮，只到耳根；小嗤霆和他一樣；還是小御人的黑髮長些，已到後背。但他們個個都是披頭散髮，像是沒有一位母親給他們整理。

母親……我邪邪地笑了：「我是你們的……」

「師娘。」忽然，天水淡定的聲音從旁而來。我斜睨他，他微微而笑：「鳳麟六歲時妳騙他是他娘，他可是高興得幾個晚上沒有睡著……」

「師傅，妳不是說妳不是我娘嗎？」鳳麟從我肩膀探出臉，再次引起帝琊他們好奇的目光。

我依然勾唇笑看天水，他在我的目光中也依然氣定神閒，微笑掛在唇邊：「欺騙孩子不好，妳會讓他們傷心，不再相信女人。」

「哼。」我盯視他，輕笑道：「所以，我是他們師娘？」

天水微微抿唇，垂眸笑了。

我收回看他的目光，看向小帝琊他們，他們正好奇地看著我。小帝琊瞪大藍色的眼睛：「妳是女人？」

「是啊。」

「她是女人！」小帝琊激動地要朝我跑來，小嗤霆立刻拉住他：「不要靠近陌生人！」

然而小嗤霆拉住小帝瑯時，小御人已經朝我走來，隨手摘了一朵路邊的鮮花，高高舉過頭頂：「師娘，妳是我見過最漂亮的女人。」

我接過花，蹲下身拍拍他的頭頂：「小嘴真甜～娘娘收你的花了。」御人還是很會說話啊。

小帝瑯立刻推開拉住他的小嗤霆，也跑到我身前，激動地問：「師娘師娘，八翼拖的大怪物是妳的嗎？」

「是啊。」我笑了：「他叫吃不飽，是不是很胖？」

「那你身後那小子又是誰？」帝瑯指向我身後。

鳳麟飛起，雙手環胸俯看帝瑯他們：「我不是小子，我是大人！」

「是大人？」小帝瑯和小御人他們一起看鳳麟。小帝瑯滿臉疑惑：「明明就是小孩子嘛。」

「憑什麼他可以跟著師娘，我們只能跟著師傅？」小御人不服氣地雙手環胸：「我也要跟著師娘。」

「呵，好啊，你們這是看見師娘就不要師傅了？」天水笑看所有人。

「我要跟著師傅。」小嗤霆果斷跑回天水身邊。

天水看向我：「看，他們還是那麼喜歡妳。」

「哼。」我站起身，笑看小帝瑯和小御人：「師娘沒白來，帶了禮物給你們。我們來玩躲貓貓，誰先找到我，我就給他一件禮物怎樣？」

「好——」小帝瑯開心地躍躍欲試，但小嗤霆依然用一種戒備的目光看我。

我看向天水：「照顧好鳳麟。」

「放心。」他微笑看我。

我轉回身的那一刻，起身飛起，神力掀起兩旁的花瓣。我融入花瓣之中，化作花瓣掠過小玥，鮮花的身體環繞在他的四周。他怔怔站立，我俯臉到他耳旁：「我知道，你會第一個找到我，別讓我失望了。」我捲過他的身體，瞬間消散在空氣之中，花瓣在他周圍片片墜落。他緩緩回神，靜靜地站在原地閉上了眼睛。

「我一定不會輸給你！」小御人得意地微微揚起臉。

「我也是！看誰先！」小帝琊跑了起來，小御人緊跟其後，兩個小傢伙爭先恐後，越跑越遠。

天水微笑地抬起臉，視線望入空中我站立的地方：「我們回聖地去等他們。」他一手拉起小嗤霆，一手抱住飛在空中的鳳麟，和他們一起往回慢慢走到玥的身邊。嗤霆看向玥：「你不去？」

玥看了他一眼，並不說話。

「師傅，玥老是不說話。」嗤霆像是在打小報告。

天水溫柔地笑了：「玥，我們在聖地等你。」

「嗯。」玥應了一聲，側開臉，凌亂的瀏海遮住了他的臉。

天水看了看他，和嗤霆、鳳麟離開。玥依然靜靜地站在原地，再次閉上了眼睛。

我緩緩落在他的面前，蹲下身體雙手托腮看他，他還是那麼冷靜鎮定。他是他們之中最聰明的一個，現在正用有限的神力感知我的存在，而不是和小帝琊那樣盲目地飛奔出去。

他細細小小的眉毛開始越擰越緊，以他現在的年紀，想要感知我還很困難。他的腳步微微移動，轉向另一個方向。

我繼續托腮笑看他，我從沒見過他們小時候，因為他們在降臨時已經是成年人，只是臉上仍帶著一些稚氣。而現在，他們是真正的孩子，是那麼地可愛，那麼地讓人想去欺負。

小帝琊的藍眼睛大又亮，說話還帶著奶聲奶氣。

而小御人嘴兒甜，再恭維的話從一個孩子口中說出，也讓人酥到融化。

小嗤霆擺出一副戒備的模樣，偏偏又像是有些害怕地躲在天水白色的衣襬之後，可見他對天水分外依賴。

孩子的他們，真可愛啊。

玥也還只是孩子，臉上卻已多了幾分老成。帶著花香的風輕輕揚起了遮蓋他眼睛的瀏海，他忽然睜開眼睛，轉身正面對我，月色的眼睛深深看入面前的空氣：「妳沒走！」

我揚唇邪邪地笑了，從空氣中漸漸隱現，他呆呆地看著我的臉浮現他的面前，和他小小的鼻尖相對：「你找到我了，我把禮物給你。」我輕輕地吻上他的眉心，他的臉騰地紅起。我站起身，朝他伸出手：「走，我們回聖地。」

他低下通紅的臉：「嗯。」然後伸出小手拉住了我的手。那一刻，我知道，玥信任我。曾經的玥，不會相信身邊任何人，希望這是他學會信任的開始。

我拉起他緩步向前：「我很久沒來了，不認識聖地在哪裡，你能帶我去聖地嗎？」

「為什麼不來？」他低低地問，像是開始鬧彆扭的孩子。

我低臉看他：「你希望以後我常來嗎？」

他立刻搖頭，然後把臉轉向別處。

我勾唇壞笑：「既然不想，那我不來了。」

「不行！」他立刻轉回臉，抓緊了我的手：「妳要來！」分外稚嫩的聲音，卻是已經透出了玥格外的霸道。

「為什麼不愛說話？」

「沒話說。」他轉開臉，一臉的不可一世。

「怎麼會沒話說？」

「他們幼稚。」

「哈哈哈——」我仰天大笑，再次看向他：「但他們關心你。若是不喜歡你，怎會到哪裡都叫上你？」

他微微側開臉，像是沉思。

我俯下身，抬手輕輕按上他的頭頂，他轉回臉看向我。我笑看他：「你看，他們都還是孩子，讓人費心，不如你好好照顧他們怎樣？」

他愣愣看我。我撫落他的長髮，拂開他額前長長的瀏海：「你們的師傅也真是的，都不給你們修修頭髮。」我拾起他的長髮到他身後，他小小的身體在花海間一動不動。

我編起他那及肩的長髮，開始慢慢給他盤到頭頂，折了一朵白花化作白玉的玉簪，插入他小

看玥的頭髮！」

小御人和小嗤霆也圍了上來。玥冷冷淡淡看他們一眼，滿臉的嫌棄，像是又要懶得搭理他們。我輕輕拉了拉他的手，他鼓了鼓臉，才白他們一眼：「有什麼好大驚小怪的。」

「是師娘給你梳的嗎？」小帝琊伸手要去摸玥的髮髻，玥立刻拍開他的手：「別拿你的髒手亂摸！」

小帝琊藍寶石的眼睛裡滿是羨慕。小御人立刻跑向我：「師娘，我也要。」

小帝琊一聽，也立刻喊了起來：「我也要我也要。」

玥立刻拉住我的手就走，小帝琊和小御人一路追。

小嗤霆嫌棄地看看他們，跑回天水身邊，坐到他懷裡：「師傅，你給我梳個頭。」

天水微笑地看著他：「我不會，找師娘去。」

小嗤霆遠遠看我一眼，彆扭地轉開臉，雙手環胸不再說話。

玥拉著我坐到篝火邊，攔住小帝琊和小御人：「你們不要吵她。」那副霸道的神情像是不願跟任何人分享自己娘親的孩子。

小帝琊和小御人站在一起，手拉手看他：「師娘是我們大家的，不是你一個人的！」

玥立刻瞇起了眼睛，獨自和小帝琊和小御人對峙。我勾唇一笑，傾身到他耳後：「他們還是孩子，你也別像個孩子。」

他月色的後背微微一怔，沉了沉臉：「那排隊，你們不要吵。」

小帝琊和小御人立刻目露激動：「好！」

小帝琊看向小御人，小御人看向小帝琊：「我們誰先啊？」

「猜拳！」

兩個孩子開始猜拳。

在他們猜拳時，我瞥眸看向天水：「你也是，怎麼不給他們梳個頭？」

天水溫柔而笑：「梳頭是女人做的事，我希望他們知男女分明，別被我帶得女氣了，所以，他們一直期待妳來。」他透過跳躍的篝火深深看我，我轉開目光：「那你造個女神吧。」

「呵……」被篝火熏熱的空氣中，傳來他一聲悠悠的輕笑：「妳應該知道，這裡……沒有冥神，只有剎能造魂。」

我一怔，轉眸看他，他的神情中多了一分凝重。腹中忽然一熱，我捂上了小腹，生個冥神刻不容緩，否則待其他四神長大後，這個世界無法造物造人，就像現在周圍的花草，也不過是天水透過神力維持的死物，它們沒有魂。

「師娘師娘，我贏了！」小帝琊開心地跑到我身前：「師娘給我梳個好看點的！」他看向玥：「要比他還好看。」

玥冷冷淡淡看他一眼：「你頭髮夠長嗎？」

小帝琊眯了眯如藍寶石般的眼睛：「這有何難？」他擰緊眉，雙拳握拳，屁股翹出，像是拉屎一樣出力：「嗯──────」

然後，就看著他鮮豔的藍髮一點一點變長。

「夠了夠了。」我看著他漲紅的臉立刻說，小帝琊鬆了口氣，滿頭大汗，開心地坐到我身前。玥在一旁目光不移地看著我們，像是擔心我真的給帝琊梳一個比他更好看的髮型。

我的腦中已經浮現出那抹在奔跑中飛揚的髮辮，手指輕輕梳過小帝琊長長的藍髮，指尖神力輕輕削過他過長的瀏海，髮絲飄落之時，化作一條藍色的髮帶綁在了他的髮辮上。

「好了。」我說。

小帝琊跳起來，摸摸自己的辮子，小臉紅撲撲：「我喜歡！我要去看看！」他歡快地跑向一旁的河流。

玥臉上的神情柔和了些，還露出一抹得意的笑，顯然覺得小帝琊的髮型遠遠不如他。

小嗤霆的目光也隨他而動，流露出羨慕後又有些煩躁地轉開臉，雙手托腮，獨自煩悶。

「師娘，謝謝。」小御人儒雅地向我一禮，還未開始，他已先行禮。然後，他不疾不徐地轉身，微微提起自己小小的袍衫，跪坐在我面前。

此時，玥不再緊張，而是緊挨著我坐下，認真地看我給小御人梳髮。

小御人的頭髮已經及腰，其實長髮飄然最適合他儒雅的神態。我只是梳起他長長的瀏海，然後編成小辮，從鬢角兩邊梳起，束在他的腦後。

「可以了。」我拍了拍小御人的頭，他再次提袍起身，轉身又是對我一禮：「謝謝師娘，師娘梳的辮子一定很好看。」他拍完馬屁，轉身就跑了，跟小帝琊一樣，跑到河邊看自己的髮型去了。

「妳來了，孩子們都很開心。」火光之中傳來天水溫柔的聲音。我看向他，他卻是側落目光看著小嗤霆：「小霆，去師娘那裡把頭髮修修。」

「不要！」小嗤霆嘟起嘴，轉開臉：「我才不要奇奇怪怪的人碰我，哼！」

我正想揶揄他，忽然覺得全身一陣乏力，微微閉眸。

「妳怎麼了？」玥立刻起身扶住我的手臂，我微微擰眉：「只是有點累。」

天水目露憂慮地朝我看來，懷中的鳳麟在火光中依然昏睡。

「師娘，妳怎麼了？」小帝琊和小御人也紛紛跑回來。玥生氣地看他們：「都是你們，硬要纏著她給你們梳頭髮，她累了。」

小帝琊立刻目露內疚。小御人疑惑看我：「師娘不是神嗎？神也會累？」

我想說話，卻漸漸感覺到身上的神力正在被吞噬。那吞噬我力量的東西，正是在我小腹的東西，既不像是胎兒，又不像是元丹的存在。但它自從來到這個世界後，開始有了反應。

「你們別說了。妳快休息一下。」玥用小手扶住我的身體，只有他，從不叫我師娘。

我點點頭，開始閉眸調息。隱隱的，我感覺到小腹裡的東西，開始吸收這個世界最初的陰氣。我似乎……知道它是什麼了。

❖

不知昏睡了多久，我緩緩醒來，麟兒小小的臉映入了眼簾，他正擔心地看我：「師傅！」

我立刻坐起，發現這裡是一處天然的溶洞，一束淡淡的晨光從上方打落，帶著一絲清新的暖意。天水不再住在神宮那樣的地方，留在人間的他不再高高在上，讓他的愛也多了幾分人性。

了。」

我開始閉眸盤腿調息。果然，腹部的東西吸收了這裡的陰氣。

「師傅！」麟兒著急的聲音傳來，我睜開眼睛，邪邪地笑了：「看來要讓一個人來一趟了。」

「誰？」麟兒飛落我面前。我收起邪笑，微笑看他：「你在這裡覺得如何？」

他擰擰眉，看看自己的身體：「力量恢復了一些，就是身體不長……還有！」他微露激動地看向我：「我記起了一些事情。我記得……」他微微側臉，開始細細回憶：「我到了一個很黑的地方，然後看到一些奇怪的法陣，接著……看到了師傅！」他黑眸閃亮地看向我。

我的心在他閃亮的眸光中激烈地跳動，隨即情不自禁地擁住了他：「好……好……記起來就好……不急……我們慢慢來，我會帶你去那個地方……」

「嗯。師傅，我想盡快記起我們所有的事情，我不想忘記妳。」他用小小的手環抱住我的脖子。

我點點頭，忽的再次感覺到一絲疲倦，不由放開他，一手撐在石台上深深呼吸，他立刻擔心地握住我的手臂：「師傅，妳到底怎麼了？」

我擰擰眉，不置可否地一笑：「感覺……我可能……快生了……」

「什麼？」在他驚呼的同時，洞口的人也定住了。我抬眸看向洞口，只見天水一手拉著玥，一手拉著小帝琊愣愣看我，御人和小嗤霆在他身邊，孩子們也都呆呆地看向我。

「生……是什麼意思？」小帝琊好奇地問。

天水在他的提問中恍然回神，目露一絲欣喜，落眸看向他們：「意思是你們會多一個小弟弟，或是小妹妹。」

「小妹妹！」小御人和小帝琊同時激動地驚呼起來，小御人用他漏風的牙齒急急追問：「小妹妹是小女孩嗎？」

「和師娘一樣！」小帝琊的眼中充滿期待。

小嗤霆也瞪大了眼睛，呆呆看向我，玥的眼中同樣多了分喜色。

天水溫柔地笑了：「是，和師娘一樣，是個女孩兒。可是……」他疑惑地看向我：「這是怎麼回事？妳……不像是有孕。」

我長舒一口氣，再次閉眸：「所以，就需要剎了。」我的心中已經開始呼喚：「剎，你來一趟異界，我們的孩子要生了。」

噗！耳邊浮現他像是噴水的聲音，下一刻，便是一片安靜。

「妳累嗎？」忽然間，玥輕輕的聲音從身旁傳來。我睜開眼睛，看到他擔心地站在石床邊，於是勾唇一笑：「我的禮物呢？只要看到你做的禮物，我就不累了。」

他月色的眸子微微一顫，立刻轉身跑出了洞外。

小帝琊看著玥跑離的背影，眸光一閃：「我們給小妹妹做禮物吧！」

「好！」小御人雙手握緊。

小嗤霆白他們一眼：「我才不……」話還沒說完，他已經被小帝琊拉跑了。

天水微笑地看著他們的背影：「他們很期待有個妹妹。可是……」他轉臉看向我：「如果這真是妳和剎的孩子，就是真神，性別怕不好改。」

我摸了摸小腹：「這次只怕沒有性別。」

「什麼？」天水目瞪口呆。

鳳麟立刻飛落我面前：「那是什麼？」他緊張起來，像是擔心我懷了奇奇怪怪的東西。

但這次可能真的是奇奇怪怪的東西，只有等它生出來，才知道是什麼了。

天水大步走到我面前，也是目露緊張：「讓我看看。」他俯身就朝我小腹摸來。忽然，陰氣充滿了整個石洞，啪的一聲，空氣中伸出一隻蒼白的手扣住了天水。天水站起身，剎陰沉的容貌和他白色的衣袍已從空氣中顯現。

「請不要亂摸我的孩子。」剎陰沉的話音出口時，寒氣已經遍布全身。

天水看著他，一直看著他，倏地激動地撲向剎，緊緊抱住了他的身體。剎的面色登時開始僵硬。

「剎……我……」

「什麼都別說了……」剎沉眉打斷了他的話，面露尷尬：「你說話我會肉麻……」

「呵……」天水笑著放開他，他立刻到我身前，直接看我的小腹，目露驚詫：「已經生完了？」

我白他一眼：「還沒呢。」

他的臉微微一紅：「那……到底如何？」他的眼中是滿滿的擔心和憂急，孩子的事徹底打亂了總是鎮定平靜的他。

鳳麟飛落他面前，雙手環胸，一臉嚴肅：「師傅因為這件事，身體越來越虛弱了。」

剎立刻握住我的手，變得分外緊張：「真的！那不如拿出來，放在神泉裡。」

我橫白他一眼：「別亂說。快坐好，讓我把它生出來。」我拍拍身邊的石床，剎顯得更加躁動和憂急：「別瞎鬧了，還是讓我把它拿出來吧。」

「快坐好！」我厲聲喝道。剎抿了抿唇，提袍坐上石床，雙腿盤起。我與他面對面，開始和他掌心相對：「把你的陰力給我。」

他擰擰眉，看了天水和鳳麟一眼，他們對他同時點點頭，他才定了定神情，深吸一口氣，與我掌心相對。

他看看我，不放心地再次說：「還是……」

「沒用的。」我也擰起了眉，正色看他：「我也是第一次生，只能順著感覺走。別再吵我了，不知道會發生什麼事。」我說完，隨即閉起雙眸。

整個石洞立刻沒了聲音，靜得像是每個人都分外緊張。剎開始給我灌輸他的陰力，陰力順著我的手心迅速進入了小腹，小腹中立刻有了劇烈的反應，它開始急速地旋轉，是比以往更快的速度，並且逐漸消耗我全身的神力，我像是被抽空一樣，被它抽取它所需要的各種精元。

忽然，它猛地膨脹了一下，燒熱了我整個小腹，緊跟著開始上行。它使勁地破開我體內對它的禁錮，不斷地上行，瞬間我整個人像是翻江倒海一般地難受，汗水開始沁出額頭，身體開始脫力，體驗到從未有過的虛脫。

我可是真神！

「夠了！師傅！不要生了！」麟兒焦急地抱住我的臉，但現在我能感覺到是關鍵時刻，怎能中途放棄？

我不由揚起臉，張開嘴，一團極為陰寒的氣體開始從口中一點一點擠出，幾乎讓我快要窒息。

明明她在我小腹裡是火熱滾燙的，此刻我卻分明地感覺到她全身帶著和剎一樣陰寒的力量。

「出來了！」耳邊傳來天水緊張的驚呼。

我長長地吐出最後一口真力，眼前猛地發黑，往後倒落。雙手離開剎的雙手之時，他立刻拉住了我，以防我摔落，我的後背也被麟兒的小手及時托住。

忽然間，我進入了一個溫暖的懷抱，是天水坐在我的身後接住了我的身體。我靠在他肩膀上，疲憊地睜開了眼睛，卻看到一顆毛茸茸的神魂正懸浮在面前，它的身上散發著死亡之力。

剎的臉色也微微有些青白，看見我在天水懷中，他才放心地放開了手，同樣極其虛弱地往後撐住自己的身體，微笑地注視那顆神魂：「是神魂……」他隨即看向我：「小妹，辛苦了，是一顆乾淨的神魂。」

我也笑了：「你也是……」神魂懸浮在空氣中，絲絲的陰氣開始環繞它的周圍。此時此刻它沒有肉身，我和剎看不到它的容貌，聽不到它的聲音，但是我們能感覺到它正感覺著我們所有人。

我虛弱地看向天水：「它就交給你了，給帝琊他們一個妹妹吧。」我沒有孕育出一個男的真神，或是女的真神，而是一顆冥神的神魂，卻覺得這遠比生兒生女更加吃力，幾乎耗盡我和剎的所有神力，或許這才是神魂可貴的原因。

因為從此它將不死不滅，與世長存，成為這個世界的冥神；也告訴我們所有人，神魂是這麼地來之不易，我們應該感激創造我們的那些未知力量。

天水疼惜地撫過我汗濕的臉龐，說道：「好。」他輕輕地把我放落石床，看向鳳麟：「鳳麟，這裡交給你了。」

鳳麟落到我身邊，對天水點點頭，握住我冰涼的手：「嗯，你去吧。」

天水起身伸出手，溫柔地把神魂捧在手心，神魂安靜地落在他手中。他溫柔地注視著她，她將在這裡獲得神身，成為帝琊他們的妹妹——這裡的第一個女神。

在天水離開後，剎也疲憊地躺落我的另一邊。鳳麟看向他：「你沒事吧？」

「呵……」剎躺在我身邊，仰天微微地笑了，伸手握住了我的手：「她……算是我們的孩子嗎？」

我疲憊地閉上眼睛：「應該……算吧……沒想到會是神魂……」我也沒想到自己生的不是孩子，而是神魂。

神魂不能算是孩子，但也是我和剎一起造出的，只是造出的方法和剎製造魂魄的方法不一樣，是在我的體內慢慢孕育。

「師傅，別再說話了，好好休息吧。」麟兒盤腿坐在我的身旁，一直握住我的手守護著。

我看向剎，剎大鬆一口氣地回看我。我們相視一笑，一起閉上眼睛，陷入了沉睡。

第二章　命數有變

不知沉睡了多久，直到天水來喚醒我們，我和剎才一起睜開眼睛。天水和鳳麟一起微笑地看著我們。

鳳麟飛落我身旁，拉起我的手。我和剎一同起身，和他們到了神泉。小帝琊他們手捧鮮花圍在神泉邊，激動地期待著。

天空的明月映入神泉中，皎潔的月光比任何時候都要純粹而美麗。純淨的月光灑落在神泉中。玥走到我身旁，拉住了我的手，我對他微微一笑。他低下臉，手裡是一朵小小的白花。

天水站在神泉邊，伸出雙手，神力從他的雙手而出，落入神泉，平靜的神泉浮現一圈圈帶著月光的漣漪，天水金色的神力進入了中心。小帝琊和小御人手捧鮮花，激動得眸光閃亮，小蚩霆在一旁也拿著鮮花，偷偷地看著神泉，用他長長的瀏海遮蓋自己期待的目光。

金色的神力帶著神泉開始旋轉，月光至陰的力量化作白色的神力融入神泉，漸漸的，一個小小的嬰兒從神泉的中心浮現。

「出來了！」鳳麟激動地飛上前。我靠在了剎的肩膀上，他輕輕攬住了我的肩膀。

鳳麟用自己小小的手輕輕地抱住了嬰兒，當他抱住她時，嬰兒咯咯地笑了，摸上他的臉。

他呆呆地看著她：「她好軟！」

「快放開她！她是我們的妹妹！」

「給我們給我們！」

小帝琊和小御人已經著急地嚷了起來。

鳳麟懷抱孩子飛回我們的身前，將孩子遞給我。我輕輕地接過，剎抬手輕輕撫上她嫩嫩的臉蛋時，神力已化作白色小衣蓋住了她的全身。她咯咯咯地朝我和剎伸出手，染上月光的淡青色髮絲在陰力中開始生長，一雙青色的瞳仁格外清澈，映入天空中的明月。

「她真美。」天水溫柔地看著她，將手中的花環輕輕套過她的脖子，白色的小花化作一朵朵小小的白玉玫瑰。

「讓我看看讓我看看！」

「我也要看！」小帝琊他們圍了上來，連小嗤霆這次也擠在了最前頭。

「哈哈哈。」她開始笑出了聲，在陰力之中長得奇快，已像滿月的孩子，格外地活潑。

「她不像我。」剎帶出一絲嘆息。

我也帶出一聲惋惜：「也不像我。這才說明她是獨立的一個真神，我們不能干預她的成長。」

「嗯。」剎點點頭。我們的任務是製造神魂，現在，我們的任務結束了。後面，就交給天水和這個世界，還有她自己吧。

我在小帝琊他們的簇擁中緩緩蹲下身，此時，她的長髮已到後背。在我蹲下時，她迫不及待地爬出我的懷抱，顫顫悠悠地站在地上。小帝琊和小御人他們滯住了腳步，手捧著鮮花，一起呆呆地看著她：「哇……」

小嗤霆也呆呆地站著，目光裡只有這可愛的新妹妹。玥站在他的身旁，神情變得柔和，浮出了開心的微笑。我看著玥的微笑，心裡感覺到了一絲暖意。這個世界讓他改變了許多，或許，天水讓他們從孩子開始是對的。

小女孩顫顫悠悠地走著，像是幼鹿學走路般。我們誰也沒有伸出手，她卻是朝小嗤霆直直走去，如同本能的一種感應：「哥哥，哥哥，抱。」

小嗤霆瞬間怔住了，長長瀏海下的眼睛瞬間瞪到了最大。

「抱……抱……」小女孩兒踉踉蹌蹌走向他，突然，她腳步一絆，險些摔倒時，小嗤霆立刻扔了手中的花，上前一把抱住她。

「哈哈哈哈。」小女孩開心地抱住他，然後吮著手指，再也沒有離開。

「為什麼？」小帝琊和小御人立刻圍上前：「她只找你！」

小嗤霆立刻露出煩躁的神色：「你們要你們拿去！」

「嗚哇————」小女孩登時哭了。

小嗤霆立刻慌亂起來，抱住她輕拍：「哦~~~妹妹不哭，哥哥說錯了，哥哥不會把妳給任何人……」小嗤霆一直在口是心非。

小帝琊癟起嘴，藍寶石般的眼睛裡極像是快要哭出來。

小御人直嘆氣。

我和剎還有天水看著這情景，笑了。麟兒飛落我的懷中，也緊緊地抱住了我。

「妹妹是冥神，能感應死亡的陰力……」玥在一旁冷靜地說了起來：「嗤霆是魔神，身上的力量和陰力相似，所以妹妹只是本能地找他。」

玥的解釋讓小御人稍微開懷，卻依然沒有讓小帝琊好受些，他抽著鼻子，真的快要哭了出來。小嗤霆見狀，立刻抱住妹妹說：「好了好了，讓你摸兩下。」說得也是極為小氣。

可是，小帝琊瞬間笑了，伸手小心翼翼地摸上妹妹的頭髮。

天水溫柔地看向我：「給她取個名字吧。」

我想了想……我從復仇到懺悔，到現在新建世界，為的是找回所有人的初心。我看向那孩子：「就叫初芯吧。」

「初芯？初芯妹妹！」小帝琊開心地撫摸小妹妹淡青色的長髮。

我懷抱鳳麟到小嗤霆面前，他立刻抱緊初芯，仍有些戒備地看著我，可是戒備的目光中又對我有絲絲的好奇。

我微笑看他：「做哥哥了，不要再像個野小子。」我伸出手，神力緩緩劃過他的眉上，過長的瀏海被我削落，化作一條額帶，戴在他的額頭，額帶的中央是顆淡紫色的寶石。他怔怔地看著我，我站起身，身體一時乏力，鳳麟立刻飛起扶住我的手臂。

「妳沒事吧？」玥緊張地拉住我的手。

我搖搖頭。

「初芯耗去了我們的神力。天水，我要帶小妹回去休息恢復。」剎對天水說著。

天水點點頭：「你快帶她回去吧。」

「等天亮吧。」我看著初芯，見她真的只黏著蚩霆，心裡還是有些失落的。我知道，剎也很失落。這不是我們的孩子，但也是我們的孩子，然而我們不算是她的爹娘，因為真神以天地為父母。

我們圍坐在神泉邊，看著初芯和哥哥們一起玩耍。她現在已經長到了兩歲，小嘴裡說著不太清楚的話，蚩霆很愛護她，把她抱在身前，用自己也不怎麼大的手開始給她梳頭髮。因為他擔心我走後，就沒人幫小妹妹梳頭了，所以他決定學會梳頭髮，希望妹妹能美美的。

小帝琊他們因為有了初芯的到來，變得更加開心，他們格外地喜歡她、愛護她，為她穿上用鮮花做的鞋子，為她戴上瑪瑙石的手環。

初芯不像剎那樣一臉青白，只是皮膚略顯蒼白，容貌也和我們完全不像。她是屬於這個世界的，是這個世界為她決定了容貌，所以，她就像冥界河畔那朵白色的彼岸花，讓人的心獲得安詳和寧靜。

如果剎是讓人畏懼的，那麼初芯，是讓人安息的。

同樣是死亡，卻讓人不再覺得害怕，讓人真正有了一種最後的歸屬感。

「初芯會是不一樣的冥神。」我感嘆著。

剎點點頭：「嗯。」語氣中也帶出一絲失落。

我看向他：「你是不是也想要個我們的孩子？」

我的話音讓天水也朝這裡看來，鳳麟坐在我的懷中看向剎。剎失落地低下臉：「可能……我們沒辦法有孩子。」

「呵……」我笑了，瞥眸白他一眼，再打他一拳：「怎麼可能？或許是我們的方法不對，回去琢磨一下，應該行的。」

他抬起臉，目光中流露出了一絲期待：「嗯，我們可以試試。」

「就是，我們是真神，生個孩子還能難住我們？」

他笑了，握住我的手放入懷中。

「師傅……」鳳麟在我懷中揚起了臉，我看向他：「什麼事？」

他抬起小臉，臉紅了紅，再次低落：「算了。」他靠上我的肩膀，看著已經在小嗤霆肚皮上酣睡的初芯。小嗤霆一動也不敢動地躺在地上，兩隻眼睛瞪著天空。

我摸了摸鳳麟的頭，微微一笑。抬眸時，看到了微露落寞的天水。他露出一抹勉強的笑容，轉開了目光看向別處。

小帝琊和小御人都羨慕地看著被初芯躺著的小嗤霆。他們紛紛取來柔軟的毯子，蓋在初芯的身上。小嗤霆煩躁地瞪向他們，壓低了聲音：「熱死了！」

小帝琊板起臉：「是你熱，妹妹會凍壞的！」

小嗤霆瞬間沒了話。小帝琊和小御人躺在小嗤霆的身邊，看著安睡的初芯。

然後，我看見了在不遠處獨自一人的小小背影——是玥。

我輕輕起身，抱著不知何時再次昏睡的鳳麟走到玥身旁：「怎麼了？又是一個人？」

玥匆匆側開臉，雙手藏入袍袖，像是不想讓我看見什麼。

我隱隱看見他小臉上有淚痕，於是一手懷抱鳳麟，一手輕觸他濕潤的眼角：「怎麼了？」

他一驚，匆匆轉頭用袖子擦擦臉。

我勾唇壞笑：「是捨不得我？」

「不是。」他悶悶地答：「我知道妳需要回到那個世界才能恢復。」他說出了一句不像孩子會說的成熟話語。

他沒了聲。

「那又是為什麼？」

我看看他抓緊的袖管。他以前就愛將雙手藏在袍袖裡，我於是笑道：「袖子裡藏了什麼好東西？」

他匆匆抓緊袖子，急急說：「不要看！」

我頓住了手，鳳麟因為他的急呼而微微輕動：「嗯……」

玥轉臉看看趴在我肩膀上熟睡的鳳麟，眸光顫顫地低下頭，緩緩從袖子裡拿出一朵小小的白色泥花，泥花雕刻得非常精緻，花瓣上細細的紋路也清晰可見。

他捧在手心裡看著：「這個世界的東西都是師傅用神力變的，是假的，只有泥和水是真的。我想給妳雕一朵泥花，可是怎麼雕也雕不好……」他說著說著，像是急哭起來：「而妳就快走了……」他真的著急得哭了起來，淚水滴落在泥花上，花瓣上多了他的一滴淚水，像是清晨的露珠沾在花瓣上。

我立刻從他手心裡拿走那朵泥花。他急急朝我看來，眼睛裡還帶著著急的淚水：「它還不完美！」

我笑了，抹去他眼中的淚珠：「傻瓜，用心做的禮物當然最完美。我看的不是它的外觀，而是你的心。」我輕輕指在他的心口。他怔怔看我，我俯臉在他的眉心輕輕一吻：「這花是你用心做的，我很喜歡，幫我把它戴上怎樣？」

他含淚看著我一會兒，笑了：「嗯！」隨即重重點頭，用袖子擦了擦眼淚。

我取下一截髮絲穿過泥花，放入他的手中，他拿起後起身到我身後，輕輕地給我戴上，然後靜靜趴在我的後背上，雙手慢慢圈緊……

✣

當新的一天再次來臨時，天水為我做了一張鮮花的轎椅，椅子懸浮在半空，鳳麟在前面用自己小小的尾巴圈住轎椅的花繩。

我和剎看著曾經是我的哥哥、現在是孩子的帝琊他們——小帝琊哭了，他捨不得我；小御人也忍著眼淚，努力不破壞自己儒雅的形象，不讓自己像小帝琊那樣哭得難看。

初芯待在一個小簍子裡，咬著手指看著我和剎。小簍子是小嗤霆自己編的，他把初芯掛在自己身上。

我俯身看玥，玥抬臉看我：「什麼時候再來？」

我揚唇壞壞一笑：「你希望我什麼時候來？」

他低下臉：「我希望妳等我長大的時候再來，我不希望讓妳看著我長大，彷彿我是妳的孩子。」

我笑了：「好，我等你長大一些再來看你，我的小夫君。」我摸了摸頭，小帝琊和小御人一起呆呆看過來。

砰砰砰砰！忽然間，大地震顫起來。大家一起看去，只見天邊飛快跑來一團巨大的黑影，他跑在鮮花間，巨大的身體震起無數花瓣。

當他跑近些時，可看見他身後還拖著一個物體，被他拖著的東西幾乎橫飛起來，掃過花海——是八翼！

來時八翼遛吃不飽，回去時，卻是吃不飽拖著八翼。

吃不飽一陣風似的跑到我身前，把孩子們都震得摔倒在了地上。孩子們匆匆再爬起來，吃不飽坐下身體，渾身的肉頓時鋪開，他身後的八翼像是被拖得暈頭轉向，宛如一條死狗般躺在花堆裡。

「你這些天跑哪兒去了？」我問吃不飽，他看起來好像異常興奮！

吃不飽一回頭把八翼給叼了出來，甩在身邊：「這傢伙帶我去看這個世界了。喂！還裝死，快起來！」吃不飽抬起腳爪推八翼。

八翼暈頭轉向地站起來，吃不飽立刻用腳爪拍他的頭：「快吐啊！你答應我的！快起來！」吃不飽用身體把八翼撐起來。

吃不飽要八翼做什麼？不過顯然吃不飽是急了，他都懶到出名了，怎會這樣突然積極地扶八翼起來？

八翼暈頭轉向地靠在他肥碩的身上。吃不飽擰擰眉，忽然神光閃現，現出了人形，連帶八翼也現出了人形。

吃不飽用強而有力的手臂環住八翼虛弱的身體。八翼的視線至今仍舊沒有聚焦，粉色的髮絲散落在吃不飽性感的胸膛前。

「快！」吃不飽大喝一聲，粗暴地把八翼向下彎折，用力拍他後背：「你快吐啊！」

我抽了抽眉。把八翼弄那麼暈，跑那麼快，就是為了到我面前吐？

嘔！嘔！八翼乾嘔起來，剎的臉立刻沉下了，看向我：「我們走吧。」

「等等等等！他快吐出來了！」吃不飽急急地說：「難道還是拉比較快？」

「咦～～～～」孩子們立刻跑開，噁心地躲到天水身後，天水搖頭輕笑。

「吃不飽！你到底要做什麼？」我受不了地厲喝！

嘔——就在這時，八翼吐出了一顆蛋……蛋居然從他嘴裡慢慢吐出來了！

嘔！嘔！嘔！蛋卡住了！最大的部分卡在了八翼的嘴裡，八翼急得連連指自己的嘴。

吃不飽一臉鬱悶：「我來我來！」他雙手抓住蛋，抬腳往八翼的小腹上狠狠一踹，啵！吃不飽終於把蛋從八翼嘴裡挖了出來。八翼被他踹倒在地上，也是大鬆一口氣地喘息：「終於出來了。」

我看得目瞪口呆，八翼……是在生蛋嗎？

「吃不飽！你到底對八翼做了什麼？」我厲喝！

「八翼……」小帝琊哭著跑到八翼身邊：「你痛不痛啊……嗚……」

「我沒事，小主人……」八翼喘著氣，那神情就像是母親生了孩子後的幸福滿足。

吃不飽在我們所有人懷疑的目光中發愣，然後看看蛋，頓時臉黑了起來：「不，不是你們想的那樣，這不是我和八翼的蛋。而且八翼是公的！」

我沉臉看他：「吃不飽！做了就要承認，對別人負責！」

「真的不是！娘娘，妳別誤會！」吃不飽急急看八翼：「八翼！你還不死過來解釋一下！」

八翼挑眉看看吃不飽，忽然嘴角一勾，勾出了壞笑：「討厭～～～」

登時，在場的男人無不尷尬至極！

鳳麟不可思議地看著吃不飽和八翼：「神獸同為雄性也能生？在神界果然沒有不可能的事！」

「咳。」剎咳紅了臉。天水匆匆遮住孩子們的好奇目光：「男孩和男孩是不可以生育的，你們不要相信，這裡頭一定有誤會在。」

登時，殺氣從吃不飽身上浮起，他陰沉地看向八翼。八翼渾身一僵，那神情他再清楚不過，因為我這個主人也很清楚，就是吃不飽……要吃人了！

「不、不是我們生的。」八翼忽然有了活力，原地跳起，在吃不飽陰冷的目光中說：「我是……那個……的神獸……」他朝我眨眨眼，擠眉弄眼指向帝琊，然後繼續說道：「所以我也學了一點造神獸。這顆蛋是我用吃不飽的血造的，回去只要放入精魂，就能孵出小吃不飽了。」

「嗯——」吃不飽總算滿意地點點頭，把蛋放到我面前：「娘娘，以後這才是妳的吃不飽，我是妳的護將饕餮大神！名字我也想好了，娘娘妳以後叫我艾青！」他面無表情，一本正經。

我挑挑眉：「喲，連名字都自己取好了？」

「嗯！」

八翼探過臉，小聲說：「就是愛卿，也就是親愛的倒過來……」

吃不飽立刻斜睨他：「要你多嘴！」

八翼收回腦袋，摳著鼻梁看向別處。

我看向吃不飽，吃不飽立刻轉回目光，正經看我。我勾勾唇，從他手中接過那顆蛋，再看看他。他筆挺地站著，顯然已經不想再變回獸形。

「還有，娘娘，我也要下凡歷劫，我不做幾世人，我知道妳還是把我當坐騎！」他說這句話時，目光變得堅定，這是與他以往完全不同的目光。以前我心裡當他是吃不飽，也是因為他當自己是吃不飽，無論人形還是獸形，他都是那副沒精打采的神態，即使是個人站在那裡，臉上依然是吃不飽的神情。

而現在，他真的有了自己的想法。

「准了。」我勾唇一笑，拋了拋手中的蛋，吃不飽立刻緊張起來：「娘娘小心！蛋碎了就沒小吃不飽了。」

「哼……」我托住蛋：「你不是一直想要個小吃不飽？」

吃不飽臉立刻一紅，曖昧地瞟了我一眼，憨憨地笑了起來：「呵呵，娘娘妳知道我說的小吃不飽是指什麼。」

我的臉立刻一沉。他趕緊守住憨笑，看向別處，看到八翼在偷笑，直接一腳踹上去：「你笑什麼？滾一邊去！」

「不准欺負八翼！」小帝琊生氣地衝上前，擋在八翼身前。八翼感動地看著小帝琊，蹲下身抱住了他：「我只要我的小主人就好，我滿足了。」八翼粉色的髮絲在風中飛揚，滿滿的溫馨。

獸對人是最忠誠的，我的吃不飽也是。無論對他打還是罵，他都毫無怨言地在我身旁，我可愛的小吃不飽也要下凡歷劫去了。

我在大家的護送中離開了這個嶄新的世界。當鳳麟拉著我的花車進入神門時，我轉身看著那些純潔純淨的孩子們。我們不能改變歷史，但可以再次創造新的歷史。

玥站在所有孩子們前面，靜靜地看著我，目光中的成熟讓他如成年後的玥一般立在我面前，顯得清冷而深邃。

神門逐漸關閉，我們回到了自己的世界。聖陽的雕像再次封印神門。因為門是用他的神骨所建，所以太陽的神力融於其中，保持這個世界六界神力的平衡，也供連接兩個世界時空隧道之用。

轉身時，我看到了闕璿掛念的目光，還有君子和小竹。接下來，這個世界就交給你們守護了。因為，我要陷入長時間的沉睡。

創造新的神魂耗去了我和剎大部分的神力，尤其是我，神元受損。我和剎只能透過沉睡來盡快恢復神元。

沉睡前，我拉住鳳麟的手：「不要離開我。」

鳳麟跪坐在我身旁，也緊緊握住我的手：「放心，師傅，我不會離開妳。」

我安心地閉上了眼睛，看到了小竹有些憂急的神情，他像是有話對我說，卻似因為我虛弱而不敢言。

當我的身體陷入沉睡時，我喚他：「小竹，何事？」

「娘娘！」小竹的身影立刻在我的意識世界裡顯現。他欲言又止地看著我，抓了抓自己翠綠的長髮：「妳……還是休息吧。」

我看他那副樣子，就知道有事瞞我，於是沉下臉：「有話快說！」

他猶豫再三才看向我：「娘娘，紫垣大人那裡命盤有變，有人在影響星軌。」

我挑挑眉：「誰那麼大本事，能影響星軌？」

小竹小心翼翼地看我一眼，低下臉：「我查了查，好像……是……廣玥大人的那面鏡子。」

「什麼？」我有些吃驚：「他輪迴人間，居然還能影響星軌星運？」

小竹點點頭，不再說話地看著我。

我眯眸想了想，勾唇邪邪一笑：「有意思，我要去看看。」

「可是娘娘需要休息！」小竹急急攔住我。我瞥眸看他：「需要休息的只是我的肉身。」我抬手拂過面前空氣，浮現正看護我的鳳麟，想了想：「我們去崑崙，那裡可以幫助鳳麟恢復記憶。」

「去崑崙？」

「嗯。」我揚唇笑了：「回老地方，你讓闞璿去收拾一下，然後好好看護我的肉身。」

「是！」小竹消失在我面前，我勾唇而笑。星君的命運可不是能隨便改的，這一改變，會對整個星軌產生不可預計的影響。

那面鏡子，果然是廣玥造出來最完美的東西，即使除去他一般能力，貶下人間，卻依然能撼動星軌的運轉，改變無數人的命數，必須下去阻止他。

可是阻止他之後，該如何處置他呢？

我不由頭痛。那畢竟是玥做出來的神物，我也不捨毀他，所有恩怨已經了結，我不能再傷無辜。若是傷他，他日玥知道了，想必也會心疼。

眼前的景象已是崑崙的石洞，闕璿正慢慢恢復這個已經被我毀掉的石洞，冰冷的石台上再次鋪上玉石，碎裂的玉桌再次成形。沒想到會有一天，我會再來這裡。

被毀的石洞在闕璿的神力中一一恢復，我看到小竹將我的身體放上石床。神界雖然安全，但卻不比人間更適合我恢復神元，人間就像在六界正中，任何力量會在這裡存在，而每一種力量又不多不少，剛剛好。

我閉眸之時，神魂已從肉身中而出，小竹和闕璿見狀立刻上前：「娘娘，妳這樣很危險！」

他們無不焦急地看我，我勾唇而笑：「我當然知道危險，所以才會叫上你們。」

闕璿擰了擰眉，輕嘆一聲坐在我肉身的身旁，面容沉靜：「知道了，我會守護妳的肉身。」

「那我就守護整個石洞。」小竹反是露出一絲笑容，環視四周：「好懷念啊……」

「但娘娘這樣出去，想想還是太危險了。」闕璿又擔心地看向我：「不如讓我給妳做個暫時的肉身吧。」

我看向肉身胸口的白色泥花，笑了：「身體不就在這兒？」說完，我融入泥花之中，泥花從我肉身上離開，我在空中漸漸幻化。

泥土化作我的身體，花瓣化作我的裙襬，線繩化作我的翩翩腰帶……只一轉眼，我已站在自己的肉身旁，闕璿和小竹的面前。

白色的泥花還帶著清幽的花香，沁人心脾。

我看向自己時常坐的鞦韆，鳳麟正坐在上面，靜靜地看著石洞外的雲海。我飛落他身前，他看向我：「師傅，這裡我好像來過……」

我微笑看他：「不是好像，是你生長在這裡。」

「我……生長在這裡……」他遙望洞外起伏的雲海，我朝他伸出手：「來。」

他也伸出小小的手，拉住我的手。他身後的翅膀帶起身體，飛了起來。我和他一起飛出洞口，小竹在洞口化作綠色的大蟒，遠遠目送。

我和鳳麟飛在雲海之上，下面崑崙的浮島若隱若現，鳳麟漸漸激動。他想下去時，我飛到他身前阻止他：「你不能以這個樣子下去，會被當作妖怪的。」

鳳麟停住小小的身形，摸了摸自己的身體：「那我該怎麼辦？」

我勾唇一笑：「隨我去人間走一趟，你會在人間的烏煙瘴氣中恢復魔力，到時便可變換身形。」

他小小的臉上浮出淡淡笑容：「我懂了，師傅。」

「隨我來。」我拉住他的手朝前飛去。既然來了人間，也該去看看一些老朋友。

我和他一起飛出崑崙的結界，一直向前，身下漸漸浮現一片樹林。不知不覺，人間又過去了一百年，下面的樹林也變得更加茂盛。

我帶他一起飛落，陽光因為茂密的樹枝而斑駁了起來。當中卻看見一個小小的涼棚，那涼棚是用木頭所建，極小，但很精緻，木棚小的只有半人高，顯然不是供人所用。

我帶著鳳麟落在小棚前，眼中映入了那個小小的泥人，她顯得有些斑駁了，全靠這個小木棚讓她可以避開雨水的侵蝕。

我邪邪地笑了，蹲下身：「嗯～～看來有人還挺關心妳～～」

她蒼茫的眼睛裡瞬間流出了淚水：「妳終於來了……」

「哼——？怎麼哭了？」我伸手拭去她泥眼中的淚水：「我以為妳再看見我，會繼續罵我呢。」

「救救那孩子……」空蕩的聲音從那泥身中而來。

我挑挑眉：「救救那孩子？」

「是……是那個孩子的太爺爺給我搭了這個棚，好替我遮風擋雨。他們一家都很善良，常常給我帶來食物供奉。現在，那孩子快死了，我卻什麼都做不了，幸好妳來了……」

我瞥眸看她：「嘖嘖嘖，曾經對任何人不屑一顧的娥嬌女神，也想為一個小小的人類做些事了。」

「不要再羞辱我了……」她的聲音開始顫抖：「我求妳救救那孩子……」

「妳求我？」

「是，我求妳。」

我站起身，鳳麟到我身邊拉住我的手，看向我：「師傅，幫幫她吧。」

我看向他：「你想幫她？」

鳳麟點點頭：「她想報恩，知恩圖報是人間美德。」他認真地看著我，我從他明亮的目光中，看到了崑崙對他教誨的深深影響。

他本是魔，天性就是魔性，卻從沒像廣玥那樣被魔性所控制。我了然地笑了，是崑崙。

我曾經還嫌崑崙把他教得古板迂腐，處處干擾我，十分讓人討厭，現在卻要感謝崑崙對他的這些教誨，才讓他有了深深的善根，讓魔障沒有控制他的機會。

這些善根即便是他重生轉世，也依然在他心底深處，才會讓他在此刻說出這番話。明明……他是魔。

我點點頭：「好，既然麟兒開口了……」我看向娥嬌：「妳的恩，妳自己報。」我俯身點落她的眉心，神光閃現，我加諸在她身上的神印漸漸消散。從此，她可以使用自己的力量。

她的泥身立刻動了起來，空洞的泥眼中漸漸浮出一雙栩栩如生的眼睛，她起身朝我一拜：「謝娘娘！」

「你既然受了兩百年的供奉，也該有了些許神力，以後就做這裡一方山神，好好守護這裡的人類。」

「娥嬌領旨！」她站起身，再次退回自己的小棚中站立，一動不動，變得安靜，一抹淡淡的月光進入泥土，往遠處而去。

我拉著鳳麟的手：「走，我們也去看看。」

「嗯。」

追隨著娥嬌的神魂，我們來到了山間一間小屋。這是一個獵戶，門口開墾了一片菜園，只是這片菜園似乎最近沒人打理，菜葉已經枯萎，空氣裡也瀰漫著濃濃的藥味。

娥嬌經過那片菜園，立刻菜園裡的菜恢復了生機。

就在這時，一個婦女從屋內跑出，眼中噙著淚，站在院子裡偷偷哭泣。一個獵人跟著跑了出來，面容同樣非常憔悴。他攬住那個女人，也是苦嘆連連，可以看出這個男人也在硬撐，因為他是這個家的支柱，他不能倒下。

娥嬌從他們身後緩緩浮現，看了他們一眼後轉身進了屋。

我拉著鳳麟的手走到了小屋前，低頭看鳳麟：「麟兒，收起尾巴。」

「知道了。」他的尾巴縮入黑褲之中，隨即，小翅膀也在他背後消失。

我換上一張普通的容顏，和鳳麟推開小門走了進去：「打擾了，我和徒弟在山裡走累了，想討碗水喝。」

男人放開女人，女人匆匆擦去眼淚，對我揚起一個勉強的微笑：「好，你們稍等。」說完，女人走向廚房，經過菜園時，疑惑地停了停，繼續向前。

我看向男人，男人正看著鳳麟，滿是血絲的眼中是溫和慈愛的目光：「這是妳的孩子？」

「不，是徒弟。我剛才看到嫂子哭了，是不是出了什麼事？」娥嬌說得沒錯，這一家人很良善。

男人的神情黯淡下去，淚水也漸漸開始溢出：「我也有個和他差不多大的孩子，可是……孩子他……」他哽咽起來，再也說不下去。

女人從廚房裡已經拿出了水，手中的碗像是新的，她遞到我面前：「給孩子喝吧。」她也慈愛地看著鳳麟。

鳳麟看看他們，然後看我：「師傅，幫幫他們。」

他們在鳳麟的話音中目露疑惑。

我接過他們手中的水：「有句古話，滴水之恩，當湧泉相報。你們給林中的泥人搭了個棚子，又時常去看她，你們會有好報的。」

他們更加疑惑地看向我：「姑娘是怎麼知道的？」

我揚唇笑了，拿起碗喝光了他們的水：「今日，我也不白喝你們的水，你們的善舉替我教好了一個神仙，是大大的功德。」

他們驚訝地瞪大了眼睛：「神、神仙！」

「啊！娘！娘！爹！」就在這時，屋內忽然傳來孩子的驚呼，夫妻二人立刻轉身跑入屋中。

我微微一笑，放落手中的碗，瓷碗落地時，已經化作一只金碗，我看向鳳麟：「我們走吧。」

「好。」鳳麟和我一起轉身走出了這間小屋，身後是那對夫妻驚喜的哭泣聲音。

「神仙顯靈啊！」

「神仙顯靈啊——」

月光在滿地的落葉中閃現，我和鳳麟停住了腳步，樹葉緩緩捲起，形成一個人形。我看向娥嬌，邪邪勾唇：「悟到做神的意義了嗎～～」

她靜了片刻，朝我一拜：「多謝娘娘教誨，姮嬌悟到了。」

「嗯，既然悟到就好好做妳的神仙，期待妳回神界。」

姮嬌淡淡一笑：「姮嬌不想回神界了，在這裡，才能做更多有意義的事。姮嬌也不想再做以前的姮嬌，姮嬌還有很多事要做，就不送娘娘了。」

我笑了：「去吧。」

「謝娘娘。」月光從樹葉間消散，枯葉隨風散落各處。

「嗯。」

我拉起鳳麟的手，看向山下：「這裡離京城不遠了，我們走吧。」

我和他慢慢下了山，一大一小的身影落在地上。很久沒有用兩隻腳走路，滿地的落葉帶出我們的腳步聲，沙，沙，沙，沙。

「師傅。」

「嗯？」

「我……喜歡這樣。」

我握緊他的小手，笑了：「師傅也喜歡。」

眼前漸漸出現了一片恢弘的城池，我和鳳麟站在半山腰上，京城一覽無餘，巍峨的皇宮位於整個京城最深處，已入眼中。

紫垣這一世，應該是這個軒轅王朝的七殿下——軒轅紫垣。

如果他的命數沒有出現變化，他會是下一任繼承者，成為軒轅王朝第七任帝王，並帶領軒轅王朝進入第二個興盛期。

但是，他的命數變了，軒轅王朝的繼承者將會成為三殿下，這會影響整個軒轅王朝國運的大變化。小小的變化，將會使整個星軌扭曲，必須得到糾正。

我和鳳麟入了城，此時凡間入秋，秋風陰涼，我現在沒有神力，又是泥身，風吹在身上會覺不適。所以，我買了件深綠色的斗篷穿在了身上，也給鳳麟買了一件，他的小尾巴就不用藏得那麼辛苦。

我和鳳麟進了一家酒樓，坐在二樓欄杆旁，鳳麟靜靜看著下面來來去去的人，小小的臉上異常冷靜的神情引了不少食客的目光。都在說這孩子看上去很成熟。

光是坐在這裡，絲絲縷縷陰邪的氣息便逐漸自動地進入我的身體，我在斗篷下邪邪地笑了。鳳麟也顯得很舒服，因為魔性深藏人的心底，所以他們的邪念、魔念之力也絲絲縷縷進入他小小的身體，讓他的皮膚更加水潤一分，兩隻黑色的眼睛越發黑亮。

「師傅，我感覺到了力量。」他趴在欄杆上露出舒適的笑容。

我揭下斗篷的帽子，看向下面：「人間是你恢復的最好的地方，如果選在魔界，強大的魔力很容易把現在的你吞噬，讓你失去善念。」

「嗯。」他點點頭，繼續看著下方：「我現在能聽到他們心裡都在說什麼。」

「哦？他們說什麼？」我現在沒了神力，跟凡人無異。其實，這樣的感覺很好，做什麼都知道的神真的很無趣，所以，做人是會上癮的，做人就可以不斷地去探知未知的神祕。

「那個人說今天賭錢輸了，回家又要被老婆打。」鳳麟指向一個垂頭喪氣的男子，然後又指向另一個：「那個女人在說家裡米快沒了，老公又病了，她不知道該怎麼辦……」

他開始蹙眉，又看向另一個：「那個人說老天不開眼，貪官汙吏橫行……那個在想是不是要賣女兒換點錢……」他不悅地看向我：「師傅，大家好像過得都很艱辛，那個要賣女兒的太過分了！」鳳麟生氣起來，雙眸的光暈立刻被黑暗吞沒。

我立刻握住他小小的手：「鳳麟。」

他稍微緩了緩，黑暗從他眸中褪去：「對不起，讓師傅擔心了。」

「你們的菜來囉～～～」小二給我們端上飯菜：「鹽酥雞、醬爆牛肉、番茄炒蛋、家常豆腐、冬瓜煲、兩碗白米飯！菜齊了，請慢用。」

鳳麟立刻被滿桌的菜餚吸引目光，我把筷子放到他面前：「你還沒吃過菜吧，美味只有人間有。」

他呆呆看了一會兒，目光中浮出了一絲熟悉感：「我想起來了……師傅好像有一次想吃肉，然後我給師傅買肉吃。」他看向我，我笑了，他也目露開心，拿起筷子吃了一口，忽然又目露不悅。

「怎麼了？」我看著他忽然殺氣騰騰的臉。

他沉下臉：「這裡有幾個人在說師傅有姿色。」他的雙眸瞇了起來，漸漸發黑。

我邪邪一笑：「你若想懲罰他們，就去吧。」

他一愣。我看向他眸中的黑暗：「魔性壓抑太久，會侵蝕你的善性，偶爾發洩一下，才能紓解你的憤怒。但記得別傷人。」

他立刻笑了，笑容也帶出一絲邪氣。當鳳麟的雙眸被黑暗吞沒、化作全黑時，他朝那幾人瞥去陰狠的目光，立刻，二樓有幾個食客驚呼起來：「啊！蟲！蟲！」

我看向那些食客，他們無不驚恐地看著面前的菜餚，大喊蟲子，嚇得一個個奔逃。其餘的食客看得莫名其妙，當他們是瘋子。

鳳麟笑了，眼中黑色褪去，開開心心地開始吃飯。

我邪邪勾唇，瞥眸看鳳麟：「很好，學會控制自己的力量。若時時聽別人心語，你時時都不快樂。」

他開心地抬起臉：「知道了。」嘴角還沾著白米飯：「師傅，真好吃，妳快吃！」

「嗯。」

我一邊吃一邊看皇宮的方向，皇宮上方金光黯淡，說明現任皇帝星光不足，將要離世。

能改變命數星軌的，一般只有神君。凡間那些算命的說什麼改變你的命數，其實依然是在命數之中。

命數安排你與算命的相遇，命數安排你相信了他的話。

沒想到玄鏡做了凡人依然能撼動星軌，也是不得了，他是怎麼做到的？

他的右眼已被我封印，已看不到未來，他又如何去改變他人命運？

只有見到他，才知道到底怎麼回事。

這一世，玄鏡應該只是一個書生，而且窮迫潦倒一生；但他把自己的命數也改變了，他現在成了三殿下的門客，一個謀士。

他已成棋盤中一子，無論是殺他還是留他，都會改變整個星盤，影響全域。

玥啊玥，你的這面鏡子，可真是給我出了個難題。

這個時候的軒轅王朝有五子三女，三位公主都已外嫁，五位皇子中也尚未選出儲君，爭儲之戰已經悄然打響，朝中官員也開始分出派系。

能改變紫垣命數的方法除了直接殺了他，還有便是除掉他命中關鍵之人，可以推動整個儲君之戰的關鍵之人。

這個人，並非一定是好人，也有可能是惡人。

所以，紫垣若遭遇刺殺，我覺得並非是玄鏡的手筆，一來此法成功率極低，二來容易打草驚蛇，反而會推動整個星盤朝紫垣稱帝的方向運轉。

我現在神力有限，無法探知太多，來了凡間，只能按照凡間的規矩來。

我和鳳麟前往紫垣王府。五位殿下已經成人，不能再住宮內，於是各自有了王府。

殿下們住的東華街上也有朝中大臣，所以正好沿路看看，有沒有人家出事了。

東華街的兩邊豪宅林立，卻看見一輛輛馬車往同個方向而去，然後，我看到了兩盞白燈。

馬車停在了那戶有喪事的家門口，有身穿麻衣的家奴上前迎接，從車上下來的，無不是京中大臣。

我在斗篷下抬臉看去，是蘇府。我雖是真神，但我不會將天下每個人的輪迴轉世記在腦中，只有在想知道時，才會去查閱。

而現在我如凡人般無法知道他人的過去。不過……我低下臉邪邪一笑，鳳麟可以。

他看向我，我在斗篷下對他一笑：「我們也進去給主人上炷香。」

「嗯。」

我拉住他的手，走上台階，身穿麻衣的僕人立刻上前：「請問二位是……」

我沒有掀開斗篷，而是輕輕地開了口：「我是修道之人，我發現你家老爺……還未離去。」

家僕登時嚇得兩眼瞪大：「妳妳妳妳不要胡說！」

呼──猛地一陣陰風起，飛沙走石，在家僕忙著揮手時，我和鳳麟從容地進入這間大宅。

大堂上已設有靈堂，正中是一具棺木，家屬披麻戴孝跪在兩旁。

在我和鳳麟進入後，女眷們奇怪地看向我，那神情像是在疑惑是不是他們家老爺外面的女人帶著私生子回來了。

我走到棺木前，邊上管家提醒：「請上香。」

我沒有搭理他，而是看鳳麟：「去看看，怎麼回事。」

「嗯。」鳳麟直接走到棺木旁，爬上了棺木。整個靈堂的人驚呆了，管家立刻攔阻：「你們幹什麼？」

我移步到管家面前，墨綠的斗篷輕揚：「閉嘴！」我從斗篷的帽簷下仰起臉陰森地看他，管家登時定住了身體，眸中浮出深深的恐懼，趕來的家僕見管家不動，也是一時不敢上前。

鳳麟已經爬上棺木，伸出小手按在了死者的眉心，就在這時，只聽見外面有人喊：「七殿下到──」

紫垣來了。

我微微側臉看鳳麟，這時厲喝已經傳來：「你們在幹什麼？那孩子是誰家的！」

鳳麟看向我：「好了，師傅。」

我點點頭，鳳麟爬下了棺木，我才轉身，看見一個將士衝了進來，正是他在對我們呼喝。

在他身後，緩步走來的紫垣一身深紫色的翻領長衫，做工精美而上乘，然而他的胳膊卻被繃帶綁著，顯然是受傷了。

「恭迎殿下——」女眷們紛紛趴伏。

「奴才恭迎殿下。」管家匆匆跑過我身旁，和僕人們一起跪下。

紫垣看向我，略帶疑惑的黑眸中卻是浮出一絲戒備。他沉沉看我，臉上沒有任何表情。

那將領到我身前，喝道：「看見殿下還不跪！居然縱子鬧靈堂！」

「放肆！」鳳麟立刻站到我身前，用他稚氣的臉對著將士：「不准這麼跟我說話！」

將領一愣，好笑地看他：「你這小東西，居然這麼放肆……」卻倏然頓住了話音，因為鳳麟陰沉的目光讓人不寒而慄。

而紫垣也站在了原處，像是靜觀一切。

我看向鳳麟：「怎麼回事？」

鳳麟沉沉看那將士一眼，轉身抬起臉：「師傅，棺材裡躺著的是戶部尚書蘇哲，也是當朝寵妃的弟弟，妳自己看。」說罷，他拉住了我的手，立刻，蘇哲平生盡現我腦中。

我在斗篷下邪邪地笑了：「有意思，果然殺了關鍵之人。」

「什麼關鍵之人。」紫垣沉沉的話音從院中而來。

我在斗篷下抬起臉，在大大的帽簷下邪邪而笑：「一個決定誰為儲君的關鍵人物。」

登時，紫垣黑眸裡深沉的視線收緊，我在帽簷下對他邪邪而笑。別擔心，小紫，我來幫你了。

這盤棋，會比剎那世更有意思。

陰冷的秋風起，靈堂中的長明燈搖了搖。站在院中的紫垣一直盯視我。

棺材裡躺著的那個人如果沒死，他會被紫垣提審。他貪贓枉法，暗殺良民，此案被紫垣偵破，會撼動大殿下的勢力；同時，也會在老皇帝心裡留下濃重墨彩的一筆，會推動紫垣成為儲君的一步。

現在，他死了。

而且還是在提審前，甚至，這件案子都還沒發到紫垣手上，他就病逝了。

哼，有人想毀掉這顆棋子，怎能讓他如願？

就算這顆棋子死了，我也要用它繼續推動紫垣的星盤。

我微微抬起臉，那將士因為我一動而露出一種像是看妖怪的神情，退了一步慢慢拔出佩刀，站到紫垣身前：「殿下小心，這女的和這孩子邪性。」

「哼……」我邪邪地笑了：「七殿下最近運氣不好，我是崑崙山下的巫婆，要不要替殿下……看看宅子的風水？」

那將士立刻目露戒備：「不！」

他話還沒說完，紫垣已經揚起手打斷了他的話音。將士愣愣看紫垣，紫垣沉沉看我：「好，那就有勞了。」

將士完全傻眼了！

紫垣收回盯著我的目光，沉穩地從將士身邊走過，也不再看我，逕自從我和鳳麟身邊走過，拿出一支香點燃，插入香爐中，側臉看著棺木中的人：「既然姑娘是巫婆，是不是能看到蘇大人的魂魄還在宅中？」

家僕和家眷不約而同地怯怯看向我，目光裡滿是對鬼怪的恐懼。

我深深吸入他們身上對我的害怕與恐懼：「做七是你們人間對亡魂的追念，但是亡魂其實在他死時已經被提走了，怎麼？殿下想見他？」

「若我說想見，妳能把他請來嗎？」他轉臉深沉地看我，心裡想必是不信的。

我在帽簷下邪邪地笑了：「我知道殿下為何想見他。」

紫垣的目光變得精銳：「妳知道？」

「哼……因為殿下不甘心。」我在大大的帽簷下陰森地注視紫垣的目光。他緊緊盯視我，想看穿我遮住容顏的帽簷，看出我到底是誰派來的。

我邪邪地笑了：「蘇大人走是走了，還有別人呢。案子還是可以繼續審的。」當我話音落下時，紫垣的黑眸中浮出了大大的驚訝，我立刻頷首一禮：「殿下，該回去了。死人陰氣重，你又受傷，對你的身體不好。」

紫垣眨眨眼，掩飾自己眸底的驚訝，看了我一眼後便大步走出，經過我時卻停下腳步，反是對我一禮：「姑娘請。」

我拉起鳳麟，走在紫垣的身旁，走過那個一直呆立的將士身旁。

「李馳！」紫垣低沉地喝了一聲，那將士才回過神，看著我，露出滿臉懷疑，立刻站到我和紫垣之間，不讓我靠近紫垣半分。

在我出來之時，先前迎客的家僕看見我便直哆嗦。紫垣的馬車就在台階下，我把鳳麟抱上車，他又轉身來拉我，李馳的目光始終沒有離開我們兩個。

紫垣要上車時，李馳拉住他：「殿下。」

紫垣擺擺手，也進了馬車。馬車寬敞，三面可坐人，紫垣坐在了我和鳳麟的對面，在馬車走動時，他看向鳳麟：「這是妳的孩子？」

我沒有說話，鳳麟沉沉看他：「我是師傅的徒兒，不管你信不信我們，我們是來糾正錯誤的。」

「糾正什麼？」紫垣的目光多了分留心，似是想從我們的話語中找出蛛絲馬跡，探知我們的目的與身分。

「命數。」鳳麟說完，不再說話。

「命數？」紫垣更加深沉地看著我們：「本殿下倒想知道，本殿下的命數是什麼。」

鳳麟不再回答，看向我，我輕輕一笑：「天機不可洩露。」

紫垣嘴角揚起一抹輕笑，宛如在說果然如此，你們這些怪力亂神無法回答時，便用天機不可洩露這樣的話來搪塞。

一路無話，馬車直接把我們送到梁王府——梁王是紫垣的稱號。

紫垣把我們引入王府，一路上引來不少好奇的目光。尤其我還帶著一個孩子，丫鬟老婦們看見無不竊竊私語，當是紫垣的私生子。

紫垣把我們帶入一個院子，院中一間書房，書房門前一棵紅梅，尚未開花，黑色的樹枝桀驁有型，如空中連線的星辰。

我和鳳麟走入書房環視，紫垣讓李馳出去。李馳擔心看他，欲言又止，紫垣面色微沉：「去給姑娘泡杯茶來。」

「知道了。」李馳氣呼呼地走了。

我轉身看李馳的背影，伸手揭下了帽簷：「李馳這人性子急，善戰，卻不善保密。今日你我相遇，會很快傳遍整個京城。」我緩緩轉身，抬眸再看紫垣時，他的目光就此停滯在我的臉上，我邪邪一笑：「這倒是件好事。」

紫垣依然定定地看著我，黑眸之中浮出絲絲的熟悉感：「姑娘，我們……可曾見過？」

我轉身走到座椅旁，緩緩坐下：「這個問題，我現在不能回答你。你可問問其他的。」

鳳麟站到我身旁，像是一個小小的護衛。

紫垣側開目光，微微定了定神，似是剛才一時情緒的波動讓他有些不安。他再次看向我時，目光已經恢復深沉與鎮定：「姑娘到底有什麼目的？」

我邪邪地笑了，瞥眸看他：「我想，你想問的，其實是我是誰派來的吧。」

他也勾唇笑了：「那妳是誰派來的？」他提袍穩穩坐上主位，含笑看我。

我收回目光，看著前方：「蘇大人如果沒有死，你應該會查辦他，這件案子在這段歷史中，會起到舉足輕重的作用。但是，有人先你一步除掉了蘇大人……」

「除掉？呵。」紫垣輕笑：「仵作已經驗過蘇大人的屍體，蘇大人死於心疾，怎來除掉二字？」

我不由好笑：「你們看到的是心疾，而我們看到的，是命數的變化。蘇大人在現在這個時間是不應該死的，但是他死了，有人強行改變了他的命數。所以，你現在面對的，並非凡間的力量。」我瞥眸沉沉看他。他瞇起了眸光，顯然不信我的話。

李馳從外面端著茶進來了，看見我的容貌時微微一愣，但很快就恢復戒備，全身戰備地給我上茶，視線的餘光時時刻刻落在我的身上。

我瞥眸看他：「我和徒兒不過是一個女人和一個孩子，你有必要把紫垣所有的心腹戰將都找來嗎？」

他放落茶杯的手一驚，茶水潑了出來。他驚訝看我：「妳怎麼知道？」

「蠢。」鳳麟說了一聲，白了李馳一眼。

李馳驚訝地看紫垣，紫垣沉沉看他：「你真的把他們都叫來了？」

「啊，都在外面守著呢。」李馳拿著托盤指向門外：「一來殿下剛剛遇刺，這對師徒古怪，大家來保護殿下；二是大家也對他們很好奇。還有殿下，她剛才直呼您的名諱！」李馳像是告狀一樣小聲說。

「呿。」我好笑地瞥開目光。雖然這個李馳性情魯莽，但還是很好玩的。

紫垣發出一聲不悅的沉吟後，再次開了口：「姑娘指的不是凡間的力量，莫不是……呵……

鬼神？」他發出好笑的話音。

「鬼神？」李馳又冒了出來：「又來個怪力亂神？對了，姑娘說自己是崑崙山下的巫婆吧，不如露兩下子啊。」他挑釁地看我。

我懶得搭理他，鳳麟目露惱怒：「放肆！居然敢說我師傅是騙子！」

登時，李馳驚呆地看鳳麟。

鳳麟一步上前，陰沉看他：「而且你居然敢說本尊是妖孽！找死！」鳳麟揚起了手，我伸手拉住他：「麟兒，冷靜。」

鳳麟深吸一口氣，在李馳慘白甚至有些害怕的神情中，退回我的身邊，恢復冷靜。

紫垣深沉地在一旁注視，微露疑惑地望著李馳臉上恐懼的神情。

我對李馳邪邪一笑：「不要招惹我的徒兒，他殺人……可是不眨眼的。」見我陰森地笑，李馳嚇得後退一步，已是滿頭冷汗。

「李馳，你到底怎麼了？」紫垣微露惱怒：「你是我堂堂戰將，怎會嚇成這樣？」

「妖、妖術！」李馳顫抖地指向我們，旋即看向紫垣：「殿下，他們知道我心裡想什麼！殿下你要小心！」

紫垣立刻看向我們，目露驚訝，依然無法相信。

我端坐在椅子上，拿起茶盞輕吹：「不用大驚小怪，既然是非人的力量，自然要用非人的力量對付。在協助你的這段期間，我們的力量只會用在對付那個人的身上，除此之外，我們不會再助你半分。」

「那個人？是誰？」紫垣沉沉問。

「能算出天機的人。」鳳麟沉沉地答。

「難道是先前被殿下趕走的那個什麼天機先生！」李馳終於說了句有用的話。我瞥眸看向他，他面色還是有些發白：「前段時間，有個自稱是天之子的天機先生來投靠殿下，但是被我們當作怪力亂神給轟走了，後來，就聽說他投靠了三殿下，但沒聽說他有什麼作為啊。」

「哼……」我笑了，紫垣立刻看向我。我放落茶碗：「他沒有作為？他可是改變了你家主人成為儲君的命數。」我抬眸看向李馳，他驚得目瞪口呆：「怎麼可能？刺殺我們殿下的不是三殿下的人，是大殿下，我們已經查清了。」

「我說的不是刺殺這件事。」我瞥眸看向紫垣，李馳已是滿臉莫名其妙。「讓我給你們順一下本該發生的歷史。告發蘇大人貪贓枉法的狀子將會下發給紫垣你來處理，在你審理之後，大殿下的勢力會發生變化，而你在你父皇心中會留下很重要的一筆。這個案子，是一種能力的試探。這件案子後，雖然你父皇不會封你為儲君，但是在他的心裡，人選已經縮減到了兩個；而現在，蘇大人死了，案子也審不了了，要再等這樣的機會可不容易。」我收回目光時，李馳整個人已經呆若木雞。

「所以姑娘才說一個決定儲君的關鍵人物死了。」紫垣沉眉而語：「但蘇哲是心疾突發，那個天機先生能料到嗎？」

我邪邪勾唇：「他料到？哼，你太小看他了，那是他安排的。他能看到過去，知道蘇哲有心疾，所以設局安排。蘇哲好色，常去青樓，只要讓他喝下烈酒，再行激烈之事，心疾自然會發。

現在你們還覺得蘇哲之死是正常的嗎？」我瞥眸看紫垣，紫垣驚訝地起身。

我收回目光，揚唇而笑：「所以，你們看不見的謀術才是非人的力量。改變歷史的並非是非要你死，而是歷史中關鍵人物之死。」我再次瞥眸看他和他身邊完全失神的李馳：「我再送你一份禮。你遇刺是在你祕密出行時，所以，你身邊必有奸細。那些人來了也好，你讓他們進來，我給你除了這奸細，也來改一改這命數，讓那天機先生有所行動。」

紫垣緩緩從驚詫中回神，看向李馳：「快去讓他們進來！」

李馳依然像是靈魂出竅般看著我，紫垣厲喝：「快去！」

「是是是。」李馳恍然回神離開。紫垣緩緩坐下，黑眸中是難以平復的心情。他的手放落扶手時竟微微發顫，那是本能對未知危險的恐懼。

我看看他：「你不必害怕，那人不是人。」

他平復了一下呼吸，看向我：「世上真有鬼神？」

我對他揚唇一笑：「有。但他們通常不會壞人命數，只是這個漏了，所以我們來糾正。」

「那姑娘又是……？」他深深看我。我看向前方，勾唇邪笑：「天機不可洩露。」

噠噠噠，門外已傳來腳步聲，除了李馳還有六人，都好奇往這裡張望。鳳麟擰起眉，沉下臉看地面：「師傅，他們都在猜妳是不是紫垣的女人，我是不是他的私生子。」

「咳咳咳咳！」紫垣猛地咳嗽起來，似是咳嗽牽痛了他的傷，讓他又面部緊皺忍痛。我看他忍痛，心中疼惜，他是我看著長大的，也算是我半個徒兒。

我從未與他深交，他卻痴心於我；在我自由後，義無反顧地助我復仇，甚至為我攪亂人間棋局，引發戰事，為我補充神力。

那場人間的浩劫，應該算在我的頭上，而不是他。

我站起身，鳳麟看向我。我走到紫垣面前，他坐在位置上望著我。我低臉輕輕執起他受傷的手臂，隔著綳帶輕輕撫過，傷疤已現於腦中。

他現在是人了，會疼，傷口也不會再癒。

「姑娘？」他輕喚我。

「噓……」我看他一眼，落眸再次輕輕撫過他的綳帶。這具泥身不能吸收太多力量，因為神丹在我的肉身裡，所以我只能讓他的疼痛緩和。

溫暖的力量撫過他的手臂時，他已經目露驚訝。

我的手背忽然出現了一絲裂痕，如同泥土乾裂。

紫垣見狀驚然起身：「姑娘！妳……？」

他微露一絲驚懼地後退一步，但身後是座椅，他無法後退。

我淡淡地看著手背的裂痕：「果然不能使用力量……」

「師傅！怎麼了？」鳳麟察覺到了異樣，擔心上前，執起我的手背，看見那抹龜裂的痕跡時立刻目露憤怒地瞪視紫垣：「都是為了你！」

紫垣眸中的驚懼漸漸消退，不知該如何面對我似的目光閃爍。他本不信鬼神，今天的事讓他有些「驚魂未定」。

鳳麟握住我的手，看見一旁的茶水，隨手沾了點，輕輕抹過我的手背，手背立刻再次完好如初。

而外面的人也是探頭探腦，像是沒有紫垣的命令不敢進入。

我看了看自己的手，揚唇邪邪地笑了：「這樣倒是省事。麟兒，去把那奸細找出來。」

「知道了，師傅。」

在鳳麟走向院子時，我看向紫垣：「怕了？」

紫垣眨了眨眼，總算微微定神，卻是伸手來扶我坐在他的位置上：「姑娘助我，我剛才也只是……」

「不必解釋。」我看向前方：「你只管看戲就好。」

紫垣定下心神坐在我的一旁，和我一起看著鳳麟。

李馳看鳳麟的目光有些害怕：「你、你們小心，這孩子邪性。」李馳自己退得遠遠的，其他將士立刻笑他：「瞧他那熊樣，居然怕一個孩子？」

「嘿嘿，李馳，你上陣殺敵都沒見你怕過，也太丟我們殿下的臉了。」

「你、你們別笑！」李馳盯著鳳麟，鳳麟已經站到了院子裡，陰沉地看院中其餘將士。他小心翼翼地對鳳麟說：「我、我不受懷疑了吧？」

「嗯。」鳳麟點點頭：「你守住院門，以防人跑了。」

「哎。」李馳一點頭，跑的時候拍了自己一巴掌：「我居然聽一個孩子的。」

接著，鳳麟掃過其他將士的臉。他們好奇好玩地看鳳麟，還有逗鳳麟的。

「孩子，叔叔給你買糖吃好不好？」

「哈哈哈——」

大家笑了起來，鳳麟卻握住其中一人的手，登時，那人的面色開始發白。鳳麟冷冷轉臉：

「師傅，王沖是奸細，他房裡有跟大殿下通信的密函，送信的是早晨送菜的。」

立刻，其他人驚訝地看向王沖，王沖滿頭大汗，驚慌失措。

「王沖！真是你？」

王沖忽然目露凶光，要挾持鳳麟。鳳麟的雙眸登時化作黑暗，魔力爆發時，王沖被他的魔力直直掀起，飛了出去，撞在了院門的牆邊，當即人事不省，守在院門邊的李馳立刻擒住他。

院中其他的將士已和之前的李馳一樣，呆若木雞。

我揚唇邪邪一笑，起身：「麟兒，出手重了。」

鳳麟微微側臉，我看向紫垣：「給我們一個院子，不要讓人打擾。」

紫垣緩緩回神：「好。」

我緩緩走出了書房，在院中向鳳麟伸出手，鳳麟拉住了我的手。我們一大一小走過呆滯的將士身邊，走出了這個院子。

陰風掃過我和鳳麟的身後，我伸手再次戴上了大大的帽簷，揚唇邪邪一笑——好戲開演啦。

第三章　妖魔亂京

就在第二天清晨，蘇哲的屍體詭異地失蹤了，棺材裡只剩下一個冤字，嚇得守夜的家眷登時暈死過去，沒有人再敢靠近靈堂。

在同一天，崑崙巫婆詭異的傳說也開始從蘇家蔓延至大街小巷，都說是那巫婆來了之後，蘇哲的屍體才失蹤的，因為那巫婆說過：蘇大人，還在。

我和鳳麟悠閒地在王府西苑的小屋裡喝茶，這個院子無人敢靠近。家僕怕我是巫婆，將士見識過麟兒的厲害，都知道我們邪性。當然，紫垣也已經命令過他們，昨天的事誰也不准說。

我看看院子裡紅梅未開，滿園的黑枝張牙舞爪，讓這個西苑更添一分陰森。我瞥眸鳳麟：「麟兒，這個院子太暗了～」

鳳麟已知我意，他看向院外，目光陰沉：「還不開花，等我師傅命令嗎？」

立刻，一陣寒風捲過整個園子，立刻紅梅花開，瞬間滿園豔麗的紅色，讓人心曠神怡。

我滿意地點頭：「嗯，這還不錯。」說罷，我瞥眸看向已經入園的紫垣，他的身邊緊緊跟隨著那些將士，而他們和紫垣一樣，在滿園的紅梅中目瞪口呆。

紫垣在紅梅的豔麗中緩緩回神，目光中帶出一分愜意，微微揚起笑容走入院中，將士們回神立刻攔住，不讓他向前。

「殿下！請三思！」

「是啊，殿下，這種怪力亂神還是不要深交的好。」

「殿下，那對師徒太邪性了，尤其那女人，看著陰森。」

紫垣對他們一笑，揮開他們，直直朝我和鳳麟走來，剩下那些將士站在原地乾著急。

我在紫垣走入小屋時開了口：「甘于、陸子埕、王貴、朝惑——他們都是你的得力部將，帶這麼多武將在身邊，不妥。」

他沉沉看我，坐在一旁客椅上：「他們皆是我兄弟，我不會因一些利益而遠離他們。」

我邪邪地笑了：「我沒讓你遠離他們，而是讓你放他們出去玩，現在天下太平，也暫時用不上他們。他們出去玩了，有些人才能安心。」

紫垣的黑眸中劃過一抹深沉後，揚唇笑了：「原來姑娘是想釋放迷霧？」他深深看我一眼，點頭道：「好，我放他們去玩。」

我看看他已經拆掉綳帶的手臂：「傷還好嗎？」

「多謝姑娘，已經好了很多。」

我點點頭，看向鳳麟，鳳麟轉臉看看屋外：「蘇家來人了。」

紫垣微微一驚後，很快鎮定下來，深深看鳳麟一眼，垂眸深思，似是已漸漸不再對我們大驚小怪。

我拿起暖茶，看向屋外：「還需要管家通報，沒有那麼快。」

「蘇家來人做什麼？」紫垣深沉地看向我。我揚唇勾起一抹邪笑：「自然是請我去找他們家老爺的屍體。」

紫垣一怔：「原來蘇家老爺屍體失蹤不是傳聞？」

我輕抿熱茶：「有人不想讓你審蘇哲的案子，我偏偏要把這個案子再次啟動，不用些怪力亂神的手段，你怎麼有機會再審？」我在茶盞間瞥眸看他，他怔怔看我，黑色的眸中有太多的好奇，但顯然也帶著一絲畏懼。

我放落茶杯時，管家匆匆跑了進來，卻是遠遠地站著，和李馳他們站在一起，像是要靠他們壯膽：「殿下——蘇家管家求見——」

哼，第一次看到人通報是用喊的。

紫垣看向我：「姑娘打算怎樣？」

我邪邪一笑：「自然是去見囉。」

「姑娘不先見見天機先生嗎？」紫垣的目光深沉一分。

我垂眸冷冷一笑：「時機到了，他自然會來見我。哼……」這面鏡子，轉世投胎了還給我惹事。

❖

蘇老爺屍首失蹤之事瞬息間傳遍全城，謠言立刻四起，有人說蘇哲詐屍，說得活靈活現，還說自己半夜看見了。

也有人說蘇哲的死蹊蹺，所以一口怨氣在胸口，死不瞑目。

坊間眾說紛紜，立刻讓整個京城被怪力亂神的詭異氣氛籠罩。

這讓很多不信鬼神的人又紛紛相信起來，燒香的燒香，請符的請符，但求平安。

我和鳳麟在蘇府門口下車時，已有不少百姓圍觀，士兵將他們擋開，不讓他們靠近。

紫垣同我一起下車，我的臉再次深藏帽簷之內。

「快看快看，聽說那就是崑崙山下的女巫。」百姓們騷動起來。

「就是她說蘇大人還沒走。」

「我到現在還不相信，這世上哪有鬼？多半有人搞鬼。」

「但他們說了，蘇大人的棺木一直有人守著，怎麼可能說不見就不見。」

「你們別說了，快看，三殿下的馬車也來了！」

我在帽簷下邪邪地笑了，鳳麟拉了拉我的手，看向馬車前來的方向：「來了。」

熟悉的感覺越來越近，即使轉世成人，他還是他。雖然和他只見過一面，但他的神力真是讓我印象深刻！

若非他，也不會讓時間發生分裂，裂出一個新的平行世界。而在那個世界裡，我見到了大家的最初，也在那裡獲得自我的救贖，落下了懺悔的眼淚。

現在回想起來，還真該感謝他。玥這面鏡子啊，跟玥一樣，實在是讓人又愛又恨又捨不得殺，真是什麼樣的主人，造出什麼樣的神物來。

紫垣看了那馬車一眼，立刻看向我：「是他來了嗎？」

我在帽簷下點點頭，李馳立刻守護到紫垣身旁。紫垣微微擰眉：「李馳，現在光天化日，誰敢動我？」

「不是，殿下，這些人都邪門，還是小心為妙。」李馳一邊說，一邊小心翼翼地看我，眼中還挺懊悔：「早知道那天機先生也是個邪乎，當初就不該得罪他，反是害了殿下。」

「噓！」紫垣讓他噤聲。三殿下的馬車已經停在了蘇府門前，正好與紫垣面對面。

馬車上走下來一位護將，護將是個大鬍子。他掀簾之時，出來一位錦衣華服的殿下，對紫垣一笑，下了車。但那護將並未離開，依然恭敬地保持著掀簾的動作，隨即，一襲樸素的白衣從黝黑的馬車中顯現。

他的臉色略顯蒼白，也沒有什麼笑容，似是有重重心事。或更像是重重困惑深深壓在他的心頭，讓他無法展顏。

護將伸手攙扶他下車，顯得極為恭敬。他緩緩下車，身體纖瘦，長髮垂背，卻已有絡絡白絲。

三殿下軒轅昊已經到我們面前，精氣神俱佳。我在深深的帽簷後看著他臉上的紅光，星軌轉變，軒轅昊已帶帝王之光。

「七弟，你也來了！」軒轅昊看上去性格很是開朗，隨即朝我看來：「這就是那巫婆？用這麼厚的斗篷遮住自己，是太醜了嗎？哈哈哈哈……」他放肆地大笑起來：「我可聽說巫婆都長得很醜。」

「放肆！」鳳麟立刻厲喝。軒轅昊低下臉看他：「喲！這就是那巫婆的孩子？」

「他是姑娘的徒弟，不是她的孩子。」紫垣替我解釋。我拉住鳳麟的手，朝他搖搖頭，既然星軌已變，面前的人已有帝王之相，我們神類便不宜干涉。

鳳麟沉住了氣，面容恢復平靜。

軒轅昊繼續看紫垣：「小七，你帶巫婆來是要找蘇大人的屍體吧？正巧，我的謀士天機先生也想來幫幫忙。」他轉身指向緩步而來的玄鏡。

紫垣也朝玄鏡看去。

玄鏡走到了台階下，我不疾不徐地瞥眸看向他，衣帽微動，登時，他怔在了台階之下，面色開始微微蒼白。他緩緩抬起臉朝我看來，我在帽簷下邪邪一笑，他如明鏡般的雙眸立刻顫抖起來，連帶身體也微微搖曳。

「先生！」護將立刻扶住他在秋風中搖曳的身體。他抓住了護將的手臂，蒼白的手微微顫抖：「我、我沒事。」

在他說話時，紫垣的目光已經浮出驚訝，他似是捕捉到了玄鏡每一絲神情的變化，為他懼我而訝異。

呼……秋風捲過門前，梁上白燈搖曳。

管家有些害怕地摸了摸胳膊，顫顫地說：「兩位殿下……天涼，快請進府。」

「好啊。」軒轅昊精神地說：「我也很想看看這世上到底有沒有鬼。」說罷，他率先進了府，還停下腳步回頭看紫垣：「老七，你該不是怕了吧？」

紫垣微微擰眉，卻是有些擔心地看我，那神情如同他曾經每每看我時擔心的目光，擔心我出事，擔心我又被人所傷。

我拉起鳳麟的手，轉身悄無聲息地走入門內，步履不留半分腳印，帶不起半絲塵埃。陰風隨衣襬而起，纏繞我的腳間。

紫垣伴我進入，似是真的有所憂慮，沉穩鎮定的他也變得有些緊張。

但是，有人比他更加緊張，我已經感覺到玄鏡身上洩露的恐懼，那是一種本能的畏懼。他或許還不知我的身分，但我已經讓他覺得萬般不適。

蘇家大宅顯得更加陰森空曠，不見家眷更不見僕人。在蘇大人的屍體失蹤後，僕人們就都跑了，管家也想跑，但不得不硬著頭皮留在這裡善後。

「殿下，要不……去客廳吧。」管家好意地說。

軒轅昊一副不怕死的神情：「本殿下今天來，就是為破此懸案，看到底是誰在裝神弄鬼？」

他眸中的銳光朝我而來，我在斗篷下邪邪地冷笑。

忽然，白影掠過眼前，是玄鏡擋住了軒轅昊年少輕狂的面容。他站在我面前，卻不敢正面對我，微垂臉龐問：「敢問姑娘貴姓？」

「哼……」我拉起鳳麟的手，在斗篷下微提裙襬一步一步朝靈堂走去，話音也緩緩而出：「天機先生玄鏡，本是一孱弱書生，註定窮困潦倒一生，偏偏他不信命，給自己強行改命。玄鏡，給自己改命，是不是……很過癮？」

我已站在了蘇哲的棺木邊，棺木裡只剩一個冤字。

院中倏然鴉雀無聲。

我在深深的帽簷下瞥眸望著大院，玄鏡蒼白的臉上微露冷汗。紫垣看向他時，嘴角微微露出一抹淡淡的笑意，他轉開臉不再看軒轅昊和玄鏡，只朝我看來。

「神了！」李馳驚訝地看向我：「姑娘怎麼什麼都知道？」

「玄鏡！她怎麼那麼瞭解你？你別不說話啊，你也揭揭她的底！」軒轅昊有些發急地拍拍玄鏡：「你不是能看嗎？你快看看啊。」

玄鏡眼神閃爍地低下臉，面露恐慌：「這位姑娘……玄鏡……看不到。」

「什麼？你看不到？」軒轅昊目露銳利地朝我看來，冷冷一笑：「哼，你看不到，我能看到！你這個女人到底是誰？別在這裡裝神弄鬼！」

我在帽簷下慢慢轉臉，深綠的斗篷隨我而動，陰寒的氣息立刻盤繞我的腳下，玄鏡有所察覺立刻拉住軒轅昊：「殿下！此地不宜久留，我們還是先走吧。」

「走？」軒轅昊輕輕一笑，朝我冷笑看來：「本殿下長那麼大，真沒見過巫婆。老七，你能不能讓皇兄我也長長見識？」他隨即看向了紫垣。

紫垣唇角微微含笑：「不瞞皇兄，紫垣也不敢招惹這位姑娘。」

「哈哈哈。」軒轅昊仰天大笑：「這軒轅王朝裡，居然還有皇子怕的人？是老七你太過迷信了。皇兄不怕，皇兄我倒想見識見識這些怪力亂神！」說罷，軒轅昊朝我直接而來。

「殿下！」

玄鏡急急去拉軒轅昊，但身形奇快的軒轅昊又怎會被他拉住？軒轅昊一躍而起，躍落我的身前就要來掀我的帽簷。

立刻，鳳麟放開我的手閃身到我面前。說時遲那時快，鳳麟雙拳而出，身高正好打在軒轅昊的小腹上，登時，軒轅昊被鳳麟震飛出去，驚訝地瞪大了雙眸。

紫垣見狀，立刻飛起接住了軒轅昊。鳳麟已經收斂的力量依然讓兩個人都無法站穩，連連後退，直到紫垣後腳踩上院中石墩，兩人才終於站穩。

「放肆！」鳳麟放落雙拳，一臉陰沉地立在我的面前：「沒人敢碰我師傅！」若非鳳麟力量收斂，這軒轅昊別說打死，可能都被打得灰飛煙滅了。

軒轅昊捂住小腹，痛苦地看鳳麟：「這小孩子怎麼有那麼大的內力？」

鳳麟沉沉看他，玄鏡唇色發白地轉臉看軒轅昊：「殿下，只怕……那不是孩子……」

軒轅昊驚訝看他，他再次對軒轅昊眼神示意：「殿下，今日玄鏡不適，是真找不到蘇大人的屍身了，還是改日再來吧。」

玄鏡想溜。但他主子不想。

軒轅昊不甘地甩開紫垣扶他的手，走回玄鏡身邊，咬牙忍住疼痛看紫垣：「既然我的人找不到，我不相信皇弟你的人就能找到，那個巫婆怎麼還沒把蘇大人的屍身找出來？」

此刻，紫垣卻比來時鎮定許多，不再目露擔心，而是嘴角掛笑：「姑娘神機妙算，掌握天機，豈是我等凡人能探聽的？姑娘想找，自然能找到。」

「姑娘姑娘，你該不會連這巫婆的名字都不知道吧？」軒轅昊隨口說出，卻讓紫垣一怔。軒轅昊捕捉到他的神情，反是笑了：「沒想到皇弟你這麼迷信，居然這麼敬畏這個巫婆，連名字都不敢問，哈哈哈……」

紫垣微微沉眉，淡淡而笑：「姑娘想告訴我，自然會告訴我，紫垣……只是不想唐突了姑娘。」

一絲落寞從他臉上劃過，他真的在意這件事。

我來凡間，是為解決危機，從未想過名諱這件事，卻未想到紫垣介意。

我與他心印還在，不由心語而出：「紫垣，我姓刑名姬，你可稱我……刑姑娘。」

登時，他驚愕地朝我看來。我微微點頭，他卻是笑了：「刑姑娘，妳可有結果了？不然我這位皇兄真該急了。」

軒轅旲的臉色立刻變黑，像是又輸一局。

我在斗篷下邪邪地笑了：「不急，我在等一個公證人。」

「公證人？」軒轅旲疑惑挑眉，而玄鏡已目露不安，似是無法揣測到我下一步究竟如何。軒轅旲看看自己和紫垣：「難道我們兩位殿下還無法做公證人？」

「自然。」我悠悠而語：「玄鏡是殿下的人，而我是七殿下的人，二位殿下做公證人，始終有違公允；故而需要一個既不是我們主人，又高於二位殿下的人。」

「那只有父皇了……」

軒轅旲好笑地開口時，外面已經急急跑進一個公公，一隊士兵也跟隨進入，站在兩邊，這讓話說到一半的軒轅旲登時僵住了神情。

紫垣淡淡而笑，看著公公手中的皇旨。

公公跑得有點累，見到兩位殿下立刻打開聖旨：「蘇哲屍身失蹤，極為蹊蹺，京城傳聞四

紫垣轉目看向鳳麟，眼中是比看我時更多的好奇。一個看似只有六歲的孩童身懷可怕的力量，難以不讓人好奇。

很快，馬車入了皇宮。人間兩百年，皇帝又換一輪，這一輪便是紫垣定下的。當初他為助我恢復力量，攪亂棋局，戰火四起，八方割裂，最後，是一位君王平定戰亂，吞併各國，這人便是軒轅氏。

現在，軒轅經歷百年，百年的基業讓軒轅王朝更加強盛。

馬車漸漸停下了，太監上前迎駕。紫垣扶我下車後，太監帶我們走入一旁御花園，花園深處出現一座精緻的宮殿，宮殿周圍輕紗飄搖，在絢麗的百花中美如仙宮。

殿內已設筵席，但只有兩個，還有兩個設在殿外，顯然老皇帝對我和玄鏡仍有所忌諱。

老皇帝已知坊間認為我是巫婆的傳言。常人素來對巫婆遠避，信巫婆者畏懼巫婆，不信巫婆者認為巫婆是江湖騙子，自然沒有資格與皇帝同坐一室。

兩個太監領軒轅昊和紫垣進入殿內，宮女掀開了紗簾，我看到了端正正中的老皇帝，雖然他依然精神煥發，但是身上的帝光已弱。

李馳和軒轅昊的護將將佩刀交出，準備跟隨自家主人時，軒轅昊卻回頭給了護將一個眼色，那大鬍子護將反是立刻護在玄鏡身邊，由此能看出軒轅昊確實愛才。

與此同時，紫垣也轉頭看了一眼李馳，可惜李馳那大傻子沒理會，反而立刻跟上了紫垣。紫垣微微擰眉，小聲交代：「去刑姑娘那裡。」

李馳登時眼睛圓撐：「殿下，刑姑娘用得著我保護嗎？」

紫垣神色一緊，李馳有些害怕地挽住他的手臂，竟是像撒嬌：「殿下，我是真怕啊！」

紫垣看他那副樣子，也是神色彆扭了一下，看看我。我揮了揮手，他才讓李馳跟在身邊。

李馳這人確實好玩。

又有兩個小太監分別到我與玄鏡身前領路，將我們領到了殿外的筵席上。

玄鏡朝殿內行禮：「草民玄鏡，拜見吾君，萬歲萬歲萬萬歲。」他跪下之時，我只是淡淡看他一眼，直接坐下。殿內太監立刻厲喝：「大膽！見到皇帝陛下還不速速行禮！」

我在帽簷下邪邪一笑：「能成君王者，也是天上星君，可以見我一面……」我伸手緩緩揭開了帽簷。當容顏浮出時，我轉臉直接看向殿內的老皇帝：「還要我行禮嗎？」

坐在殿內的老皇帝眼睛直直看著我，我的目光開始變得陰沉，登時他的眸光一顫，年老的臉上露出一抹懼色，有如驚魂未定般躲開了我的目光：「既是崑崙山下的巫女，可不必行禮。」話音落下後，他的臉上浮出了困惑之色，似是不解自己內心為何懼我。

他身邊的老太監也是非常驚訝，但顯然不敢多言。

我邪邪一笑，收回目光，目光掃過軒轅昊，他正呆若木雞地盯著我；然後，我才看向面前的玄鏡。他如明鏡般閃亮的眼睛已經定定地看在我的臉上，裡面顫動的眸光像是我讓他陷入前所未有的恐懼。

我對他邪邪地咧開嘴角：「玄鏡，好久不見。」

玄鏡的身體猛地僵硬了一下，視線慌亂地落下，始終游移不定。

「朕今日聽聞蘇哲的屍身從棺木中不翼而飛！這件事鬧得人心惶惶，滿城風雨。有人說你們一起去了蘇府，到底怎麼回事？」

老皇帝終於從我這裡恢復了鎮定，想起了正事。

紫垣垂眸不言，軒轅昊見狀先說了起來：「回稟父皇，兒臣和老七一起去了蘇府，發現蘇哲棺木內的屍身確實不見了，只留下一個冤字。而且，蘇府的管家也說，蘇哲的棺木徹夜都有人守候，所以，這件事真的非常蹊蹺。兒臣聽說……」軒轅昊一邊看向了紫垣：「是昨日老七帶來殿外那位姑娘後，蘇哲的屍身才神祕失蹤的，管家說過，那位姑娘當時在蘇府中說，蘇大人並未離開……」

咻！一陣陰風猛地掀起紗簾，驚得那些宮女和太監一個個臉色發白，撫摸自己的手臂。

我拿起案上的茶壺，給鳳麟倒了一杯茶，鳳麟拿起茶杯細細品嘗。

殿內，紫垣輕輕一笑，抬起臉看向軒轅昊：「皇兄誤會了，刑姑娘並非是紫垣帶去的，而是在蘇府遇上的。」

「哦？有這麼巧？」軒轅昊挑眉。

紫垣泰然微笑：「就是那麼巧。」

「好了，不管巧不巧，朕只想知道你們誰能把這件事說出個所以然來！」老皇帝的聲音發了沉，臉上的神情非常不悅。

軒轅昊立刻指向我：「她！她一定知道！」

軒轅昊推到了我的身上，狡黠的眸光深處是等著看好戲的目光。

老皇帝再次朝我看來，看到我時，又是有些不自在地側開目光，反是看向紫垣：「垣兒，聽說這位姑娘是崑崙山下的巫婆，她現在又住在你的府上，應該是見過她的神通了，不妨跟父皇說說。父皇活了那麼一大把年紀，也從未見過鬼神吶。」老皇帝的言下之意和軒轅昊是一樣的，當我只是江湖術士，不過故弄玄虛。

紫垣淡然而笑，沉著冷靜：「父皇，兒臣認為暫不管蘇哲的屍身到底去了何方，還是先穩定人心要緊。」

在紫垣的話音響起時，老皇帝的眸中已微露欣賞之色，看待紫垣的目光越發柔和：「哦？那垣兒你說，如何穩定？現在可是謠言滿天飛，不找到這屍身，又如何平謠言？」

軒轅昊見老皇帝看紫垣的目光多了分欣賞，笑容中不由多了分深沉，但很快被他那張不太正經的臉掩蓋了過去。

他看向玄鏡，見玄鏡依然在走神，不由微微擰眉，不悅之餘也露出一分關心之色。

紫垣不疾不徐答道：「父皇，有些事，兒臣起先也不信，現在倒是信了。只是這些事不宜流傳民間，所以……」

紫垣看向周圍的太監與宮女。老皇帝已有所覺，給身邊的老太監一個眼色，老太監立刻揮退了所有人。

在所有人離去後，老皇帝微笑看紫垣：「垣兒，可繼續說。」

「是，父皇。」紫垣微微頷首，繼續說了起來：「首先，蘇哲死亡，究竟是鬼神還是人為呢？現在，我們只能說是人為。」

「那如何解釋他屍身的失蹤呢？」老皇帝困惑地看紫垣。

紫垣揚唇含笑：「這就要查蘇哲的背景了。兒臣聽說武林中人有一種神奇的藥物，叫化屍散，可將人的身體瞬間化作血水，兒臣只需以此來解釋，百姓自然會信，也不會信那些坊間留言，認為妖魔亂京了。」

「好！」老皇帝立刻龍顏大悅，隨即面露沉色：「蘇哲死前已有人上了摺子，裡面夾了一張狀紙，朕本想讓你徹查蘇哲，孰料他卻死了。哎……朕想死了便死了吧，就當了了此案，卻未想這個蘇哲！到死都給朕惹出些麻煩來，朕一定要好好查辦他！」老皇帝面露怒色，真是皇帝不叫你死，你怎能死？

軒轅昊一見，瞇了瞇眼，眸中也是幾分的不甘。他立刻起身：「兒臣願查此案！」

「坐下！」老皇帝卻是沉了龍顏，讓軒轅昊坐下：「垣兒既然對這化屍粉熟悉，就讓垣兒去查吧。」

軒轅昊要說話，紫垣已經在筵席上行禮：「兒臣領旨。」

「嗯——」老皇帝的心情立刻緩和了許多，也是面露悅色。

軒轅昊不甘地坐下，看向紫垣，一會兒後勾起壞笑：「老七，你對那個什麼粉那麼熟悉，該不是你把蘇大人的屍體給藏了吧。」

老皇帝的面色再次不悅起來，自家孩子的心思，他怎不知。他好不容易找了個理由讓紫垣查案，好把滿城的謠言壓下去，這老三又不識相地鬧騰了。

但老皇帝也是不動聲色，似是有意觀察自己這兩個孩子。

紫垣揚唇一笑，笑得神鬼莫測。他抬眸看向軒轅昊：「皇兄常年結交江湖人，難道不知此物？」

「我當然不知道。」軒轅昊轉開身，說得有幾分心虛：「這麼陰邪的東西，我怎會知道？」

「是我告訴殿下的。」我悠悠地開了口。在我開口之時，軒轅昊已經眉腳抽搐，目光冷沉。

老皇帝也朝我看來，我揚臉微笑：「我是崑崙巫婆，自然知道。」

「這麼說……」老皇帝開了口：「蘇哲的屍身真是被這東西所化？」

「肯定是～～」軒轅昊橫眼看我。

我淡笑不語，端茶品茗。

「不是。」身邊的鳳麟開了口，老皇帝一愣，似是看不見鳳麟，還探出了身體。鳳麟輕輕一笑：「是障眼法，蘇哲的屍身還在他的棺木裡，只是你們看不見罷了。」

老皇帝和軒轅昊同時一驚。

李馳看鳳麟的目光已經是非常恐懼了。

紫垣同樣淡笑不語，也端茶品茗，顯然他已覺平常，無論我和鳳麟說出怎樣匪夷所思的怪話，做出怎樣匪夷所思的怪事，他都已經覺得再正常不過。

鳳麟端坐我身旁，繼續說道：「但正如紫垣所說，有些事，還是不要讓人都知道較好。蘇哲怨氣太深，我與師父恐其害人，將其封印在了棺木之中，不想讓人看見他已化作厲鬼，故用障眼法將其隱藏。哪知他的怨氣化出了一個冤字，所以，案子還是得查，好化去蘇哲的怨氣，讓他早去冥界。」

我微微挑眉，鳳麟……會說謊了。

但是，會睜著眼睛說謊，且鎮定自若的他，又離他自己近了一步。

我揚笑抿下一口清香的菊花茶。我的鳳麟就快回來了。

鳳麟算是說一半，藏一半，最後還幫了紫垣一半，這讓老皇帝的目光已是將信將疑。

「父皇，刑姑娘還是有些道行的。」紫垣也說了起來，老皇帝立刻好奇地看他：「聽垣兒你那麼一說，是真的見過這位刑姑娘的仙術了？」

「父皇您聽老七瞎說。」軒轅昊終於忍不住開口。

老皇帝微微擰眉，只看紫垣：「垣兒，你快說說，你見到了什麼神通？」

紫垣揚唇而笑，看向滿園秋菊，花園深處是一片冬梅。他轉回臉不疾不徐地問：「父皇，您可曾見過紅梅在此時綻放？」

老皇帝一愣，登時笑了：「垣兒真會說笑，紅梅怎會在現在開放？」

紫垣垂眸微笑：「但刑姑娘所住的院子，今天紅梅……」他抬眸看向老皇帝：「開了。」

登時，老皇帝和軒轅昊怔住了神情，久久沒有回神，老皇帝身後的老太監更是目瞪口呆！

「老、老奴不信。」老太監連連說：「老奴不信。」

我在他們不可置信的目光中起身，再次戴上帽簷：「我累了。很多時候，法術不過是障眼法，皇帝陛下也不要太相信了。」說罷，我在斗篷伸手。鳳麟起身拉住了我的手，轉頭看紫垣：「殿下，師傅累了。」

紫垣微露擔憂，起身對老皇帝一禮：「父皇，兒臣先行告退了。」

「啊……」老皇帝緩緩回神：「既是仙姑累了，快送仙姑回去休息吧。」

怪力亂神的東西歷來皆有，山上下來的道士、蓬萊而來的真人……那些帝王還是會信的，即使將信將疑也會禮遇。

所以，這個巫婆的身分很好用。對了，現在他們當我是仙姑。

紫垣和李馳到我身旁時，玄鏡抬起臉看向我，我從他身前飄然而過。他擰擰眉，不安地垂下臉。

軒轅昊對玄鏡很好，這看得出來，並不是在利用他，因為人是不會為自己的棋子擔心的。

所以，玄鏡在軒轅昊的心裡，是朋友；而玄鏡也由此感動，全心全意為軒轅昊改命。他應該知道，軒轅昊是沒有做帝王的命的。

我為能有人真心待玄鏡而高興，但玄鏡現在所忠於的主人不能成為帝王。

遠處匆匆來了三個人，紫垣見時，已是隔著斗篷輕輕握住了我的手臂：「我們快走吧。」

「嗯。」

來的三人正是其他三位皇子，紫垣的皇兄們。

紫垣帶我想拐入御花園另一條路時，這三位皇子像是有意堵我們般加快了腳步。

「老七——老七——」二皇子軒轅烈已經喊了起來，善戰的他也是腳步如風，身材魁梧，一下子擋在我們的面前，只看紫垣：「你怎麼越叫越走啊？我們可是聽說你和老三都把你們的奇人帶來了，也讓我們見識見識啊。」

「正是。」五皇子軒轅軒也好奇地到我們身前。他與軒轅烈不同，目光已經落在我和鳳麟身上：「難道這位就是傳說中的巫婆？」

「這位就是……？」軒轅烈才看見我，驚訝地看我一會兒，立刻轉頭大喊：「大皇兄，你過來呀，老七把巫婆真帶來了！」

紫垣面色微沉，沒有看站在遠處的軒轅祡，軒轅祡面容乾瘦，有點尖嘴猴腮。他也沒看紫垣，而是朝向老皇帝的方向：「我先去跟父皇請安。」說完，他朝花園御亭走去。

軒轅烈一看，目露疑惑，轉回臉看紫垣：「你跟老大怎麼了？」

「沒什麼。」紫垣淡淡微笑。

老五軒轅軒比軒轅烈心思更加細緻些，他看著紫垣，細細深思。

「別走了別走了，我們幾個兄弟也難得見個面。」軒轅烈拉住紫垣，紫垣微微抿唇：「刑姑娘她……」

「嘖，你怎麼整天就想著姑娘呢！」軒轅烈是個直性子，正因太直，老皇帝沒有把他放在儲君候選中，也正因知他直，所以老皇帝對軒轅烈這個孩子最為放心。

若按原來的星軌，軒轅烈是紫垣未來最大的助力。

紫垣微微擰眉，李馳捂嘴偷樂：「烈殿下，殿下說的姑娘就是……」他朝我這裡指來，軒轅烈一愣：「巫婆不都是老太婆嗎？」

「烈殿下！」李馳驚呼，緊張地到軒轅烈身邊把他微微拉開，偷偷看我一眼，小聲提醒滿臉莫名的軒轅烈：「刑姑娘脾氣不好，您可千萬別惹她。她累了，所以我家殿下帶她回去休息呢。」

「啊？」軒轅烈呆住了神情。

軒轅軒也聽了個清楚，對紫垣微笑道：「既然是姑娘累了，老七你就帶她回去休息吧，本來還想看看她和那位玄鏡先生哪個更厲害呢。」

「就是！皇宮地方多的是。」軒轅烈又回來了：「讓……姑娘在宮裡休息會兒，我們這不都好奇蘇哲那件事，特地趕過來看熱鬧嘛。」

紫垣微微蹙眉，面露難色。

我在斗篷下悠悠開口：「既然來了皇宮，我也給皇宮看看風水吧。」

紫垣微微一驚，朝我看來。

我看向他：「讓人帶我去後宮休息。」

「妳真想在這兒休息？」紫垣擔心看我。

我在深深的帽簷下微微抬臉：「快中午啦……」也很久沒吃皇宮御宴了。

紫垣像是察覺了什麼，輕輕地笑了：「呵……」

「我師傅最愛好吃的。」鳳麟開口補充，紫垣的笑容更深一分，顯然是為自己猜對而高興。

鳳麟開了口，才引起軒轅烈和軒轅軒的注意。軒轅烈一見鳳麟就喜道：「這是姑娘的孩子！真可愛！」

「是徒弟。」鳳麟沉下了臉：「我不是我師傅的孩子！」他顯然有些生氣，而且很介意自己被說成是我的兒子。他的臉色越來越陰沉，倏然大吼：「不准再說——」不像人類的吼聲從他口中而出時，狂風也瞬間捲起，瞬間吹亂菊花滿天飛揚。

我立刻伸手捂住了他的嘴，不讓他再吼出。而面前的軒轅烈和軒轅軒已經呆若木雞。

狂風平靜後，我把鳳麟抱在了身邊：「冷靜了嗎？」

「嗯。」他低下臉：「我錯了，對不起，師傅。」

我握住了他的手，他現在知道了克制。

「啊……」軒轅烈回過神時，全身打了個冷顫，往紫垣的身邊靠了靠：「那個……老七，命人帶姑娘去休息吧，我們幾兄弟聊聊……聊聊……」

「嗯。」紫垣沉眉點頭，嘴角浮出一抹若有似無的淡笑。

李馳挨到軒轅烈身邊：「都提醒過了。」

軒轅烈眨眨眼，不敢再多看我一眼，和李馳一樣，兩個人齊齊打了個冷顫。

紫垣命宮女帶我入宮歇息，他和幾個兄弟再次回到御花園，一時太監宮女回歸，整個御花園瞬間熱鬧起來。

紫垣遠遠看我一眼，我在斗篷下對他點了點頭，他才露出少許安心的神色。

皇子們成年後，便不宜再留住後宮，他們在外面有了自己的王府，從此不住宮內。

宮女們將我帶到一間幽靜的偏院，在她們給我拿來茶點後，鳳麟便把她們遣退。我側躺在屋內的軟榻上，軟榻正對窗戶。秋風乾澀，吹在臉上讓我有些不適。

我摸上自己的臉，越來越乾了。

鳳麟見狀，伸出小手摸了摸我的臉，目露疼惜：「師傅，這泥身只怕堅持不了多久。」

我邪邪勾笑：「放心，我們也不會待很久。」

他想了想，孩子的眼睛更加清澈晶亮，隨即轉身取來了茶壺。他托住茶壺到我面前，我看到魔力開始在他手中纏繞，茶壺中已傳來水沸騰的咕咚聲。

咕咚咕咚——熱氣源源不斷從壺嘴裡冒出，在秋涼中熱度變得舒適，這些水氣噴在了我的臉上，立刻感覺皮膚濕潤，不再乾澀。

我微笑地閉上了眼睛，享受鳳麟為我的臉補充水分。

第四章　命運回歸

不知不覺，還真小睡了片刻。天水那邊六神已齊，而我這裡還缺一人。玥的神骨沒有找到適合的主人，倒是其他的神骨已經擇主，一一歸位。

我交給茶花的重任便是讓她帶那些神骨下凡，找尋主人。她做得很好，我能感覺到六界各物已回歸正常，只剩仙界無人管理。

我暫時兼著，但這並非長久之計。

難道……也要和玥造一個？

嗯……只是不知這身體幾時可以恢復，能夠造神？

「師傅，皇后她們來了。」鳳麟在我耳邊提醒。

我微微擰眉，從小睡中醒來，後宮也是個多事之地，但是運用得宜，會比用外面的大臣效果更好。

畢竟她們才是老皇帝的枕邊人。

我從軟榻上坐起，看著鳳麟：「麟兒，我們不能讓她們真的以為我們是神仙，因為神仙不能干涉人間之事；但我們又不能讓她們覺得我們是騙子，要讓她們仍對我們心生敬畏。這個尺度，你可有把握？」

鳳麟反是笑了：「師傅，人們就愛信騙子，尤其是女人，她們最愛算命。」我邪邪地揚唇：「知道就好。下次要克制，不要太顯出力量了。」

「是，師傅。」鳳麟向我一抱拳，小小的臉上笑容越來越多，越來越像最初的麟兒。

他在降生時少有笑容，因為他那時人性未齊，不知七情六欲，自然也不知高興、快樂與悲傷，只有魔性自身帶來的憤怒。

而現在，笑容常常洋溢在他的臉上，儘管很多時候，是壞笑、是邪笑、是陰笑……但我不也是如此？

所以，麟兒被我帶「邪」了。

鳳麟轉身跑了出去。站在院門口時，我聽見了他的話音：「師傅已知皇后娘娘和各位娘娘駕到，讓徒兒前來相迎。師傅作為天神的使者，不便跪迎，還請各位娘娘見諒。」

我滿意地笑了，還有些得意。不愧是我的麟兒，一日一變，一日一大，昨日他還只會發火，今日他已學會隱藏。

他這一舉動，想必會讓後宮那些女人們吃驚不小吧。

她們前來未讓人通知，而我們已經知道，這足以讓她們以為我們未卜先知，這巫婆的身分徹底坐實。

其實，一些武功高的武林人士也能做到。

軒轅王朝的巫婆也分三六九等，高等的被人敬畏，因為他們認為她們能通神，她們的話便是神借她們之口傳達給世人為神諭，故被稱為仙姑。

她們通常自稱來自各種仙山。

而低等的巫婆年齡較大些，通常存在於民間討生活，算命、看風水、請鬼上身、請仙驅鬼。

其實，哼……全是騙子。

但……老百姓不知。

被鳳麟的話驚到的妃嬪們在院門口大驚小呼著。自從來到此處，我們還未曾動用仙術，除了一開始沒有控制好自己力量的鳳麟。

在此之後，我希望能不用神力就不用。

我端坐在軟榻上，斗篷再次蓋住全身，這樣可以增加自己的神祕。屋內熏香已燃，讓人心神寧靜。

院中，鳳麟將皇后和三位妃嬪已經領了進來。

鳳麟到門前時，也變得裝模作樣地一禮：「師傅？您回來了嗎？皇后娘娘和各位娘娘來了。」

我不答，在深深的帽簷下壞壞地笑了，鳳麟也喜歡裝神弄鬼了。

「孩子，你師傅不是在嗎？」皇后娘娘身邊的老嬤嬤奇怪地低聲問。

鳳麟白她一眼：「我師傅元神出竅去會崑崙山的神仙了，怎麼會在？」

我微微挑眉，邪邪勾唇。鳳麟真是學得太快了。

「哦～～～」老嬤嬤不由驚嘆，皇后娘娘和三位妃嬪也是面面相覷，一時反是不敢進入。

我也裝模作樣地長舒一口氣：「呼……麟兒，誰來了？我正和太虛真人下棋呢。」

「是皇后娘娘她們。」鳳麟答。

「打擾仙姑了。」皇后娘娘反是變得恭敬，其她三位妃嬪也是頷首一禮，目光微垂。

女人果然比男人騙起來更容易，她們更信鬼神，更對鬼神敬畏。

我立刻說：「原來是皇后娘娘和幾位娘娘，快請進。」

鳳麟帶著皇后她們入內，連皇后旁的老嬤嬤也對我畢恭畢敬，眸中是滿滿的崇敬，和老皇帝身邊的老太監完全不同。

皇后和妃嬪入座後，我看向皇后：「方才我還跟太虛真人聊起了娘娘。」

「哦？真的？」皇后娘娘生得溫婉大方，風韻猶存，眉宇之間便可知年輕時是大家閨秀，但現在暗沉的目光和眸底那隱含的冰冷，已經譜寫了她這一生的蛻變。

她微露好奇，但又帶著謹慎：「仙姑和真人談了些什麼？」

我在帽簷下邪邪而笑：「說娘娘最近心裡不安寧。」

皇后的眸底立刻劃過一抹暗沉，美眸之中已在細細地盤算。

她還未全信我，但已聽出我話外之音。大皇子軒轅紫是她的兒子，軒轅紫刺殺紫垣之事，她也是主謀之一。

她生的明明是大皇子，卻沒有被封為太子，她心有不甘。

她心裡不安寧，還有一個原因，就是蘇哲的案子。

因為——她也姓蘇。

蘇哲是她的娘家人，所以才會為她的兒子，也就是大皇子軒轅紫效命。

皇宮之中，後宮女人看似不出半步，知道的消息卻不比皇帝少，所以皇帝接到蘇哲這個案子時，皇后也知道了。

她同時得到了消息：紫垣將審此案。

身為一個長居後宮的女人，她不會比普通謀士差，可惜用錯了方法。

她想一石二鳥，結果還是低估了紫垣的力量，沒把紫垣殺了，反而暴露了自己。好在蘇哲死了，案子也被擱置，她總算少了一件心事。

但更大的威脅仍在：紫垣還活著。

關於這些，人間一等一的謀士也能算到。

謀士所比拚的關鍵，並非權謀之術，而是手中資訊的多少——資訊，才是謀士手中重要的棋子。

誰手中的消息多，才能巧妙布局，運籌帷幄，決勝未來。

皇后慢慢地笑了：「我有什麼好不安寧的？」

我在帽簷下緩緩開口：「是啊，這兩天，娘娘心裡又安寧了些。但只怕今天之後，娘娘又要不安寧了。」

皇后看向我，其她妃嬪也不敢貿然出聲，各自微笑。

其中一個嬪妃見皇后娘娘不說話，說了起來：「不如讓仙姑給我們算算命如何？」

「好啊。」妃嬪們說了起來，緩和了有些緊張的氣氛：「我也想算算。」

鳳麟站到她們面前：「這種小事何需我師傅費神？我來給妳們算。」

妃嬪們笑了起來：「多可愛的小仙童啊，我家昊兒小時候也和他一樣可愛呢。」

我抬眸看向說話的這個女人，原來她是軒轅昊的母親。我邪邪地笑了，這種不再無所不知的感覺，其實很好。

另一個妃嬪笑看她：「端妃說得是，你家昊兒小時候就活潑好動，那時老惹皇上生氣呢。」端妃掩唇笑了，看向鳳麟：「這麼小的孩子就會算命，我可不信。來，孩子，給我算算。」端妃朝鳳麟伸出手。

鳳麟面無表情上前，伸手抓住她的手，隨即放開。

「怎麼了？孩子？」端妃稀罕地看鳳麟。我家麟兒可是人見人愛，這些中年婦人心裡自然喜歡，因為她們的兒子也到了成婚的年齡，是想抱孫子了。

皇后也微微側目看向鳳麟，眼神之中格外地小心。

鳳麟看向她：「娘娘姓端，所以皇上封娘娘為端妃……」鳳麟滔滔不絕時，端妃和身邊妃嬪已經驚呼連連。鳳麟繼續說著：「那年娘娘懷了三殿下，在荷花池邊餵魚，險些失足跌落湖中。」

「喲，這孩子像是看了我的記憶，怎麼什麼都知道啊？」端妃越發喜歡地看鳳麟：「你果真是小仙童呢。」

鳳麟停住了話音，正色之中露出一抹邪笑：「我得師傅教導，自然學了些仙術。娘娘，每個人心中都有祕密，妳的祕密我便不說了。其她娘娘還要看嗎？比如……看看是誰派人推了端妃娘娘……」

端妃的面色微微難堪起來，顯然，當年的事她是心裡有數的。

但後宮步步驚心，為得平安，很多事只能當作不知了。

其他妃嬪尷尬起來，紛紛乾笑道：「怎麼會推端妃娘娘呢？」

「是啊是啊。」

「若是真有，當年也有一些妃子被打入冷宮，會不會就是她們做的？」

「難道是那個徐妃？」

她們一邊故作揣測緩和尷尬，一邊已把自己的手收回身前交握。

「就是就是。」端妃也笑了起來，性格與軒轅昊一般開朗：「這是多少年前的事了，昊兒都還在我肚子裡呢。」

「是啊是啊。」妃嬪們尷尬地笑了起來，氣氛又開始轉冷。

就在這時，院外一公公匆匆入內，看見皇后的侍婢先是一驚，立即停下腳步，在屋外喊道：「奴才拜見皇后娘娘，各位娘娘，皇上召仙姑去用宴。」

妃嬪們看向皇后娘娘，皇后端莊地在老嬤嬤的攙扶中起身，對我微微一笑：「仙姑真是神通，希望下次能與仙姑好好聊聊。」

我在帽簷下揚唇而笑：「我也想。」

鳳麟回到我身前，拉住我的手起身，皇后再看我一眼才轉身離去。端妃走過鳳麟身前時，歡喜地從袖子裡拿出一把糕點塞入鳳麟手中：「吃吧，吃吧。」

鳳麟拿著糕點，目送端妃離開：「她衣袖裡總是藏著糕點。」

「為什麼？」我問。

鳳眸的小臉上微露感傷：「在荷花池事件後，她總是怕有人害她的孩兒，所以軒轅昊的飯菜全是她親手做的，身邊也常帶自己做的糕點，可以時刻拿出給軒轅昊吃。這個習慣便這樣留下了。」他微微擰眉，仰起臉看我：「後宮的女人真複雜，不算是好人，但……也不算是壞人。」

「她們也是為了自保。」我俯下臉看鳳麟：「善惡有時難辨。麟兒，這世上沒有絕對的善，也沒有絕對的惡，包括……師傅也是……」

鳳麟小小的臉上似是想起了什麼，清澈的黑眸中劃過絲絲的黑氣。他擰緊了雙眉，低下臉，抓緊了我的手：「我想起來了，師傅是被關在崑崙山的，被關了……三千年！」

「但師傅已經報仇了。」

「我在嗎？」他立刻仰起臉看我，似是擔心他沒有助我復仇。

我掀開帽簷，伸出手撫上他有些冰涼的小臉，笑了：「當然，你一直在。」

他緊張的臉上浮出笑容，忽的撲上我的身體緊緊抱緊：「我會一直在妳身邊的……」

我輕撫他背後的長髮。你做到了，麟兒，所以我放下了聖陽，愛上了你。因為只有你……一直在我身邊。

❖

御宴上，軒轅烈一直遠遠盯著我和鳳麟看，那神情和李馳極為相似，一邊盯還一邊打冷顫。

明明覺得我有邪性，但還是要看，那神情像是有什麼事情讓他百思不得其解。

而軒轅紫似乎並不把我或是軒轅昊的謀士玄鏡放在心上，因為他從不看我們，說明他壓根就不信。

面前是舞姬獻舞，我和玄鏡又是面對面坐著。我看著他，他看著地，我揚唇一笑，他渾身一僵。他是神鏡，即使不正面看著我，也知道我在看他。他能看到這裡發生的一切，即使身後有蒼蠅飛過亦同。

他微微擰眉，拿起酒杯，定了定心神，抬起臉。在見面半日後，他終於穩定了心神。

他朝我舉起酒杯：「玄鏡敬刑姑娘一杯。」

在他敬酒時，軒轅昊和紫垣的目光一起朝我們看來，即使面前舞姬舞姿妖嬈，也無法吸引他們的視線。

而本就一直盯著我和鳳麟看的軒轅烈也立刻瞪大眼睛，像是不想錯過什麼。他對面的軒轅軒看向他時一愣，然後順著他目光也朝我們看來。

我緩緩地揭開帽簷。那一刻，我感覺到軒轅烈的呼吸都開始屏住，看來他是真的很好奇我的長相。

當我揭開帽簷時，軒轅烈鬆了口氣，輕輕說了聲：「原來真的不是老太婆。」即使我是泥身，他說得再輕我也聽得見。

我也拿起酒杯，笑看玄鏡：「謝先生的酒。」

我們一飲而盡。我放落酒杯時，玄鏡再次開了口：「刑姑娘在崑崙山多久了？」

我勾唇一笑：「是因為先生……」我抬眸再次看他，「看不出我的過去是嗎？」

他微微一怔，璀起了如鏡般明亮的雙眸：「崑崙山我常去，但我從未聽說那裡有仙姑。」

我也咧開了嘴：「崑崙山先生常去，可知山上的天裡有神仙？」

他抿住了唇，軒轅昊的神情變得有些緊張。

紫垣的目光也開始變得深沉。

看戲的軒轅烈也小心呼吸著，像是在看高手對決。而軒轅軒的目光一直定定地落在我的臉上。

終於，這裡的一切也引起了遠處老皇帝和軒轅柴的注意。

玄鏡再次看我：「刑姑娘既是仙姑，我聽說仙姑不入塵世，是何原因讓刑姑娘入了凡塵？」

我邪邪地笑了，邪魅的笑容吸引了所有男人的目光。我瞥眸看向了他：「是因為你。」

玄鏡一驚：「刑姑娘是為了玄鏡？呵……」他自嘲一笑：「玄鏡乃一介布衣，何德何能讓姑娘從崑崙山的天上下了這俗世凡塵？」

我嘴角微揚久久看他，他的右眼沒有鏡的光澤。我盯視那隻眼睛：「因為……你的眼睛不能帶到凡塵。」

玄鏡的眼神在我的話中閃爍了一下。我繼續看著他：「你在使用那隻眼睛時，就應該料到有人會來吧？」

玄鏡的神情再次變得不安，軒轅昊立刻握住他的手臂：「玄鏡，你的眼睛到底怎麼了？」

玄鏡眉峰一收，忽然猛然看我：「妳果然是妖孽！」他騰地起身：「皇帝陛下，這刑姑娘不是人類，是妖孽！」

「啊～～～」登時，御宴大亂，舞姬紛紛逃離。軒轅紫第一個起身護到老皇帝身前，老皇帝在他身後探出臉，將信將疑地看著玄鏡。

軒轅烈也起身：「我就說她身上邪性！大膽妖孽，到底是何來路？」

我穩坐筵席後。鳳麟看向我，我邪邪而笑：「哼，玄鏡，你就是人了嗎？」

立刻，所有人的目光又看向了玄鏡。

玄鏡轉臉看我：「玄鏡自然是人，玄鏡有父有母，戶籍可查！」玄鏡說得鏗鏘有力，證據確鑿。

「住口！」紫垣沉沉厲喝，起身朝老皇帝一禮：「父皇，兒臣擔保，刑姑娘不是妖孽。」

「你是被她迷住了吧～～～」軒轅昊唯恐天下不亂地壞笑：「沒準兒她就是狐狸精呢～～」

「放肆！」鳳麟的身上殺氣立現，軒轅烈立刻大喝：「大家小心！」

鳳麟見狀，隱忍了眸中的憤怒，沉沉看軒轅昊：「我師傅是捉妖的！怎會是妖精？真正的妖精是他！」鳳麟甩手指向了玄鏡，整個御宴的空氣登時變得靜謐。

鳳麟的一招以彼之道還治彼身，讓事情變得更加撲朔迷離。

因為凡人難辨神妖。

「你居然汙蔑玄鏡！」軒轅昊憤然起身，鳳麟也站起身：「是你先汙蔑我師傅的！」

「你、你們到底誰是妖孽？」軒轅烈緊張地在我和玄鏡之間來回張望。

我揚唇勾笑，冷冷看擰眉的玄鏡：「玄鏡，你膽子真是不小，你做了什麼，你自己最清楚。」

玄鏡也朝我看來，臉上多了分視死如歸的神情：「你們是不能干涉人間事的！」他狠狠盯視我，像是在說妳能把我怎樣？他已經猜到我的身分是天人了。

「到底誰是妖怪啊？」軒轅烈急了：「完全看不出啊！」

「我覺得刑姑娘不像妖怪。」軒轅軒看著我微笑：「有時候，看著越像妖精的，才不是妖精。而看著越和普通人一樣的……」他看向了玄鏡：「才是妖怪。」

「老五你別亂說！」軒轅昊登時憤怒起來：「玄鏡從沒害過人，怎麼可能是妖怪？我看你也被那女的迷住了，從她拿下斗篷的帽子開始你就一直盯著人家看！」軒轅昊盯著軒轅軒甩手指向我。

軒轅軒也有些生氣，儒雅的臉上浮出一絲怒意：「玄鏡先生口口聲聲說自己是個普通人，但我們普通人怎能看出對方是人是妖？他一口咬定刑姑娘是妖，除非他也是妖！」

「哈哈哈哈——」我仰天而笑：「說得好～～玄鏡～～現在我們兩個都是妖了，妖何苦為難妖呢。」

玄鏡不甘心地看著我，我揚唇邪笑。

「夠了——」老皇帝終於開了口，所有皇子們頓時下跪，玄鏡也跟著下跪，只有我繼續穩坐筵席。

老皇帝沉臉看軒轅昊，滿臉不悅：「最近京城已經人心惶惶，蘇哲家鬧鬼是鬧得滿城風雨，你現在還非要弄出些妖孽來嗎？」

軒轅昊一驚，不甘地仰起臉，顯然認為老皇帝偏袒紫垣。

軒轅昊正要開口，玄鏡見狀匆匆一拜：「草民死罪！是草民妄加猜測，與殿下無關！」

「你是死罪！」老皇帝真的怒了，龍顏震怒，厲喝在大殿內迴響，玄鏡的生死瞬間危急。

軒轅昊一驚，立刻上前：「父皇，玄鏡猜測也是為了我軒轅王朝的安危。那對師徒確實邪性，大家都感覺到了！」軒轅昊環視所有人，只有軒轅烈點點頭。

「朕不想再聽！」老皇帝怒然起身，臉已經沉到極點，他怒極地指向軒轅昊：「京城謠言四起，人心惶惶！垣兒——」老皇帝指向紫垣：「垣兒想方設法平息謠言……你倒好，左一個妖孽，右一個妖孽，你是嫌最近京城還不夠亂是不是？」

軒轅昊一怔，玄鏡已經深深擰眉，懊悔自己沒能及時察覺龍意。

我站了起來，鳳麟扶住我的手。我緩緩走到玄鏡身旁，他的身體開始緊繃，陷入戒備。

「皇上息怒，對身體不好。」我開口時，老皇帝的神色微微緩和，坐回龍椅看我。我繼續說道：「三殿下也是愛才心切，為自己人爭一口氣，如此護奴才的主子，天下也是少見，也請皇上勿再怪罪三殿下了。」

軒轅昊斜睨我冷笑，想開口時卻被玄鏡拉了拉衣襬。這軒轅昊就像好鬥的公雞，嘴不饒人。

「你看看，人家刑姑娘還在為你說話！你什麼時候能像垣兒一樣沉穩！」老皇帝說得恨鐵不成鋼。

軒轅昊不服氣地甩開臉，嘴角是憤世嫉俗的冷笑。

紫垣看他一眼，上前對老皇帝一禮：「三哥只是急了。父皇，您也知道他這脾氣，京城現在謠言四起，我們皇族之間實不宜再傳妖孽流言。皇族是百姓心之所向，若是皇族裡傳出妖孽，京城的狀況只會雪上加霜。」

「哼。」軒轅昊終於忍不住冷笑出聲：「那難道說仙女嗎？」他嘲笑地看紫垣。

紫垣沉沉看他：「不錯，就說是神仙。百姓愚昧，聽信怪力亂神，蘇哲之事由鬼而起，化屍粉一說也只能讓人將信將疑，若是三哥的天機先生有什麼神通能讓百姓信他為仙，紫垣倒是建議三哥可讓天機先生出面，穩定人心，這樣，父皇也會高興的。」紫垣最後的半句話算是給軒轅昊一個台階，也給他在老皇帝面前立功的機會。

軒轅昊眯起眼睛看看紫垣，勾唇一笑：「好啊，那我們就造個神仙出來。」說罷，他一直盯著紫垣，眸光銳利而帶著挑釁。

軒轅昊每次失控，都因紫垣。哼……看來他真的很想贏過紫垣，只要能讓老皇帝在眾人面前承認他遠在其上，他沒什麼不能做的。

紫垣在軒轅昊咄咄的盯視中依然鎮定自若，轉身看向老皇帝：「父皇，您看如何？」

老皇帝陷入深思。

軒轅軒也上前道：「父皇，歷史上的皇朝也有封天師和國師，依兒臣看那些天師國師並無神通，他們的存在卻可以讓百姓心安，讓百姓認為皇族有天護佑，而皇族又護佑他們，使百姓人心所向。有時怪力亂神，也是一種穩定人心的幌子。」

老皇帝聽了軒轅軒的話，點了點頭：「就這麼辦。既然要辦，就往大處辦！柴兒。」

「兒臣在。」軒轅柴上前。

老皇帝看向他：「你負責工部、戶部，讓他們全權配合，速速建一個祭壇出來，建成後——」老皇帝看看軒轅昊，再看看紫垣：「你們兩個的人比一場，誰若勝出，即封為我軒轅王朝第一任國師！」

玄鏡在我身旁驚得直起了身體，我邪邪地笑了。有意思，事情會這樣突變，完全在我和玄鏡意料之外。我瞥眸俯看玄鏡：「敢接嗎？」

玄鏡擰起了眉，而軒轅昊已經直接行禮：「兒臣接旨！」

玄鏡吃驚地看向立在他身前的軒轅昊背影，現在，他也變成棋盤中的棋子了。這樣的發展，玄鏡，你可曾料到？

❖

這場賭約，就這樣定下了。

沒有人問過我或是玄鏡願不願做這軒轅王朝的國師。

軒轅昊是為爭一口氣，而紫垣那深沉心思只怕已經有了自己的打算。

聖旨很快到了紫垣這裡，是讓他徹查蘇哲一案的。

我和鳳麟在紫垣的偏院裡也靜靜住了幾日，一直由李馳負責守護我們。

紫垣明知李馳最怕我們，卻讓他守在院子裡，這令他難受了好幾天。

我拿起黑子，放落我與鳳麟之間的棋盤：「棋局已變，這棋是越來越好玩了。」

鳳麟拿起白子，稚氣的臉上又多了幾分老成：「師傅，這玄鏡也是厲害，他透過看到過去來推算未來，還能推算得如此之準，改變天命。師傅，這玄鏡到底是什麼來頭？」

我看著棋盤，揚唇邪邪而笑，窗邊那顆腦袋始終不離。我輕輕一笑：「麟兒你只是忘了。不過他能算得如此之準，確實讓我吃驚。」我之前還弄不清玄鏡無法看到未來，究竟是如何改變星軌，直到和他對視後，才知是他的智慧。

他無法看到未來，卻能透過這個人的過去推算出未來，從他的性格、喜好、人脈關係等種種訊息，助他準確無誤地推算此人在未來會有何作為。看似像是民間的算命先生，但他比那些算命先生可是厲害得多了。

「師傅，你猜下一個關鍵之人會是誰？」鳳麟放落棋子。

我無聊地單手支臉把玩棋子：「玄鏡這蠢貨，原本我與他都不在棋局之內，被他皇宮那一鬧，讓我和他都陷入棋局之中。現在，我們深陷棋局，誰也說不準了，沒準我和他都會是關鍵之人。」

「玄鏡會不會是故意的？」鳳麟抬起胖胖的小臉。最近他倒是養得唇紅齒白，雙頰肉肉，孩子果然還是胖些可愛。

「哼……他是護主心切～～～」我扔下黑子：「他一直是這樣，對自己的主人忠心得發痴。他若是能為自己想想，能對主人說聲不，也不會落到今天這個下場……」往日的回憶湧上心頭，玄鏡對主人的那種愛，也是一種痴啊。

「人世更複雜，人心更難測，他若是贏，也是贏在那隻眼睛，能看到任何生靈的過去，若是拚心術，他在這裡只怕活不過半年。好了，李馳，你聽夠了沒？」我瞥眸看向窗口，李馳憨憨地探出了腦袋：「嘿嘿……刑姑娘，妳好像真的什麼都知道，能不能看我幾時娶媳婦兒？」

我看看他，白他了一眼，繼續和鳳麟下棋：「你若想娶，今天刮了你那鬍子，明日便會遇上姑娘。」

「真的啊？」他激動地摸自己的鬍子，還顯得有點不捨：「哎，可俺娘說了，長鬍子的男人才像個男人！」

「你是想像個男人，還是想快點有個媳婦兒？」

「當然是快點有個媳婦兒啦！嘿嘿。」他傻傻地笑了，那神情像是已經幻想有個媳婦給他端茶送水暖被生兒子了。

我邪邪一笑：「但三年後軒轅會有戰事，你會死在戰場，你媳婦兒帶著你兒子從此守寡。」

李馳瞬間僵滯，目瞪口呆地看我。

鳳麟看看他，低臉一笑，抬眸看我輕輕問：「師傅，妳說的是真的？」

我壞壞地笑了。鳳麟笑看李馳：「李馳將軍，師傅逗你呢。」

李馳大大鬆了口氣：「呼……我膽兒小，刑姑娘妳可別這樣嚇唬我。」

我又白了他一眼：「速去準備，五殿下來了。」

「什麼五殿下？」李馳疑惑之時，管家已經探頭探腦地站在了院門口。管家年紀大，對鬼神更加敬畏，所以對我和鳳麟一直畏懼，從不敢踏入院子半步。

「李將軍～～～～李將軍～～～～」管家小聲地喊著。李馳走向院門：「管家你幹嘛呢，用得著怕成這樣嗎？」

管家乾乾地笑了笑：「我是來稟報的，五殿下求見姑娘。」

李馳一愣：「五殿下真的來了，刑姑娘怎麼每次都能料準？」他扭頭喊：「刑姑娘——見不見啊——」

我懶懶地單手支臉看鳳麟。鳳麟已經會意，轉臉喊道：「師傅說見。」

「好咧。」李馳轉回臉：「管家你快去準備好吃的去。」

「知道了知道了。」管家偷偷看我一眼，沒走：「李將軍，刑姑娘真的料事如神？」

「當然！」李馳此刻卻顯得高傲起來：「咱家姑娘早知道五殿下要來了，可神著呢，她還說我很快就能遇到媳婦兒。」

「真的啊？」管家也拉長脖子看我：「那能不能也給我算算。」

「去去去，咱家姑娘什麼人，忙著呢，沒工夫給你算命。走走走……」李馳把管家趕走了，然後又啪啪跑了回來，嬉皮笑臉看我：「刑姑娘，說正經的，我到底什麼時候能娶上媳婦兒？」

我瞥他一眼：「咱家姑娘？」

「嘿嘿嘿嘿。」

「哼。」我懶懶地坐直身體，看他一眼：「好，我幫你看看，到時自會告訴你。」

「謝姑娘！謝姑娘！」李馳對我連連叩頭：「要是姑娘能幫我找個媳婦，我李馳一定對姑娘馬首是瞻！」

「你對我師傅馬首是瞻了，那殿下怎麼辦？」鳳麟的話讓李馳一時呆若木雞，在門外語塞。

而在他的身後，已經遠遠走來軒轅王朝的五殿下——軒轅軒。

軒轅軒一身淡青色便衣，即使是便衣也是上乘材質，突顯出帝王家的貴氣。他的身上隱隱閃爍著微光。

鳳麟立刻看向我：「師傅！」

我揚唇邪邪地笑了：「看來關鍵之人已經出現。」

能影響國運的關鍵之人身上，會閃耀特殊的光芒，不到關鍵時刻不會閃現。到了關鍵的時刻，因為他即將左右星運，身上會因為靠近星軌而染上星光。

五殿下神采奕奕，丰姿儒雅。他走入屋內，對我一禮：「姑娘在下棋？」

我微微坐直身體：「五殿下找我何事？」

他提袍坐下，抬眸看我：「無事就不能來找姑娘了？」

我垂眸含笑，微微點頭：「既然無事……不如殿下帶我出去逛逛吧。」我看向軒轅軒，他驚訝之中帶出了驚喜，似是受寵若驚地起身：「我真的有此榮幸？」

鳳麟扶起我，我看了看李馳：「正好去給李將軍物色物色媳婦兒。」

李馳顯得尷尬，又有些不好意思：「這個……不好吧……殿下在辦案，姑娘跟五殿下出去……不太……好吧。」

軒轅軒的神情在李馳尷尬的話音中也變得有些尷尬。他偷偷看我一眼，眸中露出幾許深思。

我瞥眸看李馳：「我是你殿下的女人嗎？」

李馳的臉騰地漲紅，尷尬至極地偷偷看我：「這個……那個……」

「哼。」我收回目光輕笑：「真是個粗人。麟兒，去把我斗篷拿來。」

「是，師傅。」鳳麟轉身去拿我斗篷。李馳站在一邊又羞又臊，還偷偷打了自己兩巴掌：「數你最笨！」

軒轅軒在一旁看了一會兒，神情變得輕鬆，再次浮出笑容：「刑姑娘想去哪兒？」

鳳麟已拿來我的斗篷，李馳見狀立刻接過，拍馬屁地幫我穿上：「我來我來。」

我想了想：「哪兒熱鬧去哪兒。」

軒轅軒明朗一笑：「好啊。」

外面秋高氣爽，陽光明媚，李馳卻是一臉哭喪。即使不讀他的心，也從他的臉上猜出了他心裡的話：殿下，刑姑娘跟五殿下約會去了，嗚……你快回來啊……

就在我坐上軒轅軒的馬車離開之時，一個太監匆匆往紫垣王府而去。軒轅軒從車窗裡看見了，也認出了那個太監。

李馳從車簾一邊探入頭：「刑姑娘，那好像是宮裡的太監。」

我背對窗口而坐，淡笑不語。

軒轅軒想了想，笑了：「刑姑娘願跟我出來，莫不是為了躲避什麼？」

李馳一聽，立刻點頭：「肯定是，刑姑娘可神了，今天殿下還沒來，她就已經知道殿下要來了。我看那太監有點像東宮的李公公。」

「對，那是皇后跟前的公公。」軒轅軒也作補充。

「師傅不想見皇后。」鳳麟開口之時，李馳和軒轅軒已露驚訝之色。

皇后來找我，想必是為軒轅祟。紫垣的案子應該快塵埃落定了，軒轅祟也會牽連之中，皇后心裡怎會不急？

「皇后想見姑娘，只怕是為了大皇兄。」軒轅軒並不遮掩地說了出來。鳳麟看向他，他微露嘆息：「蘇哲的案子牽扯到了大皇兄，其實這些事，大家心裡都清楚。」

「那你怎麼看？」我看向他。他頓了片刻，反是看向了窗外：「這裡就是京城最好的酒樓，裡面的大廚手藝非常精湛。」他扯開了話題。

我揚唇一笑，說了起來：「很多事大家心裡都清楚，但未必能選好自己的未來。我看得出五殿下無心皇位，但你真的能置身事外嗎？」

軒轅軒的目光微微垂落，不再說話。

馬車過了市集，經過一排大宅。

「姑娘……真有神通？」軒轅軒遲疑地問。

我瞥眸看他：「要看什麼方面了。」

他看我一眼，微露笑意：「比如看看誰是忠，誰是奸。要是把奸的都除了，那我們不就省事了？」

「哼……那要你們何用？」我的話讓軒轅軒露出莫名的神色。我揚唇邪邪一笑：「有些東西是不能亂改的，有人強行改命，才會招來禍端。該你們做的事，還是要由你們去做。」

軒轅軒疑惑看我：「那到底……什麼事是我們該做的？」

我邪邪地笑了：「問你自己的心。」

軒轅軒發了怔，久久看我。

馬車漸漸停下，來到了城外一座臨江的高樓。我們登上樓閣後來到一間雅間，雅間裡已擺上茶點，熏香繚繞。軒轅軒請我入座，李馳被留在了門外。

面前的茶桌中央擺有一圓形白瓷魚缸，缸底繪有蓮花，栩栩如生，兩尾紅鯉在魚缸中游動，甚是可愛。一旁是仙鶴雪鬆的屏風，再一旁有面落地銅鏡，清晰的鏡面映出露台外一方天地。

望出露台，便是一望無際的青山綠水，乃是文人騷客最愛之處。

而露台上正是一張作畫的案桌，桌上文房四寶俱全，被鎮紙壓住的宣紙在桌面上隨風輕輕吹起。

鳳麟來回看了看，站在露台門邊：「此處雖在京城之中，卻遠離喧囂，殿下真是找了個好地方。」

軒轅軒微微一笑：「想來姑娘喜歡幽靜，便選了此處。」

「你錯了。」鳳麟坐回我的身旁：「師傅最愛熱鬧。」

軒轅軒一愣，鳳麟邪邪地咧開嘴角：「而且越鬧，她越喜歡。」

軒轅軒愣愣看向我，我瞥眸看他：「五殿下躲在這裡，真的就能躲過一切嗎？」

「呵……我躲什麼。」他起身走到案桌邊，遙望遠方山水：「青山綠水碧連天，飛鳥一去不復返，人如果能像飛鳥一樣自由，該有多好……」他的神情失落起來。

我看他一眼，揚唇一笑：「國強民富，殿下一樣自由。」

他微微側臉，我繼續說道：「國不強，民不富，殿下到哪兒都是心繫王朝，憂國憂民，心怎

「好。」我點點頭。軒轅軒遂起身離開。

屋內只剩我與鳳麟。我看向那面鏡子：「來。」

鏡子緩緩移了過來，停在茶桌一旁，正對茶桌和另一邊的屏風。鏡子裡映入了我與鳳麟，還有我面前的茶桌，兩尾紅鯉在鏡子裡的魚缸裡，時隱時現。

門輕輕地開了，一襲灰色斗篷現於屏風旁邊，對方恭敬一禮：「玄鏡拜見五殿下。」

鳳麟給我重新倒上了茶，我悠然開口：「五殿下……已經被我搶了。」

他全身一怔，立刻直起身，直直地看向我，已不再像之前那麼恐慌、那麼害怕，而是牢牢盯視我的眼睛。他看著我許久，雙眸中鏡光閃耀，浮出絲絲不甘、憤怒與人類不屈不撓的抗爭。

鳳麟又拿出一只杯子放在我的對面，也倒上了一杯茶。

我看著那從杯中而出的縷縷水氣，邪邪一笑：「既然來了，喝杯茶吧。」

「妳是不能干涉人間的事的！」他忽然朝我失控地大喊。

「哼。」我放冷了目光：「還不是因為你多事？」我瞥眸看他。他閃閃的眸光中隱隱含恨：

「我們為什麼不能改變命運？你們憑什麼擺布我們？我一定會抗爭到底的！」他怒吼之時，鳳麟的眸光倏然收緊，登時，狂亂的江風吹入這個小小的雅間，門扉亂撞，扯起了玄鏡的斗篷，吹得他無法站穩，斗篷從他身上被扯落，橫飛起來，在風停之時緩緩飄落。

「坐下。」唯獨我的周圍風平浪靜，即使就在玄鏡身邊的屏風也紋絲不動。

玄鏡的長髮被狂風吹亂，他顫顫地指向我：「你們果然是從上面來的！」

「我讓你坐下——」大吼從我口中而出時，玄鏡的長髮也跟著揚起。鳳麟立刻一甩手，魔光在他眼中劃過之際，玄鏡像是被人隔空拎起，重重摁落在我面前。

「喝茶！」鳳麟一聲厲喝，茶杯已移到玄鏡的面前。

我悠悠一笑：「別招惹我徒弟，他脾氣不好。」

玄鏡的面色變得蒼白，看著晃動的茶水，忽然笑了起來：「呵、呵呵……哈哈哈——原來你們真的存在！你們一直存在！」他跪在茶桌前，笑容慘澹而痛苦：「人間戰火肆虐的時候你們不出現！人間瘟疫橫行的時候你們不出現！我只是想改變我的命運，你們卻出現了！我只是個小小的書生，想扭轉自己的命運，卻驚動了你們，我到底有何德何能能勞動你們的神駕？」

我淡淡地看著他：「你真的……只是為了改變自己的命運嗎？」

他的眸光立刻一顫，但很快用鎮定掩蓋自己眼底一切的波瀾。

我轉臉看向身旁的鏡子：「你在鏡子裡看到自己的過去了嗎？」

他戒備地看我一眼，轉臉也看向鏡子。光亮的銅鏡裡是他長髮微微有些散亂的臉，清俊的臉有些瘦削，還有些疲憊。

我看著鏡中的他：「你只有自己的過去看不到吧，所以，你想找回過去。」

鏡子中的他牢牢盯視我的臉，他鏡光閃閃的眸中是迫切想找到答案的渴望，還有太多太多的飲恨。這些恨，是他前世埋在心底的，現在帶到了今生。他自己不知在恨什麼，便轉化成了對命運的憤怒和不甘。

我看著他的眼睛：「你的左眼能看到任何人的過去；原本，你的右眼可以看到任何人的未來。」

他一驚，看向鏡中的我，我悠然地拿起茶杯：「星盤已經變化，你我都在這棋局之中，我們……來下一場棋如何？」

他看向鏡中的我，輕笑：「我能贏得過你們嗎？」

我勾唇而笑，也看向鏡中的他：「若是真想殺你，你還能留到現在嗎？讓你灰飛煙滅不過是眨眼間的事，你會從這個世界徹底消失，不留半點痕跡，甚至是在任何人的心裡。」當我沉沉的話音出口時，鏡中的玄鏡臉上再也沒了半絲笑容，一絲懼色從他眼底浮起，他坐在鏡中的身體也頹然跌坐。

「正像你說的，我們不能干涉人世間之事，既然你要改命，我們就只能在人間，用人的方法來糾正。這場棋，你若贏了，我還你右眼……」我看向他面前的茶杯，茶杯在我的目光中緩緩飄到他的面前。他怔怔地看著，接過懸空的茶杯，眸光閃爍了一下，轉臉看向鏡子裡的我：「那要是我輸了呢？」

「哼……」我在鏡中的臉陰森地笑了，寒氣開始包裹整個雅間，冰霜爬上了鏡面，漸漸覆蓋玄鏡注視鏡子的臉：「我會取走你的靈魂，生生世世不得自由！」

啪！鏡子在冰霜中裂開，與此同時，鏡裡玄鏡的臉上也出現一抹血痕。他驚訝地撫上自己的臉，卻未摸到血痕，而那鏡中的他臉上分明多了一道血痕，也正用同樣驚訝的眼神看著他。

「放心～在這場棋局中，我不會對他人使用仙術。」我輕輕放落茶杯。玄鏡緩緩收回摸自己臉的手，雙手捧住茶杯，轉回臉看我：「那蘇哲呢？妳難道也沒用仙術？」

我陰森地笑了：「蘇哲的命是你改的，我只是在糾正。你的眼睛也算是仙術，仙術對仙術才公平～～～」我瞥眸看他：「今天你來找五殿下，難道不也是因為你的眼睛？」

他睜了睜眼，看向茶杯：「好，我陪妳下這場棋！」他的眼神越發堅定。他猛地飲盡杯中的水，啪的一聲重重放落茶杯，抬眸直直看我：「我一定會扶三殿下上位的！」

「哼……」我不以為意地笑了，俯身也放落手中茶杯：「你呀，還是那麼傻。你有沒有問過自己，這樣做真的是為軒轅昊好嗎？」

他的臉上苦澀地笑了：「你們神仙會知道報恩嗎？呵，你們是不會懂的，因為你們無情！」說罷，他霍地起身，大步離開，到門口時撿起地上的斗篷甩了甩，披回自己身上，微微側臉苦笑看我：「你們只會玩弄我們，把我們當作消遣用的棋子！」

嘩啦！他拉開了門，毫不猶豫地跨出門檻，大步離去。

「師傅。」鳳麟看向我。我的嘴角漸漸揚起，轉眸看向鏡中，裂痕上是鮮紅的血跡。

「他會察覺嗎？」鳳麟看著那抹血跡問。我在鏡中搖了搖頭：「他不會的，他已入棋局，已經是當局者迷。嗯……我們來猜猜他下一個盯上的是誰。麟兒，你去吧。」

「是，師傅！」鳳麟立刻起身，魔光在他身上閃現，翅膀頓時破衣而出。頃刻間，他化作蝙蝠飛起，消失在了淡淡的陽光之中。

我悠然地再次拿起溫暖的茶杯，此時門再次開了。軒轅軒進來時目露疑惑：「鳳麟小公子呢？」

我但笑不語。軒轅軒久久而好奇地看著我。

「刑姑娘，妳醉了。」他輕輕地拿下了我撫他側臉的手，卻是握在了手中，再也沒有放開。

我看著他依然側開的臉，邪邪地笑了：「為什麼不敢看我？」

他擰了擰眉，倏然握緊了我的手：「我不想失控。」

「哼……」我再次單手支臉，酒醉地看他：「你未曾酒醉，怎會失控？而且……你不怕我嗎？」

他一怔，下意識看向了我的手。秋風瑟瑟吹過，立刻在我的手背又留下一道裂痕。

他一驚，卻沒有怕得丟開我的手，而是目露一絲疼惜，匆匆看向一邊的茶壺。然後，他學著鳳麟，也打開茶蓋沾了點水，輕輕地抹在我的手背上，又看著我的手背，再次失了神：「不知為何，我不怕姑娘。」他抬眸看向我，終於把視線落在了我的臉上，依然是深邃無懼的視線：「無論姑娘是精是怪，紫垣都不會負了姑娘。」

「負？」我壞壞地揚唇：「哪個負？負情的負？還是負義的負？」

紫垣的臉上立刻劃過一抹窘迫。他匆匆放開我的手，再次側開臉：「姑娘真心助紫垣，紫垣當然不會負情負義。」

我好玩地看著他，他的側臉在月色下再次浮起一絲薄紅。

他似是變得有些心煩氣躁，再次給自己倒了杯酒，喝下後看向周圍：「鳳麟呢？」

「去監視玄鏡了。」

紫垣一驚：「他一個人？」

我笑了：「他一人足矣。」

「姑娘……不用掐算？」紫垣疑惑看我。

我揚唇一笑：「我說過，神通只用在玄鏡的身上，至於其他人，其他事，我們不會干涉。所以，在你面前我只是個謀士，和普通人一樣的謀士。」

紫垣的神情開始變得擔憂，深沉再次覆蓋他的雙眸。

「怎麼，怕我輸給玄鏡？」我瞥眸看他，他卻是搖搖頭：「不，是擔心姑娘的身體。」他看向我的手：「鳳麟不在姑娘身邊，到底有什麼方法可以助姑娘維持人形？」

我在他的話中深深看著他。他即使轉世為凡人，發現我並非人類，卻依然不懼我，反而心繫我的安危。我的小紫對我的情始終不變。

我情不自禁地站起身，他的視線隨我而起。我緩步走到他的身前，在他抬眸看向我時，我俯下了臉……

他的雙眸立刻在月光中收緊，呼吸也在酒香中凝滯。

我俯下了臉，雙唇停在了他紅唇的上方。我深深看著他，隔著那一層薄薄的空氣看著他，然後邪邪地笑了：「放心，有我在你身邊，誰也別想奪走本來就屬於你的東西。」

他看著我的目光越來越深邃，深邃到即便是月光映入他的眸中，也被那深深的漩渦捲入無盡的深淵。

我站起了身，微微的醉意讓我腳步不穩，他立刻起身扶住我的身體。我在清新的桂花酒香中走入房間。

他扶我躺落臥榻，坐在我的身旁俯身凝視我。我閉上了眼睛：「小紫，留下來陪我……」

「好……」他輕輕為我蓋上了毛毯，握住了我的手……那隻手很溫暖。

❖

清晨降臨時，我坐起身，看著伏在我腿上安睡的紫垣。淡淡的金色晨光灑落在他的黑髮上，隱隱透出一抹深深的紫色。

我撫上他的長髮，發現回到他身上的星光再次黯淡起來，一定是玄鏡又有了什麼動作。

窗外又有人探頭探腦，我笑了：「李馳，你想看什麼？」

窗口露出李馳有些複雜的臉，臉上的神情似是有些擔心，又有些失望：「殿下……沒事吧。」

我瞥他一眼：「怎麼？擔心我把你家殿下吃了？」

他眸光閃爍了一下，看向別處。

「哼，那你又失望什麼？」我好笑地看他。他臉紅了紅：「我以為……」

「你以為？」我在他尷尬的神情中收回目光：「你家殿下的人品你還不知，胡思亂想什麼？」

「咳。」

「哎……你居然把我想得這麼妖，虧我還幫你物色媳婦。」我嘆著起身，把玩紫垣的長髮。

「別！親娘啊！仙姑！」李馳幾乎是跪著進來的：「求神女賜我媳婦兒。」

噗嗤！我笑了，李馳真好玩。「你今日去城裡神廟取一罐井水，子時到柳家大宅的門口，你會看見一棵快要枯死的柳樹。你只需將水倒入柳樹下的泥中，自有媳婦送來。」

李馳一愣，傻傻地看我：「姑娘，妳這是拿我玩吧。」

「照姑娘說的去做。」紫垣沉沉的聲音傳來，李馳登時全身僵硬。紫垣從我的腿上起身，轉身看李馳：「你怎麼從沒對我行這樣的大禮？是怪我耽誤你找媳婦？」

「不不不。」李馳匆匆起身，尷尬地笑著：「這不是……怕姑娘嗎？」他小聲地說，還小心翼翼看我。

「哼。」紫垣又好氣又好笑地搖搖頭，沉沉看他：「相信姑娘說的話，我給你準備彩禮。」

李馳一驚，立刻再次跪下：「謝殿下！」

紫垣搖頭笑了。

我補充道：「記得，把鬍子剃了，給姑娘留個好印象。」

「哎！」李馳高高興興起身，摸著自己的鬍子又變得將信將疑：「怎麼給柳樹澆點水就有媳婦兒了？」

紫垣也看向我，目光之中也是求解。

我揚唇一笑：「天機不可洩露。等你成婚了，我再告訴你。」

「好！好！」李馳開心地只會說好。

紫垣沉沉看他：「還不快去準備早膳。」

「是！」李馳快活地跑了。

紫垣從我榻邊起身，房內只剩我與他，讓他顯得有些局促。他眨眨眼看向我：「鳳麟小公子不在，要不要我給妳安排個丫鬟？」

我邪邪地笑了：「你可願意伺候我？」

他微微一愣。我從臥榻起身：「看來我真是要求過分了，怎能讓軒轅王朝堂堂的七殿下伺候我這小小的村姑？」

「刑姑娘……」紫垣的語氣裡微微帶出一分生氣：「好，妳先坐著，我去給妳拿水。」他扶我坐在窗邊的書桌旁，轉身給我取水。

窗外鳥鳴聲聲，已是辰時，紫垣該上朝了。

「師傅。」心中忽然傳來鳳麟的聲音。我們的心印在他重生後修復，而且隨著他的覺醒，他已可直接與我說話。

我看向窗外：「何事？」

「昨晚玄鏡讓軒轅昊請軒轅紫用宴。」

「嗯……」

「以修建神壇之由。不過玄鏡給了軒轅紫一個錦囊，讓他帶給皇后。」

「錦囊？有意思。」玄鏡定是知道皇后心中所憂了。我沒見皇后，倒是讓他鑽了個空子。皇后是後宮之主，紫垣、軒轅昊、軒轅軒，還有軒轅烈的母親全在後宮之中，不管錦囊裡寫了什麼，無非兩件事——拉攏軒轅軒的母親；加害紫垣的母親。

沒關係，他有錦囊，我也有。

我取過宣紙，撕下一條，提筆沾墨寫下了一排字，折疊起來。

紫垣拿著布巾回到我身邊：「在寫什麼？」

「錦囊。」我看了看紫垣身上，沒有錦囊。我想了想，拿過他的布巾擦了擦臉，然後放在桌上用毛筆直接畫了一個錦囊。

呼！我輕輕一吹，錦囊立刻從布巾上顯現，看得紫垣目瞪口呆。

我將字條塞入錦囊之中，起身對紫垣豎起手指：「噓……我是神仙這點，只有你一人知道。」

紫垣怔怔看我。我將錦囊放入他的手中：「但我若要助你，不能使用仙力，所以你自己也要小心。今天去見一下你的母親，入了後宮後，你先去拜見皇后，將這個錦囊交給她，然後請你母親以為你父皇祈福求仙藥為由，去趟蓬萊。你未稱帝之前，讓她都不要回來。」

紫垣看看手中的錦囊，目露深沉：「好。」

這裡離蓬萊近，而且歷來帝皇都是前往蓬萊求取仙藥。老皇帝最近身體很差，這個理由不易讓人懷疑。

在紫垣帶著錦囊離開時，一隻飛鳥落在院中。我邪邪一笑，閉眸之時，神識離開泥身，進入飛鳥的身體，正看見李馳端著早膳跑了回來。

他將早膳端到我泥身之前，疑惑地看著我：「怎麼又睡了？」他左思右想了一番：「我還是別吵醒了她。」他小心翼翼看我一眼，輕輕退回門外，坐在門檻開始自言自語：「什麼井水……什麼柳樹……刑姑娘該不會耍我玩吧？還子時去澆水……這太奇怪了……但刑姑娘確實厲害……

她到底是妖……還是仙呢……」

我看他一眼，笑了笑，展開雙翅，撲棱棱地飛入了空中，眸中映入紫垣的馬車。我邪邪一笑，跟了上去。

❖

朝堂之上，百官已然站立，紫垣和其他皇子立在前方。

軒轅紫陰冷地看紫垣一眼，捏了捏袍袖。嗯……玄鏡的錦囊一定在裡面。

我落在樹上，靜靜觀瞧，看看最後皇后會選誰的錦囊。

我們天神不能干涉人間的事，所以在玄鏡左右皇后做出選擇時，我要在同一時刻給皇后另一個選擇，在這一時刻，這個人會突然成為關鍵之人。

這個關鍵之人，算是玄鏡自己創造的。而皇后的選擇，也會左右事件的進一步轉變。

此刻，朝堂上一片肅靜。老皇帝掃視眾人，然後看向紫垣：「蘇哲的案子查得怎麼樣了？」

立刻，軒轅紫眼角餘光落在了紫垣的身上。

紫垣上前一步：「回稟父皇，蘇哲的案子已經查清楚了。」他頓了頓話音，在軒轅紫的目光中不動聲色地繼續說：「蘇哲貪贓枉法，買兇殺人，強占他人宅院，已人證物證俱全，而他的屍身並非失蹤，而是由江湖中人用化屍粉所化。蘇哲生前仇家眾多，到底是哪個江湖中人，一時難以追查，但此事惹得謠言四起，人心惶惶，兒臣會追查到底。」

紫垣的話，是說給文武百官、天下百姓聽的。哪來的江湖人士？如何追查？最後用的不過是不了了之四個字。相信百姓們也是希望紫垣不要查出這位「江湖人士」的。

「好！」老皇帝龍顏大悅，微露一抹深沉看紫垣：「蘇哲的案子真的查乾淨了？沒有旁人牽扯其中？」

老皇帝的暗示讓軒轅紫緊張起來。

紫垣目光看軒轅紫一眼，頷首沉語：「沒有了，與蘇哲一案相關人員已經入獄，再無他人。」

老皇帝點點頭，他這是在試探紫垣，試探他會不會給自己的兄弟一條退路。若是紫垣真的六親不認，雖然剛正，卻不再是儲君人選，最後，也只是一個王。

更何況現在老皇帝在位，紫垣若是揪出軒轅紫來，豈不也是丟了他的臉？

我看到老皇帝臉上的悅色，心中已安。

老皇帝看了看紫垣，還有其他讓他引以為傲的皇子，面露欣慰之色，忽然臉紅了紅，咳嗽起來：「咳咳咳！」

「父皇！」皇子們紛紛上前，朝臣全數下跪：「皇上保重龍體——」

老皇帝緩了緩氣，伸手揚了揚，朝臣才起身。軒轅紫上前：「父皇，神壇之事刻不容緩，早日建成，早日祭天，為父皇祈福。」

老皇帝面色微微發白地點點頭。

「陛下，老臣有不同看法。」說話的，是軒轅王朝的丞相，羅程青羅大人：「神壇之事乃是怪力亂神，之前因蘇哲屍身神祕失蹤之案已鬧得人心惶惶，滿城風雨，梁王殿下好不容易平息留言，若是皇族又建神壇，豈非承認了鬼神？還請陛下三思。」

軒轅柴立刻道：「神壇乃是敬畏天神，怎是怪力亂神？羅丞相，舉頭三尺有神明，你敢說自己不信天神？」

羅丞相老謀深算地捋了捋花白的鬍鬚笑道：「殿下，您也說舉頭三尺有神明了？蘇哲本是殿下娘家人，一直為殿下效命，殿下這是沒看好娘家人啊。」

立刻，整個大殿氣氛緊繃。紫垣不方便說的事，這老丞相說了出來，說得深淺適中，眾人心知肚明，也給老皇帝再次提個醒，軒轅柴在老皇帝心裡，算是完完全全沒有位置了。

「你！」軒轅柴一時氣急。紫垣不動聲色，軒轅軒微微站到紫垣身旁，軒轅烈看似是粗人，但心思不粗，他憨憨一笑：「老丞相，造神壇不是說我們皇族迷信了，是表達我們對天神的敬畏。」軒轅烈再次把話題帶回神壇。

老丞相搖頭輕笑：「老臣可聽說了，是因為駿王殿下和梁王殿下府中有奇人要鬥法。呵，兩位殿下，那些不過是江湖術士，你們自己養著玩玩也就罷了……」

玩玩？我邪邪地笑了，這老頭一定不是軒轅昊的人，也不是紫垣的人，方才又刻意批了軒轅柴，除卻他們，只有軒轅烈和軒轅軒。

軒轅烈是武將，這老頭看上去就是心思縝密、德高望重之人，這樣的人，是不會輔佐軒轅烈的。那麼……只有軒轅軒了。

我看向軒轅軒，軒轅軒的神情倒是沒什麼變化，依然站在紫垣的身旁。

但是，老皇帝也沒發話，顯然是由羅老頭說下去，可見羅老頭在老皇帝心裡有極重的地位，甚至會左右老皇帝儲君的選擇。

羅老頭繼續說道：「還造神壇來鬥法？這就不妥了。」

「老丞相～～～」軒轅昊已經率先開了口：「眼見為實耳聽為虛～～您沒見過天機先生，怎能妄斷他是江湖術士？天機先生料事如神，謀略過人，倒是那個神祕巫婆才是江湖騙子，不過是鄉間跳大神的，居然也會信她的鬼話。」

老丞相捋著鬍鬚，那神情完全像是準備看「狗」咬「狗」。

他是故意挑起這個話題的。這隻老狐狸，他是為了讓老皇帝看這兩個皇子是如何爭強好鬥的。

朝堂變得安靜。紫垣不看任何人，只是向老皇帝一禮：「父皇，刑姑娘並不看重國師之位，她心性平淡，不喜追名逐利，老丞相說得也是有理，神壇之事也勞民傷財，此戰……就當我們認輸了。」

我一怔，紫垣這不是以退為進，而是真正想退，難道是為了我？

紫垣的話讓老丞相也一時愣住了，似是沒想到堂堂的梁王會在朝堂上、文武百官面前放下一切身段，主動認輸。他再看紫垣的目光裡，多了幾分審視。

「怎能認輸？」軒轅軒卻是站了出來，臉上的神情反是有些心浮氣躁：「刑姑娘的神通，本殿下見過。」

老丞相瞬間呆住了，那神情像是完全沒想到軒轅軒會突然冒出來為我說話。

而朝臣們也驚訝起來。軒轅軒生氣地看向眾人：「你們在客來之前可知道誰會來？但刑姑娘知道。她在我尚未進梁王府門前便已知道，她在天機先生未上觀鶴樓時便已知道，這若不算神通算什麼？」

「這麼厲害？」

「軒殿下一定不會亂說的。」

「這位刑姑娘是真有神通啊。」

朝臣們驚訝地竊竊私語起來。

軒轅軒看向軒轅昊：「你的天機先生也不過是料事如神，但刑姑娘能料他所料，知他所知，此戰刑姑娘必贏！」

軒轅昊輕笑：「那又能說明什麼？說明她還是個跳大神的巫婆～～～巫婆不就是靠這個騙人的嗎？哈哈哈——」

軒轅昊的嘲笑讓朝臣們再次動搖起來。

「駿王殿下說得也有理啊，江湖術士最常用的手段就是故弄玄虛。」

「嗯……有理有理，不像那天機先生是謀略過人，這才是人中之才啊。」

我挑眉看那老丞相。事情是他引出來的，本想是看軒轅昊和紫垣鬥氣，結果卻變成軒轅軒和軒轅昊鬥氣了。

他老謀深算的臉上也露出一抹難堪。果然，他失算了。

我邪邪一笑，展開翅膀飛起，飛入大殿之內，落在紫垣正上方的梁上，俯看眾人。

「哼。」軒轅軒冷笑，轉身對老皇帝一禮：「父皇，所以比賽之事不能作罷，不能辱了刑姑娘的名聲，兒臣要為刑姑娘正名。」

老皇帝擰眉看了許久，比賽之事，本是他提出的，之前只有皇子在場，所以百官不知，此時此刻，他也不好意思承認是自己說的。

軒轅軒的懇求，正好給他一個決斷的機會：「好！就依你。朕也想見識見識兩位奇人的本事，你們——不好奇嗎？」

眾人見老皇帝如此說，也紛紛點頭：「臣等也想見識見識。」

老皇帝看羅老頭：「羅丞相，這樣吧，你來做這場比試的評判，看看他們到底誰是江湖騙子，誰是天命的國師！」

羅老頭一見有台階下，立刻接旨道：「臣！領旨！但國運應在於治國之人，畢竟天神不管人間之事……」

我邪邪一笑，這老傢伙是何人轉世？倒是悟得透徹。待事情了了，回去看看。

「所以陛下，還是請盡快選出儲君為重。」羅丞相跪了下來，立刻，朝臣們也再次行禮：「請陛下盡快立儲。」

原來這老頭說了那麼久，是看老皇帝病重快不行了，想讓他盡快立儲。

老皇帝應該已經看出他的心事，先是長嘆一口氣：「好！不如這樣，既然舉頭三尺有神明，就讓神明來定儲君，看神壇誰贏。」

登時，所有人都目露吃驚。

軒轅紫呆呆看著地面，軒轅烈瞪大了眼睛，軒轅軒困惑不解，軒轅昊勾唇笑看紫垣，紫垣深思不語。

「陛下！立儲之事不可兒戲啊！」老丞相急了。

老皇帝在老太監的攙扶下起身，揮著手：「朕累了，就這麼定了。」

「恭送陛下——」朝臣們在驚詫之中，送走了老皇帝。

立刻，朝中大臣們目光穿梭，各黨各派瞬間看了個分明。老皇帝夠狡猾，我喜歡，他是故意做了一回「昏君」，才好看清各個皇子的實力，攪亂這池春水。

「老丞相！這、這可怎麼辦？」一些大臣們圍上了羅丞相，羅丞相也急白了臉，看向朝堂裡的各殿下，他第一眼看的果然是軒轅軒，卻沒想到軒轅軒只與紫垣說話。他立刻重重嘆了口氣。

軒轅紫在眾人大亂時和自己的人對視一眼，趁亂離開，他的動作被紫垣看入眼中。紫垣拉起軒轅軒，也立刻離開了大殿。

而紫垣的動作又被一個人看在眼中，便是軒轅昊，軒轅烈到他身邊推推他，他才回神。軒轅烈似是有意地問：「看什麼呢？這裡可沒美女。」

軒轅昊笑了，拉起軒轅烈：「走，喝酒去。」

軒轅烈一笑：「你倒還有心情喝酒，只怕這裡沒人今晚能睡著囉～～」

軒轅昊勾唇一笑，和軒轅烈勾肩搭背地走了。

我振開翅膀再次飛出大殿，俯看下去，很快找到了軒轅紫，他果然正朝後宮而去，定是去送錦囊的。他腳步如風，像是這錦囊燙手，急不可耐地想交給他的母后。

他如此著急，難道是已看過錦囊的內容？

我飛落東宮枝頭，看著軒轅柴進入殿內，立刻有宮女上前關閉門窗。

我再次飛起，在宮女走到最後一扇窗前時飛入，停在房梁之下。

軒轅柴一路進了內殿，皇后正坐在鳳榻上。

「母后，天機先生的錦囊來了。」軒轅柴匆匆一禮後獻上了錦囊，然後坐在一旁。

皇后慢慢打開錦囊，看了看，唇角卻是揚起：「這天機先生果然厲害。」

軒轅柴也目露喜悅：「是啊，沒想到天機先生願意助我！」

我一怔，難道我猜錯了？

皇后也點頭微笑：「天機先生讓我拉攏宣王的母妃。宣王一向孝順，只要我控制了他的母妃，宣王就不足為懼了。」

原來我沒猜錯，卻只是猜對了一半。哼！這樣才有意思。

「……但先生還是慢了。」軒轅柴目露鬱悶。皇后疑惑看他：「怎麼了？」

軒轅柴搖搖頭：「先生沒有料到今日父皇已經打算立儲了。」

「什麼？」皇后驚然起身，我邪邪地笑了。天命始終是天命，事在人為，卻成事在天，人世間的棋局好玩在於有太多不可控的力量。比如今日老皇帝戲謔般的決定。

但這樣的變化，我相信對玄鏡來說不算什麼。不過……軒轅柴說玄鏡助他，又是什麼意思？

「母后，父皇已經口諭，神壇比試誰贏誰做儲君。天機先生就算再助我也沒用了。」軒轅柴嘆氣地搖頭。

「兒戲，這也太兒戲了！」皇后氣得來回徘徊：「不行，不能讓這麼兒戲的事情發生！慢著！我們還有機會！」皇后似是想起了什麼，迅速冷靜下來，陰冷地笑了。

軒轅祡立刻看向她：「母后何意？」

皇后笑看他：「兒啊，神壇比試，是一個天賜的良機，若是他們都輸了呢？」

軒轅祡深思片刻，立刻大喜：「是啊！若是他們兩個帶的人都是江湖神棍，他們就都輸了！哈哈哈——可是天機先生……」軒轅祡憂慮地看向皇后。

皇后拿出錦囊：「天機先生聰明，知道良禽擇木而棲的道理，所以，他一定不會讓我們失望。」

「母后說得有理！」軒轅祡一掃之前的陰鬱，已然喜上眉梢，那滋滋的美意，似是皇位已入他囊中。

就在這時，老嬤嬤入內：「皇后，梁王前來請安。」

「梁王？」皇后目露深沉，軒轅祡也面露深思：「老七這個時候來請安是什麼意思？」

皇后略微點頭：「且讓他進來看看。」

「是。」老嬤嬤轉身通報。皇后對軒轅祡使了個眼色，軒轅祡起身躲避。

片刻後，紫垣入內請安。

「兒臣給皇后娘娘請安。」

皇后的臉上已是慈母般的微笑：「起來吧，是去看你的母親嗎？」

紫垣淡淡點頭：「是。還有一件事，昨日皇后娘娘請刑姑娘入宮遊玩，但刑姑娘先隨五皇兄出遊了。刑姑娘在知道後，讓我給皇后娘娘帶個錦囊來。」

皇后微微一怔，眸光卻是冷淡了一分。

我挑挑眉。嘖嘖嘖，看來皇后心中已有選擇，她還是選擇了貪。但願我的那個錦囊，能讓她及時回頭。

紫垣遞上錦囊，皇后娘娘接過後也是表情冷淡：「好的，回去替我謝謝刑姑娘。」

「是，兒臣告退。」紫垣看一眼錦囊，轉身匆匆離開，顯然此地讓他不適。

在紫垣走後，軒轅紫從屏風後走出：「刑姑娘也給母后送錦囊來了？」

皇后看著錦囊：「母后啊……現在細細回想，覺得那刑姑娘確實和江湖上算命的相似。她善於察言觀色，定是得了一些消息，所以故弄玄虛，好讓我自行入套。還是天機先生靠譜一些，這刑姑娘的錦囊，不看也罷。」皇后隨手把我的錦囊扔在一旁。

軒轅紫撿起，目露好奇：「那孩兒看看。」說罷，他拆開錦囊，看到我上面的字，立刻露出驚訝的神色：「母后！」

皇后看向他，發現他吃驚的神色時，也不由目光收緊：「怎麼了？紫兒？」

軒轅紫看看我的字條，有些驚魂地看向皇后：「刑姑娘好像知道我們要做什麼了。」

「什麼？」皇后再次驚起，從軒轅紫手中拿過字條，驚訝地一字一字念出：「退一步封王封地！」

軒轅紫目露慌張：「母后，她一定是知道什麼了，叫我們退一步，不坐王位，至少可以封王封地！可她是怎麼知道的？這刑姑娘我看見她時確實覺得邪性，不太像人，天機先生看見她時也是相當畏懼的，母后！」

「冷靜！」皇后將紙條擰入手心，目露陰狠：「她未必知道，這句話不代表她知道，但可以如她的意唬住我們，就像讓你現在那麼慌張！」皇后有些生氣地看軒轅柴。

軒轅柴在皇后冷沉的話語中，也慢慢恢復鎮定：「母后說得對，這句話是在利用我們心虛。但這刑姑娘……」

「必！除！」皇后坐回原位，將我的字條捏在手中一點點揉碎：「這刑姑娘還是有點本事的，就讓天機先生去對付她。哼，他們兩敗俱傷，對我們才是大大的好處！」

「母后說得對。」軒轅柴也露出安心的神色：「就讓我們以靜制動，慢慢看戲！」

皇后陰狠的目光裡已是多了分篤定。

我立在梁上邪邪笑了，她這是覺得王位已是她囊中之物了。哼，是玄鏡讓她成了關鍵之人，同樣的，玄鏡也能輕而易舉地除了她。

既然如此，該看戲的是我。

當宮女們再次打開窗戶時，我振翅而出。皇宮裡看似幽靜，但已經暗流湧動。

遠遠的，我已看見老丞相走在御花園裡匆匆的身影，這是要去面見老皇帝的。我從空中飛落，落在了他的頭頂，他一驚，伸手驅趕我：「去去去。」

只這片刻的接觸，他的過往已入我腦中，難怪他心向軒轅軒。原來他是小軒的太師，小軒的詩詞是他所教，小軒的情操也是由他所染。

而且，他的孫女和小軒青梅竹馬。

有意思，老丞相在效忠軒轅之餘，也有了自己小小的私心。

「看來那鳥兒喜歡你。」老皇帝打趣的聲音傳來時，老丞相已經下跪：「臣拜見陛下。」

「起來吧，裝什麼樣子。」老皇帝走到老丞相身邊，從他的語氣裡，已經足以證明他們的情義。

老丞相起身，看看左右，見沒有其他宮人，便直接說道：「皇上，立儲之事不能如此兒戲！」

「哎呀，這菊花開的甚是好啊。」老皇帝打岔了：「老羅啊，你看，今年的菊花真是爭奇鬥豔，難分勝負啊！」

羅丞相眸光一閃，露出一分老謀深算的神色，說道：「即使難分勝負，陛下也要選出一朵花魁啊。」

我心中一動。人，真是一個有趣的種族。那老皇帝先前說的話，連我這真神也沒料到會有他意，反而這老丞相卻聽出來了，這羅老頭果然瞭解老皇帝的心思。

老皇帝擰擰眉：「我選不出，你來選。」

老皇帝對老丞相也不說朕，而是我了，他對老丞相真的很信任。

「欸～老臣哪敢亂選。」老丞相連連擺手。

老皇帝一攤手：「那就讓老天來選囉。」

老丞相撇撇嘴：「哪有什麼天神？真有天神，就讓他出來選，他選出一朵，我就信他在，就信這場比賽！」

老皇帝輕輕一嘆，似是苦於無法說服固執的老丞相。

我心中一動。這應該不算是干涉吧，因為是他們讓我選一朵的。

我邪邪一笑，撲棱棱飛落花叢，從裡面折了一朵「醉美人」飛回他們二人之間。老皇帝和老丞相，還有老皇帝身邊的老太監，頓時全都目瞪口呆。

一陣風拂過御花園滿園的菊花，在陣陣菊香中，我叼著一朵「醉美人」，飛在他們二人之間。

「顯、顯靈了！」老太監的驚呼，驚醒了老皇帝和老丞相。老皇帝驚詫地朝我伸手，我把花放入他的手中，然後飛落在老丞相的頭頂上。

「這、這怎麼可能？」老丞相不可置信地搖頭，老皇帝笑看他：「這下，你該信了。」

「我不服！」他擺擺手，面色依然倔強：「就算由老天選，也該給其他幾朵花機會。」

老皇帝呵呵地笑著：「我真的覺得你該去見見刑姑娘，或許，她知道我為何不選其他幾朵花的原因。」

「那個傳說中的巫婆？」老丞相驚呼：「陛下也見過？」

「咳！」老皇帝有些尷尬地咳嗽。老太監笑著輕語：「老丞相，陛下見過了；那場比賽其實也是陛下提出的。百聞不如一見，老丞相，不如去見見刑姑娘和那天機先生，自然就會明白陛下的心思了。」

老丞相不說話了，久久深思。

我立在他的頭頂看老皇帝。老皇帝的心思……又是什麼？

老皇帝現在心裡是兩個選擇——軒轅昊和紫垣，老太監說的卻是讓老丞相來見我和玄鏡，方知老皇帝的心思。所以，老皇帝這心思在我和玄鏡身上。

難道……是為納才？

但玄鏡是男子，可入朝堂。

我呢？

軒轅王朝還沒有女人為官的先例。

哼……不如在家坐等老丞相來，正好我也想見見他，這老頭有意思，不知道他在見過我與玄鏡後，又會選誰？

皇后這顆棋子被玄鏡搶去也罷，在我手中並無太大作用。不過玄鏡似乎很注重這顆棋子，若是他能用得好，我也歡喜，這會讓棋局精彩不少。

老皇帝含笑看老丞相，一臉地諱莫如深：「老羅啊，你去見了他們兩個，定會收穫不少驚喜。」

老丞相擰擰眉：「既然陛下都這麼說，那老臣也去找他們算個命，看看老臣幾時發大財。」

「哈哈哈——哈哈哈——你啊你。」老皇帝大笑起來。秋風徐徐，日光明麗，我振翅而起，飛過滿園菊花時，花瓣隨風而起，飛舞在我的身旁。

老丞相看向我翻飛的身影，發出了一聲輕輕的感嘆：「今年怪事……真是多啊……」

萊為父皇求藥，正是刑姑娘的意思。」

「哦？」寧妃顯得有些驚訝：「那這刑姑娘，是真的有些謀略了。」

紫垣微笑點頭：「刑姑娘的神通，孩兒只敢對母親說，也請母親保密。」

寧妃點了點頭，神態平和之中微露一絲好奇。

「刑姑娘……」紫垣開了口，目光柔和地看向遠方，融入明麗的陽光之中：「刑姑娘可以讓府中紅梅為她所開，刑姑娘可以千里之外知來人。對了，是刑姑娘讓蘇哲的屍體憑空消失，只為蘇哲的案子可以重啟，讓孩兒可以在父皇這裡立功。刑姑娘她、她還可以畫物成真！」一聲聲驚嘆從紫垣口中而出，寧妃聽得將信將疑。

「什麼……畫物成真？」寧妃忍不住追問。

紫垣笑看寧妃：「刑姑娘只在巾上畫了一個錦囊，那錦囊便成真了。」

「這、這不是妖術嗎？」寧妃擔心得心慌起來，緊緊握住紫垣的手：「垣兒，你快離開那刑姑娘。母妃聽人說過，妖食人心、吸人氣，你可未與她同房吧？」

紫垣的臉色微微一紅：「自然沒有，母親您多慮了，刑姑娘不是妖，是仙。她對孩兒說過，她的仙術只用在天機先生身上，不會助孩兒奪位。」

寧妃微微一驚：「用在……天機先生身上？」

「是。」紫垣露出沉色：「刑姑娘雖然未對孩兒解釋，但這天機先生來得蹊蹺，恐非常人，或許……這天機先生才是妖，所以刑姑娘才下了凡……孩兒在想，是不是大賽後，刑姑娘……就會離去……」失落讓紫垣再次失神。人間日日難熬，不像我神界彈指一揮。紫垣在想我，這份思念是他從神界帶下去的。

寧妃擔憂地撫上紫垣的臉：「垣兒，你是真的喜歡上那邢姑娘了？若是妖，你不能靠近；若是仙，仙凡有別，只怕你此生會陷入相思之苦……垣兒，人間好女孩兒也不少，忘了那邢姑娘吧。」

紫垣握住寧妃的手點點頭：「孩兒自知配不上刑姑娘，母親放心。」

「哎……」寧妃又是一嘆：「母妃怎能放心呢，只怕這後面的日子，母妃是睡不著了。」

寧妃輕嘆地望入平靜的湖面。一條錦鯉忽然躍出，攪亂了平靜的湖水，層層漣漪開始蕩開，本是平靜的浮萍也開始不停地搖晃。

❖

紫垣在送寧妃回寢殿休息後離開。我立在窗邊看入寧妃的臥榻。她已小憩，身上的薄被是紫垣給她蓋上的，但她的眉間依然是深深的憂慮。

身在後宮，自己的孩子又因立儲而被推上風頭浪尖，她怎能不憂慮？這是個善良的女人……不，應該是一個尋求平靜的女人。

我歪著頭看她片刻，扇了扇翅膀，屋內熏香的青煙凝固在空氣之中。我緩緩飛落，落地之時，羽毛的長裙覆蓋全身。

我微笑看她寧靜的睡顏，指尖輕輕點落她的眉心：「寧妃，醒來。」

她眉頭微微一蹙，從睏倦中緩緩醒來，睜開迷濛的眼睛。我勾起唇角，她迷濛的視線看向我，昏昏沉沉，身體無法挪動。

「妳……是誰……」她似是夢囈。

我邪邪而笑：「我是刑姬。」

「刑……姑娘……」

我點點頭：「我知你擔心，特來相見，紫垣我會替妳守護，妳可安心前去蓬萊。畢竟妳的擔憂也會讓紫垣無法專心，時常掛念。」

「我……懂了……」

我伸手再次輕輕點落她的眉心：「睡吧。」

她緩緩地閉上了眼睛，夢囈輕輕出口：「請……神女……賜垣兒……姻緣……」

我微微一怔，沒想到寧妃讓我賜給紫垣的不是什麼皇位、太平天下，而是姻緣。寧妃希望紫垣能從我這裡得到情緣，好忘記我這個神女。

紫垣的姻緣非我所能定。若我硬生生地安排，他日他回神域必然氣我。他心中愛我，我卻為他安排情緣，他怎能不氣？

這一世的情緣，還是讓紫垣自己來定吧。

✥

回到王府時，紫垣已在我房中，正拿起一條毯子，往我的泥身上輕輕蓋落。

李馳站在門外又是偷偷張望，我笑了笑，飛過他頭頂時，啄了他一下。

「啊！」他叫了一聲。紫垣朝窗外看來，目露生氣：「噓！」

李馳顯得委屈。我離開鳥兒，飛入泥身之內，緩緩醒來。

「李馳吵到妳了？」紫垣輕柔地問，毯子依然蓋落我的身體。我抬起臉，李馳怯怯地站在窗外：「我就叫了一聲。」

「還說。」紫垣聲音放了沉：「見姑娘睡了也不給姑娘蓋條毯子。」

李馳立刻瞪大眼睛：「殿下，若我給姑娘蓋了毯子，您不吃醋啊。」

紫垣一怔，李馳見狀立刻開溜：「殿下，人有三急，您先看著姑娘。」

李馳跑了，一溜煙跑得飛快，瞬間沒了影，紫垣看著哭笑不得。

「噗嗤。」我低頭一笑。紫垣看向我：「對不起，讓姑娘見笑了。」

「叫我刑兒。」我抬起臉說，紫垣再次怔住。我含笑看他：「叫我姑娘顯得生分。」我單手支臉看他，他的目光閃爍了一下，微微側開。

我深深看他：「紫垣，你應知道我時日不多，你我該好好珍惜現在這每時每刻。」

紫垣的目光帶出一分失落。他緩緩在桌邊坐下，沒有看我地問：「妳剛才在笑什麼？」

我裹住他給我蓋上的毯子：「在笑羅老丞相，那真是一個有趣的人。」

紫垣吃驚轉臉：「你見過羅老丞相？」

「嗯。」我勾唇一笑：「我跟你去上朝了。」

他變得更加驚訝，我懶懶地往椅背上靠落：「既然皇上做出那樣的決定，紫垣，這些日子，你可以放鬆了。」

「我如何放鬆？」紫垣目露深沉：「父皇這是在逼我們。如此一來，大皇兄必有所動，我擔心的是父皇的安危。」

「所以你可以放鬆了。」我邪邪而笑。

他困惑地看向我：「此話何意？」

我單手支臉：「你擔心別人就範，別人還指望著看你和駿王的好戲，等你們兩個雙雙出醜，那對他來說，豈不更是省力？」

紫垣目露深思：「原來如此，我知妳和天機先生的實力，從未想過你們會當眾出醜，被人捉住把柄。是有人小看你們了……呵，妳說得對，這幾日我陪妳好好玩玩。」他含笑朝我看來，眸光閃閃。

我也挑眉看他：「也並非小看，只怕是有人想故意安排了。」

「故意安排？」紫垣深沉看我：「誰？」

我細細深思：「現在還不能告訴你，我需要再證實一下。」

「若是我與三皇兄國師鬥法會上出醜，有人必然得利。」紫垣抬手放落桌面，繼續深思：「但即使我有心不爭皇位，三皇兄他有天機先生在，豈會讓他人得逞？」他朝我看來，眼神非常確定，顯是對軒轅昊相當瞭解。

我邪邪一笑：「所以，我們要以靜制動，看看這個人到底要下哪步棋。」

紫垣深深注視我片刻，側臉一笑：「呵，說到下棋，還是父皇厲害，這一步下得全盤皆亂。」

我也笑了，往前靠上書桌單手支臉：「你父皇確實厲害，但也是被逼急了。」

「呵……朝中人人心思叵測，各位皇兄家中實力均衡，確實讓父皇煩憂已久。」紫垣也雙眉緊鎖，煩惱老皇帝心中之煩的同時，也是在為自己。

正因他們幾人無論在自身還是朝中勢力均為相近，才讓這場立儲之戰格外撲朔迷離。

紫垣又是正直之人，是不會為爭皇位而去陷害其他兄弟的。這五兄弟中會這麼做的，也只有老大軒轅紫。

軒轅紫只是急了。他是皇后之子，又是長子，理應立他為太子，可是，他只能眼睜睜地看著太子之位一直懸空，甚至可能落到他的皇弟們手中，他怎能不急？皇后又怎能不急？

這是因為不甘而起的貪念。

正因為這份過於急躁的貪念，讓他們早已出局。

我看向書桌上的茶杯，緩緩拿出五只茶杯：「五個孩子實力相當……」紫垣在我的話音中望著我擺放茶杯：「大兒子心思陰沉，精於詭計，老皇帝雖然明白，但礙於皇后以及皇后背後的家族，無法給出不立太子的理由。蘇哲一案，大家心知肚明，但你放他一馬，雖然老皇帝心裡知道你念兄弟之情，卻也錯失懲戒大兒子的機會。」

紫垣抬手拿起第一只茶杯，深沉注視：「皇后是三朝元老之女，若是我真的將大皇兄入罪，皇后也會牽連其中，父皇也會陷入兩難，我不能讓父皇為難。」他擰擰眉，還是放下了茶杯。

我邪邪一笑，拿起那只茶杯：「你做得對。所以，他已經不足為懼了。」說完，我甩手隨意地將這只茶杯扔出了窗外，啪的一聲，讓紫垣陷入愣怔。

我收回手，見紫垣還看著我扔杯子的窗，不由邪邪地笑了：「他們在大局中已經淪為棋子，而且是玄鏡的棋子，你不必再分心在他們身上。」

紫垣收回視線，目露深沉：「玄鏡的棋子？」

「哼……」我神祕一笑，不答，再拿起第二只茶杯：「二兒子看似莽撞，但其實大智若愚，勇敢善戰，若為君王，能震懾諸國。然而君王善戰同樣也會惹來戰事禍端，所以，這讓老皇帝舉棋不定……」紫垣在我的話中點頭，目露讚嘆：「二皇兄確實驍勇善戰，威震八方，使鄰國不敢犯我軒轅。」

「老五呢，才思敏捷，是你們當中才情最高之人，詩詞歌賦無一不通，有京城第一詩人之稱。但一個能寫好詩的人，未必能成為一個好皇帝，因為他善、他清高、他嚮往自由。」我拿起一只茶杯，放落紫垣面前：「現在，他屬於你了。」

紫垣深沉的神色更沉一分。他從我手中接過茶杯，變得有些猶豫：「五皇兄瀟灑風流，最嫌惡明爭暗鬥，我不想把他捲進來。」他想放落茶杯時，我伸手托住他的手。他朝我看來，我微笑看他：「自由是要付出代價的，現在，誰都無法脫身。你若敬他，真心待他，他的身後，可是老丞相。」

紫垣深沉的目光落在手中的茶杯上，久久注視，慢慢捏緊。

最後，我看向剩下的兩只茶杯：「五個兒子中，你和老三最讓老皇帝頭疼。你們實力相當，勢力均衡，文武雙全，才智過人。軒轅五子，各有優缺，可圈可點，老爺子始終無法決定儲君也是在於你們五人都很優秀。朝中百官這兩年步步緊逼，立儲之事已是迫在眉睫，老爺子正好藉著國師大賽這個理由『昏庸』一回，來推進立儲之事。」

「父皇是可以不這麼做的。」紫垣沉沉地說，輕輕一嘆。

我抬眸看他：「因為他知道自己時日不多了。」

啪！紫垣手中的茶杯落在了桌面上，吃驚而心傷地看我：「妳說什麼？」

我收起笑容，認真地注視他，他的眸光在我注視的目光中開始顫抖，連帶他的手也開始輕顫起來。他無法相信地連連搖頭，雙眸因淚水而漸漸濕潤。

我握住了他輕顫而發涼的手，他立刻反握住，朝我看來：「妳可以救他的！妳是神仙！」

第一次，我看到他為了別人哀求我。當然，這個別人在這一世是他的父親。

我抱歉地搖搖頭：「紫垣，我說過，我的仙術只能用在玄鏡身上，凡人逃不過生老病死。其實你心裡應該早就清楚了，你父皇最近用藥越來越厲害。」

淚水從紫垣的眸中滾落，他低下了臉：「我寧願放下皇位，求妳救我父皇。」

「紫垣，你錯了。」我輕握他的手，他抬臉看向我：「我錯了？」

我微微點頭：「皇位不是我要賜給你的東西。我來助你，是因為玄鏡要亂大局。」

「所以……」他的聲音開始輕顫起來：「妳不會救我父皇……」

我擰了擰眉，握住他的手能感覺到他心底深深的痛。

他看著我，緩緩抽回了自己的手，心痛地深吸一口氣，慢慢起身：「我知道了，我也只是妳的一顆棋子……」他哽咽地說完，轉身靜靜離開，落寞的身影讓我心疼。我讓他失望了……心底卻為他高興，他終於有了情，不再是那個冷漠擺弄棋子、不顧天下蒼生死活的無情星君。

❖

紫垣這一走，幾日都未來，倒是玄鏡那邊格外熱鬧。鳳麟告訴我玄鏡與軒轅紫的接觸越來越頻繁，但都背著軒轅昊。

表面上看來，他似乎真的要準備投靠軒轅紫，放棄軒轅昊了。

軒轅紫的野心、軒轅昊的皇位、國師大賽、玄鏡要除掉紫垣——這四者到底意味著什麼？玄鏡倒是把軒轅紫這顆棋子抓得很牢啊。

因為國師大賽，京城的人流更多了，都是衝著國師大賽來的。不知不覺間，我和玄鏡已經名揚軒轅，甚至連鄰國的國君也說要來觀戰。

我和玄鏡被人傳得神乎其神，大街小巷無不在討論崑崙來的巫婆和天機先生玄鏡，蘇哲家鬧鬼的流言被徹底壓了下去，無人再去管蘇哲的屍身到底去了何方，之前的惶惶陰雲也徹底消散。京城百姓的好奇心讓大家對這場比賽更加期待，這場神祕的比試反是振奮了人心。

我一人坐在梅林間下棋，我的小院依然安靜。

李馳匆匆跑了進來：「姑娘！姑娘！」他激動地跑到我面前，臉上乾乾淨淨，沒有半絲鬍碴：「成了！成了！」

我揚唇一笑：「打算怎麼謝我？」

李馳驚嘆看我：「姑娘，我李馳真服了！我照妳說的去做，第二日就遇到了一位姑娘被惡棍欺負，我三拳兩腳把那些惡棍解決後，送那位姑娘回去，居然就是柳府。今天，柳員外還派媒婆來了！嘿嘿，我真有點不好意思了。」李馳憨憨地撓頭。

我開始收拾棋子：「男婚女嫁有何不好意思？既然姻緣來了，就好好珍惜。對了，你家殿下呢？」我抬眸看他。

他變得尷尬起來：「殿下……還是不來姑娘的院子？」

我沉了沉眉，繼續收拾棋子：「我要準備一下出遊，你去把我的披風拿來。」

「出遊？」李馳疑惑看我，我對他揚唇一笑：「五殿下來了。」

李馳一愣，隨即嘆氣搖頭：「殿下也真是的，跟姑娘再這樣彆扭下去，姑娘就要跟五殿下跑了。」

「哼……」我收起棋子瞥他一眼：「你說這話時能不能不要當著我的面？」

李馳僵硬了一下，偷偷看我兩眼，小聲問：「姑娘，能不能別去……」

我站起身：「人已經來了，去拿我的披風。」

「哎……」他像是應聲，又像是嘆氣。

我獨自走出小院，看見我的丫鬟和奴才無不躲遠，他們對我好奇，但也對我畏懼。李馳匆匆跑了上來，拿著我的披風。

我穿上披風往前走，李馳在我身邊不敢多言地跟著。

直到來到大廳前，我緩緩停下了腳步，從深深的帽簷下看入大廳內那個也正看向我的人——紫垣。

紫垣，你是不是覺得我無情了？

紫垣立在廳內久久注視我，他身邊的將士都和李馳一樣，陷入尷尬與窘迫，似乎站也不是，坐也不是，走也不是，留也不是。

「姑娘說……宣王來了……」李馳尷尬地、小心翼翼地在我身邊輕聲說，一邊說，一邊指我，對紫垣擠眉弄眼。

紫垣的眸光劃過一抹寒意：「妳就這麼急著去見五哥？」

我在帽簷下邪邪一笑：「你不來，我悶了。」

登時，將士們各個僵硬，紛紛縮在一起，遠離紫垣。

「要一起來嗎？」我邀請。

他沉下臉，側轉身：「我還有要事，姑娘自便。」他說不來，身上偏是寒氣逼人。

我哭笑不得地搖頭。我知道他還在生我的氣，氣我無情冷酷，不願為他父親延續性命。

身後腳步聲起，我轉身時已看到軒轅軒隨管家入內。軒轅軒見我立於院中，已露驚奇神色。

管家看見我則是特地避開，繞路進了大廳：「殿下，宣王來找姑娘。」

紫垣不言，面色越發陰沉。

軒轅軒未留意紫垣，而是驚訝看我：「姑娘莫不是已經知道我要來？」

我在斗篷下點點頭，他開心地笑了，轉臉對紫垣說道：「老七，我帶刑姑娘遊湖去，你不必擔心。」說完，他直接伸手隔著斗篷拉住了我的手臂，開心看我：「走，這幾天我不來找妳，妳一定悶壞了。」

殺氣陡然從廳內而起，但善文不善武的軒轅軒並未察覺，依然拉我向前。跟在我身邊的李馳連連回頭，像是看見了什麼，臉色開始發青，全身緊繃。

「老七這個人太過沉悶，不知風花雪月，我想妳住在他這裡也無人陪伴。今天秋高氣爽，風和日麗，正好遊湖。」軒轅軒一邊說著，一邊把我帶出了紫垣的王府：「我還請了城裡最好的樂師歌姬，給刑姑娘解悶。」

我在紫垣濃濃的寒氣中踏出了王府的門。即使他現在再生我的氣，再厭惡現在的事，我的責任是要把一切歸位，所以不能為他鬧彆扭而停下。

✣

軒轅軒不愧是風流才子，他請來了城裡最好青樓的歌姬和樂師，遊湖賞樂聽歌。他比任何人都懂及時行樂，也才會羨慕翱翔在空中的飛鳥，自由自在，這樣的性格不宜為君。

軒轅軒請我上畫舫後，畫舫在樂曲聲中緩緩離開喧鬧的京城。湖光水色與天相連，一行秋雁飛過高空，在湖面上留下牠們整齊的身影。

軒轅軒今日興致很高，鋪紙研磨，畫下水田湖色，秋雁南飛。

李馳在畫舫的走廊上一直來回徘徊，坐立不安。

軒轅軒看著他笑了：「諸王有意……神女心繫誰？」他微微垂眸，轉而看向我。我緩緩揭下帽簷：「諸王是誰？神女又是誰？」我瞥眸看他：「宣王今日還帶了一位客人來。」

軒轅軒不再驚訝地含笑點頭，看入畫舫深處雅間：「恩師可信了？」

呼啦！門移開時，老丞相走了出來，宣王揮揮手，歌姬樂師退出船艙。老丞相走向我，神情裡並無任何的驚訝與讚嘆，而是有些孤傲地坐在我和軒轅軒之間，我的對面。

「這位就是從崑崙山來的巫婆刑姑娘？」老丞相只是略略打量我一眼，垂眼去拿茶壺。我不看他，而是看軒轅軒：「過幾日便是燕燕姑娘的生辰，宣王可曾備好禮物？」

老丞相的手一頓。軒轅軒吃驚看我：「刑姑娘怎知燕燕？哦，對了，有何事是刑姑娘不知的呢？」

「哼。」老丞相搖頭輕笑，捋了捋花白的鬍鬚，反是笑看軒轅軒：「老夫斗膽說一句，宣王啊，您還太年輕，江湖中有太多伎倆您未曾見過，這小女的生辰有何難知？若是老夫，可用錢收買府中家奴，自然得知。老夫也學了不少江湖術士的本事，還能去神廟擺攤算命，這錢啊，可比做這丞相來得快，哈哈哈——」

軒轅軒有些不服：「恩師，刑姑娘今日在我到梁王府前已知我來……」

「這有何難。」老丞相擺擺手：「只消帶上一僕從，會點功夫，潛於暗處，誰出誰進，自然知曉。我相信刑姑娘不會一人進京吧。」他老謀深算地笑看我。

軒轅軒有些氣悶地看向我。我勾唇一笑，提起桌上茶壺給自己倒了一杯：「老丞相說得是，若無三兩僕從，怎敢進京蹚這趟渾水？」我抬眸看老丞相時，他眸光精亮，似是在為揭穿我而自得。

軒轅軒再次目露驚訝：「刑姑娘……妳！」

我只看老丞相：「所以，今日我特來問老丞相，心裡可選好了？」

老丞相眸光一閃。我抬手在軒轅軒的面前啪的一個響指，立刻，軒轅軒臉上的神情凝固，目光虛無。

老丞相握拳輕咳：「咳。」他看向軒轅軒，見他神情凝固而一愣。我提起茶壺給老丞相倒上水：「宣王已經聽不見我們說話了。湖風涼，請他出去怕他凍著。」

老丞相驚呆地看我：「傳聞有一種催眠之術，可讓人暫時陷入神遊之狀……哼。」老丞相冷笑看我：「今日老夫算是見識了姑娘的神通了。」

我勾笑看他：「老丞相是明白人，好，那我也不再故弄玄虛。我知老丞相想扶宣王上位。」

老丞相眯起了眼睛：「姑娘的眼線可不少。」

「哼……」老丞相現在還堅信我有無數眼線，不錯，眼線便是一個術士的神通，我邪邪勾唇：「老丞相真的覺得是為他們好？」

老丞相傲然揚首：「這姑娘就管不著了吧。」

我看一眼宣王：「我與宣王相識不久，但已知他心性。老丞相是他的授業恩師，不僅教他治國之道，更將自己的才情也傳承於他，軒轅軒是您最得意的門生，您將他培養成了軒轅第一才子。可是……這第一才子，真的適合治國嗎？」我反問老丞相。老丞相比我更瞭解軒轅軒，所以他的眸中已露出深沉之色。

軒轅軒自幼拜他為恩師，可以說老丞相是看著軒轅軒成長起來的。軒轅軒才情有餘，決斷不足。風流才子，優柔寡斷是他們的通病。

畫舫在湖風中慢慢搖，我繼續說道：「再說燕燕。燕燕是大家閨秀，對軒轅軒更是痴情已久，您怎能忍心將她推入後宮那樣的是非之地？一旦宣王上位，其他家族必將女兒送入宮中，以軒轅軒才子的風流個性以及他的優柔寡斷，只怕不會獨寵燕燕吧。你看，軒轅軒現在對我的態度，就遠遠好過對燕燕，在他的心裡，燕燕只怕不過是個妹妹，他日美女入宮無數，多得是會討好男人的女人，說句不好聽的，我看燕燕最後的命未必太好。」

老丞相沉默了，他是我到現在見到的，軒轅朝裡最明白的人，所以他不信我的神通，亦能拆解我的神通，為我的神通找出各種世間之法，百般的理由也算替我省了不少力。

跟明白人說話，一個字：爽。

所以，他沒有在我說出他女兒結局時暴跳如雷，或是罵我胡言亂語，而是相當冷靜。因為他聽進去了，他深知軒轅軒的個性，又深知燕燕的個性。

他是個好父親，很愛自己的女兒，不同於那些把女兒只用作晉升之棋的官員，所以我相信在他心裡，燕燕的幸福會更加重要。

我看他一會兒，輕嘆道：「再說軒轅軒若坐上王位，老丞相真的覺得他會如現在這般聽話？」老丞相的神情裡帶出一抹戒心，望著我繼續聽。「朝中各派你比我更清楚，軒轅軒骨子裡還有著才子的高傲，若是哪天厭煩老丞相了，您還能不能做這丞相是真不好說。」

「嗯……」老丞相發出一聲沉吟，臉色更加陰鬱一分。

我拿起茶杯輕輕抿了一口。老丞相抬眸朝我看來：「老夫總算明白陛下為何讓老夫來見妳了。」

「哼……」我放落茶杯，茶杯中映入我邪氣帶笑的臉：「陛下不能說的話，我能說。」我抬眸看向老丞相：「五子如五指，棄任何一個，最心痛的莫過於陛下。陛下不忍說五子優缺，因為陛下愛他們，是老丞相把陛下逼急了。不過，若真的再拖下去，看五子打起來，陛下一定會更心痛吧……」

「已經打起來了……」老丞相搖搖頭：「老夫萬萬沒想到大殿下會對七殿下出手，還想栽贓給三殿下！」

「老丞相，您多言了。」我抬眸看他，他的眸中劃過一抹老謀深算。我繼續看他：「還是您有意說？您對我說說也就罷了，您見玄鏡時，切要留心。」

老丞相不以為意地看看我：「有何該留心？妳與玄鏡一較高下，老夫籌碼自然一半一半，這才保險~~」他狡猾地點點桌面，自得地捋捋鬍鬚，似是等我來討好他。

我看他一眼，放沉目光：「很簡單，因為我視宣王為友，而玄鏡已將宣王視為敵！」

在我最後一個字沉沉出口後，老丞相赫然一驚：「妳說什麼？不可能！駿王是不會那麼做的！妳和梁王需要老夫才詆毀他！」老丞相憤怒起來。

我繼續冷冷看他：「我有說是駿王那麼做的嗎？」

老丞相再次一驚。

我繼續道：「我說的是玄鏡。我與他較量過，深知他的心性，他為主人可以死，可以萬劫不復，這樣的謀士最可怕，因為除了他自己的主人以外，他都會利用。」我沉沉看向老丞相，老丞相的目光已無法像剛才那般自得帶笑。我看向茶杯中晃動的水光：「玄鏡如一面鏡，他是真的有神通的，可以看到所有人的過去，從而推測照見所有人的未來。他已知宣王助我，所以便將宣王視作敵人。他不會在意宣王與駿王的血肉親情，他的目的只有一個，就是——」我拿起桌上的茶杯，放上果盤的最高之處：「扶駿王上位！」

老丞相的目光顫了顫，深吸一口氣，神情久久無法平復。

「所以，我勸老丞相還是不要太小看玄鏡。扶駿王上位後，知道一切的駿王會殺了玄鏡，但玄鏡無所謂，因為他已經達到了目的，讓自己的主人成為下一任軒轅之王。在籌謀一切時，他已經做好了死的準備，那時只怕軒轅軒也已被連累，是死是活，我不敢確定。若是老丞相願冒險看看宣王的結局，大可去見見玄鏡，或許他會告訴你。」我唇角邪邪揚起，坐等好戲。

我悠然淡定、見死不救的神情讓老丞相的神色反而憂慮起來，再無方才面對我時的傲然自得。他放落目光，再看我一眼，擰擰眉：「妳說了那麼多，無非是要讓老夫助梁王。妳能說出一個讓老夫完全信服的理由嗎？老夫大可去助駿王保宣王平安。」

老丞相說完，緊緊盯視我，等我一個說詞。

我看他一會兒，揚唇一笑：「駿王太鬧了。」我開口說，說得老丞相一怔。我笑看他：「我不喜歡君王太鬧騰，駿王的鬧騰會給軒轅招來災禍；還有就是他太好勝，這樣的性格要是為君，老丞相不覺得有點幼稚嗎？」

老丞相愣愣看我許久，忽然仰天大笑：「哈哈哈——駿王鬧騰，哈哈哈——」老丞相的笑容越來越像輕嘲：「姑娘那麼聰明，難道還看不出駿王是深藏不露嗎？」

我悠然一笑：「不錯，駿王是深藏不露，以嬉戲人間為面具，將一副野心藏心底，騙過所有人的眼睛。但是，陛下會不知嗎？陛下真的很聰明，非常瞭解自己的孩子，所以才會在駿王和梁王之間一直猶豫不決。」

老丞相微微瞇眸：「姑娘既然知道，何以說駿王幼稚？」

我笑了，不疾不徐地端起茶杯：「駿王的野心，說到底，還是為了贏過梁王，只這一點，我就看他幼稚。是我覺得他幼稚，不行嗎？」我抬眸看老丞相，老丞相的眸光閃了閃，垂眸深思。

我悠然地抿一口清茶，放下茶杯：「身為君王，要穩大局、安民心、平衡朝中勢力、不表露偏幫。駿王……有點沉不住氣啊……單蘇哲這件事，他為跟梁王爭強好勝，便險些壞了陛下的計畫。老丞相，您覺得呢？」

老丞相微微閉眸，隨著畫舫搖晃，手指輕叩桌面，在徐徐的秋風中久久不言。

「有些任性啊……」在長時間的沉默後，老丞相卻是說出了這樣一句話。我微微勾唇，拿起茶壺給他倒上了一杯茶：「看來老丞相明瞭。」

老丞相搖搖頭，看向我：「老夫居然被一個丫頭說服了，這才是妳這丫頭真正的神通。」老丞相拿起茶杯，以茶代酒一般敬我：「可惜丫頭的心許了梁王啦。」老丞相的話音裡，帶出了絲絲遺憾。

我也拿起茶杯，與他輕輕相撞：「皇帝可不是個好差事，我不想害了宣王。」

「哈哈哈——丫頭妳可真敢說。」老丞相連連指我：「這幸好是無人能聽見啊。」

我看向一邊神情呆滯的軒轅軒，老丞相看我：「丫頭該讓他醒了。」

我邪邪一笑：「在此之前，我有份禮送給老丞相。」

老丞相微微瞇眸：「哦？姑娘還有禮送給老夫？老夫可真不敢當。」聽他話裡的語氣，帶著自嘲。

我瞥眸看他一眼，抬手伸向了軒轅軒的心。當我的指尖碰在軒轅軒的心口時，桃紅的光芒立刻從中乍現，老丞相登時嚇得站了起來。他是真的被嚇到了，臉色發白，眼睛發直。

一直鎮定自若、萬變不驚的老丞相在此刻竟嚇得驚魂失魄，趔趄後退，險些摔倒，驚恐地指向我：「妳妳妳妳妳在做什麼？」

我邪邪地笑了，也不看他，一點一點從軒轅軒的心裡抽出了一縷桃紅的光線：「老丞相不是對江湖之術頗有研究，怎的此刻怕了？」

他在我的話音中微微定神，匆匆揉了揉眼睛，再次看我時稍許平靜，但臉色依然蒼白，不可思議地看著我抽出了那縷光線。

桃紅的線徹底從軒轅軒心口裡抽出，在我手中盤繞，漸漸化作一個同心結。我將這個同心結放落對面，老丞相的面前：「我本不該出現在軒轅軒的命運裡，他也不會對我產生情絲，所以我要糾正這個錯誤。從今而後，軒轅軒的心裡不會再有我，我也一併除去了他才子風流的心性。自此他的心裡只有燕燕一人，他會與燕燕心心相印，相濡以沫，琴瑟和鳴，白頭到老，對其她的女人再不會多看一眼。這就是我送給老丞相的禮物。」我抬眸看向驚魂未定的老丞相。

咕咚。他嚥了口口水，緩緩地坐回原位，不可思議地再次打量我：「姑娘……到底是何人？」

「噓……」我食指放於唇前，邪邪一笑：「這件事只有你知、我知，天地都不會知。老丞相，我用燕燕一生的幸福換你對梁王的忠誠，我離開之後，軒轅和梁王都交給你了。」我伸手指向同心結。

他落眸看那個同心結，紅色的絲線在陽光下散發桃紅的光芒。他略帶驚恐地點點頭，然後抬手小心地、有些害怕地點了點同心結。

見他很是害怕，我笑道：「不用怕，這個同心結還能增加燕燕的魅力，你可讓她佩戴在身上。」

「不、不會是狐媚之術吧。」老丞相謹慎而擔心地看我。

我邪邪地笑了，湖風微微揚起我的髮絲，我瞥眸看他：「所以老丞相現在以為我是狐妖嗎？」

他的臉色白了一下，轉開臉，變得沉默。他從最初的不將我放在眼中，到現在對我恐懼萬分。嘖嘖嘖，果然我又嚇到別人了。

我笑了：「老丞相不必擔心，若是覺得這同心結危害燕燕，可隨時取下。」

「好、好……」老丞相點著頭，卻依然不敢看我。他收了同心結，卻更像是怕不收會惹怒我這個「狐妖」。

有意思，之前他信誓旦旦說什麼怪力亂神不可信，現在自己卻信我是狐妖了。

我隨他怕去，見我怕的人可多了。

我抬手啪的一個響指，湖風立刻呼地吹過我與老丞相之間。軒轅軒眨眨眼看向我：「原來姑娘的神通，真的只是謀術和江湖之術？」

軒轅軒的眼中流露出了有些被騙的不悅。我勾唇看老丞相：「老丞相，你這樣揭穿我，害我有些內疚了。」

軒轅軒沉悶地側開臉，似是已經不想說話，宛若我讓他失了大大的顏面。

「咳。」老丞相尷尬地輕咳一聲，看了看手中的同心結，揮揮手：「欸～～江湖之術哪有宣王說得如此厲害，也不過是老夫的猜測，老夫也從沒真正見過。今天老夫見到了姑娘的神通，老夫也不得不服！」老丞相側著臉對我拱拱手，顯得萬般的不情願。

軒轅軒一愣：「這是怎麼了？恩師您方才可是一百個不信，怎麼這片刻的功夫，恩師竟是服了刑姑娘？難道我錯過了什麼？」

「哪是片刻，這都過去好一會兒了！」老丞相變得有些坐立不安起來，像是與我共處讓他覺得越來越不自在。我真是嚇到他老人家了。

「過去好一會兒？」軒轅軒變得更加迷惑。老丞相怔了怔，像是說錯話般閉緊了嘴，不自在地開始捋自己的鬍鬚，又裝模作樣地看看窗外：「哎呀，我好像想起來約了劉大人，要不回去吧。」

「回去？」軒轅軒笑了：「恩師，我們這才剛出來。」

老丞相的臉上神情越發地不自在。

我笑了，起身：「老丞相不必不自在了，梁王來接我了。」

「老七？」軒轅軒笑了起來，立刻看老丞相：「正好，恩師可以見識見識刑姑娘的神通了。」說罷，他喊了出去：「可曾見到周圍有船？」

片刻後，一人回報：「回稟殿下，不見有船。」

軒轅軒變得得意萬分，看老丞相：「恩師，您可看好了，刑姑娘說老七會來接她，一會兒準有船。」

軒轅軒說完，悠然自得地給我和老丞相倒上茶，似乎我有無神通關乎他宣王的顏面，他今日非要證實給他的恩師看。

老丞相看看他，低下臉喝茶，確實比來時更老實。老丞相一邊喝茶，一邊偷偷觀瞧軒轅軒，發現軒轅軒一直看著窗外，不再看我，不由目露安心。他已經知道軒轅軒現在的心思只在於梁王會不會來，而不是我會被梁王從他身邊接走。

他安心之餘，再次偷偷從袍袖中取出了同心結，看向了我。我對他頷首一笑，他匆匆放好同心結，再次低頭喝茶。

又過了一會兒，有人來報，看見梁王的船了。軒轅軒欣喜萬分，對著老丞相得意洋洋。在梁王的船靠近時，軒轅軒送我出船。李馳看到自家的船樂了，笑容有些曖昧。

兩艘船開始靠近，紫垣立在甲板的對面，青藍色的斗篷在湖風中飛揚。他見我和軒轅軒還有老丞相站在一起，臉上似乎明白了什麼，多了一分複雜的沉默。

軒轅軒笑看他：「你可來了。你若不來，恩師還不信姑娘的神通了。」

老丞相有些尷尬地笑了笑：「不，信了，已經信了。」

老丞相隨即對紫垣一禮：「拜見梁王殿下，殿下真是有了一個好謀士。」

紫垣微微擰眉，看老丞相時目露尊重：「羅老丞相，父皇只是一時戲語，還請老丞相和朝中大臣們不必過憂。」

老丞相看著紫垣，定下了心神，捋了捋白鬚，臉上再次揚起老謀深算的笑容：「老夫聽了刑姑娘的話，覺得陛下還真不是戲語了。」

紫垣變得沉默，立於對面的甲板，不再說話。家奴給他送來一件斗篷，他回過神來，接過斗篷看向我：「我是來給刑姑娘送斗篷的，湖風涼，刑姑娘身上的斗篷有些單薄。」

「送斗篷？」軒轅軒笑了：「我看是老七你擔心我把刑姑娘拐跑了。來來來，這就還你。」

軒轅軒立刻命人在兩艘船間搭上隔板。

紫垣疑惑地看軒轅軒，我已經走上船板。紫垣走向我，伸手將我扶下船，軒轅軒在另一邊收板開船。

看著軒轅軒和老丞相離開的畫舫，紫垣目露深沉：「妳對他做了什麼？」

我揚唇邪邪地笑了：「忘情。他和燕燕的姻緣因為我的出現而有變，我需要糾正這個錯誤。」

他轉身看向了我，臉上的神情卻變得有些生氣和憤怒：「你們一定要按天命行事嗎？」

我在帽簷下瞥眸看他：「你怎麼了？」

他深深地盯視我片刻，沉沉開了口：「所以，現在我的姻緣也因為妳的出現而變。妳也會像對待五哥那樣對我嗎？」

我在帽簷下怔住了身體。他失望而落寞地看我一眼，側開臉苦笑：「我心有意，神女無情，別忘了在妳走時把我的情也給帶走。」話音裡多了分賭氣。他生氣地說完，轉身離我而去。

我陷入沉默，明知現在這樣斷情對他是最好的，可心裡還是生出了絲絲的內疚。我知道，我不能這樣對他……

我刑姬復仇至今，從未對任何人內疚，今天卻對紫垣內疚起來。

幸好……這裡只是一個實驗，一個可以讓我糾正一切錯誤、一個可以讓玄鏡看到結局的地方。我揚起臉，看著碧藍的天空笑了。刺目的陽光如同鏡光的反射，讓整片天空變得如鏡面般虛幻起來。

輕輕的，有人又走了回來，給我披上一件溫暖的斗篷，手卻沒有從我的肩膀離開。他慢慢握緊了我的肩膀，手臂從我的身前緩緩環繞，然後深深地將我擁在他身前。我的後背貼在他溫熱的胸膛上，他的下巴重重放落在我的頭頂。

他的手越來越緊地握住我的肩膀，帶著一絲痛苦的話音從他口中而出：「不要讓我忘記妳……如果妳是神女，我求妳。」

我的心微微一痛，伸手握住了他握住我的肩膀的手：「好。」

他深吸一口氣，胸膛在我的後背大大起伏了一下，緩緩伸出另一隻手，輕輕攬住了我的腰，讓我留在他的身前。

我握住他的手看向前方：「一切結束後，我會給你父親延壽。」

他抱住我一怔。

「但這壽命要從你這裡扣，你……可願意？」

「我願意。」他深深地說，話音沙啞而激動。他擁緊了我的身體，我在他身前繼續看著水天連接之處，粼粼波光像是鏡光那麼蒼白。

「師傅。」耳邊傳來了鳳麟稚嫩的聲音：「玄鏡的確投靠軒轅紫，不過是假意。」有意思，原來玄鏡想讓軒轅紫送死。

「師傅，妳嚇唬老丞相了？」

我邪邪地笑了：「你知道了？」

「嗯，師傅在氣老丞相不敬鬼神？」

「算是吧。老丞相正直忠誠，我沒有東西可以與他交換，而且宣王和燕燕本是命定的夫妻，我算是用他的東西騙了他。」只不過軒轅軒命中不止燕燕一個妻子罷了，這種才子生性風流，易被各色女子吸引。

「師傅，但這裡結束後呢？那裡妳不能暴露身分，要不讓徒兒……」

我邪邪地笑了：「放心，那時玄鏡應該已經知錯了。若是如此他還不知錯……」我心中劃過一絲失望：「那他真是讓我失望了。」

「師傅會怎麼做？要我殺了他嗎？」他問。

我久久不答。

「師傅捨不得？」

我輕輕一嘆。身後的紫垣微微鬆開懷抱：「怎麼了？」

我搖搖頭：「沒什麼，只是覺得毀掉一面精美的鏡子有些可惜。而且做這鏡子的人，花費了很多心血在它身上。」

「如此說來確實可惜。」紫垣也微微輕嘆：「妳若要毀，也該顧及一下主人的心情，既然做鏡之人花費了諸多心血，想必是很喜歡這面鏡子了……妳怎麼突然說起了鏡子？」他在我身後疑惑地問。

我陷入沉默。玥，我該拿你的鏡子怎麼辦……

第七章　真假虛實

國師之戰，轉眼即至。

神壇建造在軒轅王朝的天機山上。那裡本是皇族避暑納涼之處，建有皇族的行宮，可供人居住。

而京內的氣氛卻是分外緊張起來。

因為觀戰那天還會有各國使節，所以掌管京城禁軍的軒轅柴調動禁軍前往天機山行宮守護，這本就是禁軍的職責。他擔心禁軍前往天機山後京城守護的兵士不夠，又向老皇帝請命從附近調動了五千精兵，一半守京城，一半嚴守天機山上上下下。

這個理由非常正當。玄鏡這是又把軒轅柴往火坑裡推了一把。

這一切也觸動了軒轅昊和紫垣兩個人的神經。

天機山上上下下全是軒轅柴的兵了，從城外調動來的也是他娘家的人。即使理由再正當，也讓紫垣的神色日漸凝重。

軒轅昊至今仍不知玄鏡在暗中與軒轅柴「勾結」，這是玄鏡對軒轅昊的保護。玄鏡對自己的主人真是「痴心」到讓我這個大天神也有些嫉妒了。

據麟兒回報，玄鏡已經讓軒轅昊密信去了端妃娘家，給自己的舅舅安定侯，讓安定侯祕密領兵前來。

哼，玄鏡這步棋下得真妙。

若我沒猜錯，他一方面獻計給軒轅柴，讓他抓住國師大賽之機兵變逼宮，順帶除掉紫垣和軒轅昊。

另一方面，他告訴軒轅昊軒轅柴意圖謀反，讓他帶兵最後阻止軒轅柴的陰謀。這樣，軒轅昊自然立了大功，皇位將成定局。

嗯……玄鏡把軒轅柴這顆棋子算是用到了極致。

紫垣這幾天也和自己的心腹們往來密切，軒轅柴調動守軍讓他心中十分不安。瞭解軒轅柴的人可不止玄鏡一人。

月入中天，紫垣書房的燈依然明亮，我站在了紫垣書房院外，看入那一片灑落院中的燈光。

李馳輕輕跟在我的身邊，也是收緊了氣息。

「姑娘，回去吧，殿下還要和大家說很久。」李馳輕輕勸我：「妳看天也涼，萬一姑娘妳凍著，殿下會怪我的。」

這些天緊張的氣氛讓李馳又熬出了鬍子。

我瞥眸看他：「這事一日不結，你是一日別想成婚了。」

「可不是……」李馳立刻一愣，像是說溜嘴地癟癟嘴，小心翼翼地看我一眼：「妳可千萬別跟殿下說。」

我笑了：「走吧，這事必須解決。」說完，我步入灑滿燈光的院內。

到書房門口時，從一邊窗戶傳來了將士們的聲音。

「護國公那裡已經祕密調兵。殿下，我們也必須採取行動，成敗在此一舉啊！」

「是啊，殿下，您不能在這個時候鬆手！」

「大家別逼殿下了，殿下是在顧念兄弟之情。」

「但事情已到關鍵時刻，難道要眼睜睜看著儲君之位給駿王？」

「殿下，還是快請護國公老將軍帶兵來吧……」

我立刻道：「不可！」話音出口時，我也一步跨入了紫垣的書房。所有人驚訝朝我看來，我揭開斗篷的帽簷，轉臉看燈光中神色深沉的紫垣。他微露一絲驚訝，立刻起身：「妳來做什麼？夜深了，回去休息吧。」

他身邊的謀士與將士陷入尷尬。

我瞥眸看他，緩緩轉身看所有人：「我說，請護國公來可以，但兵不能帶。」

大家神色各異，有的疑惑、有的搖頭、有的似想辯駁，但看了一眼紫垣，也是忍住了話。

「殿下，讓刑姑娘回房休息吧。」有人說。

「不不不，還是聽聽刑姑娘怎麼說，刑姑娘可是說服了老丞相相助殿下！」

「對對對，刑姑娘，您為何說不能帶兵？」

我緩步到紫垣桌前，眾人微微讓開站在兩側。我看向他們：「軒轅沒有皇命便領兵入京，該是何罪？」

他們一怔，紫垣沉沉看我一眼，再次緩緩坐下。

「是死罪！」李馳大聲說。

「可是情況特殊！」有人說。

我揚唇一笑：「情況確實特殊，但既認定軒轅紫意圖謀反，為何不上報給陛下？」

大家的神色一驚，似是沒想到我會知道他們在商討什麼。

「因為沒證據啊。而且……我們也只是懷疑……」

我微微點頭：「你們懷疑，你們不敢說，卻瞞著陛下祕密調兵，當東窗事發後，陛下確實會因為情況特殊而赦免領兵入京之罪，可他心裡會怎麼想？哦……原來梁王可以不通過我就使用兵權啊……」

登時，所有人臉上都劃過一絲蒼白。

我看著他們，邪邪地笑了：「這根刺從此扎在陛下的心裡，他還會信任梁王嗎？」

大家的眸光紛紛失措起來，不約而同地看向了紫垣。

紫垣雙眉緊擰：「果然還是要提前阻止大皇兄。但是天機山上下全是大皇兄的兵……」

「真的是他的嗎？」我揚唇邪邪地笑了，看著紫垣：「不是還有國舅爺的？」

大家紛紛又疑惑地看向我，目光裡充滿了不解和著急。

「刑姑娘您到底是什麼意思啊？」

「國舅爺不就是大皇子的兵嗎？」

「哼……」我陰森地笑了：「話不要說得太早～～～國舅爺家裡上上下下也有數百口，他現在是一門心思等著大皇子做皇帝。但若有人告訴他大皇子做不成呢？」我瞥眸看大家，眸光開始放冷：「而且還是謀反……誅九族。陛下會念及大皇子是自己的骨肉，不會砍他的頭。但是國舅爺呢？」

大家的眸光紛紛深思起來，有人吃驚看我：「姑娘的意思是策反！」

我邪邪地勾起唇角：「現在天機山上，一半是禁衛軍，一半是國舅爺的兵，且國舅爺的兵是陛下准許入京和上天機山的，由他來守護陛下自是最好。即使安定侯的兵趕來，也只能藏匿在山下，到時真殺起來，安定侯能在第一時刻趕到嗎？哼，天機山山勢複雜，要殺上來，可不是件簡單的事。」

「所以策反國舅爺是最好的方法！」大家激動起來。

我繼續道：「明明懷疑有人謀反，偏偏要等東窗事發再動，若我是陛下，事後知道，心裡會開心嗎？殿下，策反國舅爺這件事——」我沉沉地看向紫垣：「只有你來做，那樣陛下才能看到你的忠心和孝心，國舅爺也會更加安心。」

「我明白。」紫垣深沉地點點頭，薄唇抿了抿，看向大家：「這件事就這麼決定，大家回去休息吧。」

「是！」大家齊齊喊了一聲，卻是曖昧地看我和紫垣一眼才紛紛離開，離開時還拉走了李馳。

我俯下臉微笑看紫垣：「安心了？」

他也笑了，含笑點了點頭：「安心了。」

我微微蹙眉：「若是……最後有人意外死了，你……會不會怪我？」

他的笑容倏然凝滯，立刻看向我：「你想讓大皇兄死！」

我看著他沉默一會兒，淡笑搖頭：「沒事了，那時一切也該結束了。我答應過你，不會讓你忘記這一切的。」

他反而起身，隔著面前的書桌伸長手臂拉住了我的手：「大皇兄罪不至死！不要告訴我這又是命！」

「不，他不會死。」我淡淡一笑，從他手中抽回了手：「我去休息了。國師大賽快要到了，你要在那之前策反國舅爺，他天性膽小貪財，威逼利誘應該能搞定他。但也不能太早，因他心性搖擺不定，容易動搖，若是被軒轅紫發現，又會功虧一簣。這時間的拿捏就看你了，最好是在你說服他後，不能讓他再與軒轅紫有接觸。」

紫垣深深地看我。聽我說完後，他從書桌後走出，站到我身前，沉沉地俯視我：「到底是誰？誰會死？」

我看他一眼，微垂雙眸：「儲君之爭必有傷亡，你也不必太過自責。千百年來，歷來如此，成王敗寇，誰能說清誰是誰非？」

說罷，我轉身離開，拉好了斗篷的帽簷，冰涼的夜風微微揚起我垂在斗篷外的髮絲，吹落滿園的枯葉，它們在風中沙沙飄零。

我的身影在黯淡的燈光之中拉長，夜風忽然帶出如同悲鳴的聲音，似是提前為一場屠戮而哀傷。空氣中我宛如已經聞到了血腥的氣味，聽到了廝殺的哀鳴，這一夜，紫垣註定無眠。只有他，才能阻止這場屠戮，阻止兄弟相殘。

轉眼，已是比試之期，我立於院中，滿園的紅梅已經開始凋謝，紅色的花瓣一片一片飄落在地上，如同一點一點鮮血染紅了地面。

啪啦啦！是鳳麟飛了回來，他在空中變出了人形，立刻把立在一旁的李馳嚇得目瞪口呆，驚叫連連：「啊！啊！」他大張著嘴，看著已經站在我身前的鳳麟，再也發不出任何聲音。

所有人知道我有巫術，因為我是巫婆；但他們只是認為我會一些占卜、催眠一些他們想像得到的民間術數，絕非這種他們想也不會想到的變形之術，因為那只有真正的仙妖才會。所以李馳看到鳳麟變形，自然是嚇傻了。

我看向鳳麟：「你嚇到他了。」

鳳麟抬起稚氣的臉笑了笑，黑眸閃閃：「有什麼關係？反正今天一切就會結束。」

我邪邪地笑了，他臉上的笑容也越發生動，帶出一絲屬於他的調皮。我能感覺到，他的人性已經完全找回，只剩下當年的那些記憶了。

「師傅，該走了。」他伸手拉起我的手。我點點頭，抬眸看見了前來的紫垣，他的臉上可沒有我們那麼輕鬆。

策反國舅爺的事不到結束，誰也不敢說真的成功。人心善變，即使到了最後也會變上三變，發生即便連我們真神也意想不到的變化。

所以才會有句話說：人能勝天

紫垣看見鳳麟時有些驚訝：「鳳麟你回來了？」

鳳麟這次看他，眼中多了一分熟悉。他細細打量紫垣許久，目露深思：「我見過你。」

「你自然見過我。」紫垣溫柔地笑了：「在你和師傅一起在蘇府的時候。」紫垣看鳳麟是看一個孩子的溫和目光，他還不知鳳麟其實是一個和他一樣的成年男子，並且和他一樣深深地愛著我、信著我，他們是有相似之處。但當初他們在一起時，我也能察覺到他們對彼此的排斥，尤其是紫垣對鳳麟。

紫垣……在吃醋，也在嫉妒，因為鳳麟能時時刻刻在我身邊。

「我不是在說這個你。」鳳麟看向他，紫垣一怔。鳳麟黑眸閃爍了一下，笑了：「我們一定會再見面的，師傅很喜歡你。」

紫垣的神情微微僵滯，白皙的臉開始浮上薄紅，一片紅梅的花瓣飄過他的面前，襯出了他比紅梅還要紅豔的唇色。

「該準備送師傅上山了。」鳳麟提醒出神的紫垣。紫垣回過神點點頭：「馬車已經備好了。」

「慢。」我勾起了唇：「給我準備幾面鏡子，讓人搬上山。」

「鏡子？」紫垣目露疑惑。鳳麟輕輕一笑：「是入口，也是出口，鏡花水月，虛虛實實。」

紫垣疑惑地看著我們。而李馳依然未從驚嚇中回魂。日光變得格外刺目，如同鏡光在這個世界反射。

✣

今天的京城比往日更加熱鬧。達官貴族、各國來使在禁軍的守護中，齊齊趕往天機山。

這場國師的比賽經過街頭巷尾的渲染，已經神乎其神，無論上至皇族還是市井百姓，都在期待這場比賽。

當我們的馬車經過街市時，百姓夾道觀瞧，人頭簇擁，張頭探腦。他們無法上天機山觀瞧，只在這裡湊個熱鬧也是高興。

馬車浩浩蕩蕩地離開京，紫垣的將士們神情各個警戒。在這熱鬧歡悅的氣氛下，隱藏的卻是陰寒的殺氣。我深深吸入一口氣，這濃濃的殺氣正對我的胃口。

我在帽簷下邪邪地笑了。鳳麟抬臉看向我：「師傅聞到了？」

我在深深的帽簷下邪邪地看他：「你呢？」

他笑了，閉眸微微一聞，睜開眸時，他的雙眸赫然變成全黑，嘴角也同樣興奮地揚起：「我也聞到了！」

紫垣怔怔地看鳳麟的眼睛，鳳麟的眸色開始恢復正常。他抬眸帶著魔神邪氣地看向紫垣：「我想起你是誰了，如果不是師傅喜歡你，我絕不會讓你在師傅身邊。」陰沉的語氣更像是一種警告。

紫垣依然怔怔地看著他，眸中透出縷縷深思。他是紫微星君，身有神骨，遲早會猜測到前世今生。因為他是星君，是與眾不同的耀眼存在。

馬車經過天機山的守軍時，也能看到他們眼中的血光，整座天機山即使清氣環繞，仍遮蓋不住這沖天的殺氣和紅光。

但凡人起殺意時，身上會出現血光，民間有靈性的人會看見，他們稱之為凶光。所以每當戰事發生時，天邊紅光似火燒，那便是因為數千上萬人身上的血光所彙聚。

而今天……

我走下馬車，抬臉看上天機山的萬里高空，那裡紅光正在閃耀。

玄鏡，你是不是也看到了？

馬車只能停在天機山的行宮，到後面的神壇需要步行；當然，因為參與者是達官貴族和各國來使，行宮的大院裡早已備好小小的轎子。轎夫抬起眾人開始走上蜿蜒的山路石階，長長的隊伍如同一條花花綠綠的小蛇盤繞上天機山。

神壇離行宮其實並不遠，就在天機山一處得天獨厚的平頂上。遠遠的，可見高聳如雲、氣勢恢宏的青石牌坊，被雲霧包裹而若隱若現，有如仙宮樓坊，讓那些小國的使節看得如痴如醉，嘖嘖稱奇。

眼前的地面漸漸寬闊起來，山地鏟平，全部鋪上巨大的青石板，視野瞬間開闊，讓人豁然開朗，彰顯軒轅王朝的王者大氣！

先前看到的青石牌坊已經現於眼前，牌坊的石柱上雕刻著栩栩如生的飛天神龍。站在它的身下，更覺萬物的渺小，凡人的世俗。

轎子在這個巨大的廣場停下，兩邊站立著威武的軒轅士兵。皇家的宮女緩緩上前相迎，一襲白裙仙帶飄揚，如九天落下的仙女，看得那些使節們傻了眼。

我看著那高聳如雲的青石牌坊，邪邪而笑。軒轅紫人不怎樣，審美眼光倒是不錯，小小的神壇建出了軒轅王朝的氣勢。僅僅是這小小的牌坊，也能讓周圍各國對軒轅王朝心生敬畏。

「師傅，玄鏡來了。」鳳麟在我身旁提醒。我微微側臉，兩頂轎子停在了我的身旁。

軒轅昊和玄鏡紛紛下轎。軒轅昊笑呵呵到紫垣面前道：「老七，今天你怎麼也不給你的刑姑娘好好打扮打扮？」

玄鏡今天一身白衣，長髮飄然，還手拿一把鵝毛扇子，出塵脫俗，仙風道骨。他微微側臉，鏡光閃閃的眸中已是勝券在握。

紫垣認真看軒轅昊：「三哥，今日人多，請小心。」

軒轅昊一勾唇：「人多又如何？我從不怕人多，熱鬧，哈哈哈——」他大笑起來。

玄鏡手拿鵝毛扇朝我轉身，向我微笑一禮：「今天還請手下留情。」他比之前更加鎮定。

我在深深的帽簷下邪邪一笑：「彼此彼此。」

「今日你我決一勝負，不靠天地。」他看向我，揚起沉沉的笑。看來是在提醒我今日我與他比試，不能動用真神之力。

我抬手緩緩摘下了斗篷的帽子，在雲霧中了然含笑看他：「我非常期待你今天的表現。」

他瞇了瞇眸，裡面是不再畏懼我的眸光：「放心，絕對不會讓妳失望。」說罷，他轉身離去。

軒轅昊看他一眼，眸中卻是浮出一抹憂慮。但在看紫垣時，已換成滿臉的壞笑：「今天哥哥贏你，你可不要哭哦～～」說完，他大笑起來，追上了玄鏡，一起走向雲霧繚繞的神壇。

紫垣沉沉地看軒轅昊的背影，黑徹的眸中是越來越深沉的心思。忽然，軒轅烈和軒轅軒也到了。

軒轅烈跑了過來，勾住紫垣的肩膀：「看什麼呢？臉色那麼嚴肅？」

「你幾時看他不嚴肅了？」軒轅軒打趣的聲音已到近前。他笑看我：「刑姑娘，今天妳可要好好大展身手，讓三哥輸得心服口服！」

「我會的。」我頷首一笑。

「欸～～我覺得天機先生也很好。」軒轅烈擺擺手：「老七，不是我潑你冷水，我覺得今天天機先生會贏。刑姑娘畢竟是個女孩子……」

「女孩子怎麼了？」軒轅軒輕笑看軒轅烈：「我告訴你，你可別小看女人。再說，你我的母親還都是女人呢。」

「我不是那個意思。」軒轅烈有點發急：「但有時候女人確實比不上男人。」

「你這個粗人，我不跟你說。」軒轅軒把軒轅烈推開：「刑姑娘，我們走，別理他。」軒轅軒拉起紫垣和我就走，鳳麟緊跟我的身後。

「欸！你們怎麼這樣，等等我啊……」軒轅烈也趕緊追了上來。

如同仙女的宮女將賓客領入那扇頂天立地的石門之中，參天的台階像是通往九天的仙路，這讓祭壇顯得更加神祕而莊嚴。

漸漸的，我們看見了建在最高處的神壇，是座巨大的圓形祭壇。神壇周圍是看台，看台是兩個弧形，在神壇的兩邊一層層往上，有廊簷遮蓋，設計精緻，心思巧妙。

老皇帝和皇族自然坐在最上層，皇后和嬪妃也在其中。另一邊的看台則是各國使節和作陪的文武百官。

此刻，圓形的祭壇中央已經搭建起一個獨立的石台。石台高於地面，鋪有筵席，放有軟墊及案桌，桌上果品齊全。老皇帝的太監已經站在祭壇的中央，四周漸漸安靜。

「今天——請各位見證我軒轅王朝的國師鬥法——勝者將成為我軒轅王朝第一位國師——賜天機宮——從此為尊——請天機先生玄鏡，與崑崙巫女刑姬姑娘——入場——」

紫垣拉住了我的手，擔心地看我。我對他一笑，拂開他的手看鳳麟：「保護他。」

「知道。」鳳麟站在了紫垣的身旁，紫垣用擔憂的目光注視我離開。

玄鏡已經從另一側走上石台，我和他站在了老太監的兩側。老太監微笑看我們：「因為不知二位高人如何鬥法，所以未作準備，二位可需要道具？老奴可命人安排。」

「不需要。」玄鏡羽扇慢搖，自信微笑。

我也揚唇邪邪一笑：「我也不需要。」

說罷，我和玄鏡相視坐下，一陣陰風掃過我們二人之間，老太監打了個寒顫，扯著嗓子喊道：「鬥法——開始——」

老太監匆匆跑了下去，玄鏡沉沉看我：「妳會輸的。」

我也揚笑看他：「你會死的。」

他無所謂地一笑：「無所謂。」

「哼。」我也輕笑一聲：「你一直如此。」

他一怔，眸光閃動，像是在尋找自己的過去，又像是在猜測我話中的深意。

我唇角微勾悠閒看他，看台上的竊竊私語已入我的耳中。

「他們到底比什麼？」

「欸～～高人鬥法在意識當中，我們是看不見的。」

「那難道我們就看著他們兩個人大眼瞪小眼？」

「噓！別說話，沒準兒他們聽得見呢？」

「我才不信呢，會不會是是騙子？」

「你們都準備好了？」

「準備好了。」

「他們到底什麼時候開始？」

「怎麼回事？這下梁王和駿王要糗大了。」

「神鳥為令……」

神鳥為令？

我朗聲道：「先生先請！」

我朗朗的聲音迴盪在山間，也讓兩側看台上的人安靜下來。

玄鏡在我的聲音中回神，起身對兩邊分別一禮：「在下天機先生玄鏡，有能知過去未來的神通，哪位貴賓願上台讓在下看看？」

「我！」軒轅烈從看台的席位上起身，滿臉好奇：「我願讓先生看看！」

玄鏡執扇卻是笑了：「殿下的，在下不看。」

立刻，全場譁然。

「這是怎麼回事？」

「怕惹禍上身吧。」

「這不就是江湖術士，算命的嘛。」

軒轅烈雙手撐上看台的欄杆，鬱悶地看玄鏡：「先生你怎麼不看？不敢？」

玄鏡慢搖鵝毛扇，微微一笑：「不，殿下是軒轅王朝的人，若是玄鏡說準的，也會被人說成作弊。所以，玄鏡要看不是軒轅王朝、與玄鏡素未蒙面的人，才能讓大家信服。」

看台上的人紛紛點頭。

軒轅烈笑了：「原來是這樣。好！哪國來使願給天機先生看看！」軒轅烈一喊，軒轅昊已經目露得意地看紫垣，那神情像是得了先機便先得了氣勢。

老皇帝坐在座位上，看似有些昏睡，視線卻一直看著紫垣和軒轅昊二人。

軒轅紫坐在席位上遠遠看向皇后，目光已露出迫不及待的神情。皇后對他微微擺了擺手，應該是叫他稍安勿躁。

軒轅紫沉了沉氣，再次看向神壇中央。

對面看台的各國使節在軒轅烈的邀請中，也露出好奇的神態。他們紛紛看向彼此，伸手相請，幾人相繼起身，看見彼此後，又笑笑坐回，只留一人。

「我想見識見識天機先生的神通。」那是鄰國托托國的使節，一臉的絡腮鬍子。他要離席時，玄鏡羽扇一揚：「大使無須下來，請在原位即可。」

大使驚訝：「我、我只要站在這裡就可以？先生就能看了？」

「是。」玄鏡羽扇慢搖，從容淡定。

「這怎麼看？」大家驚呼起來。

「別說了別說了。」

「故弄玄虛，一定是故弄玄虛。」

看台上的皇族、百官和使節們紛紛交頭接耳，有人驚嘆，有人質疑，有人連連搖頭。

我伸手拿起案桌上一顆冬棗，放入嘴中喀嚓咬開之時，一隻飛鳥的影子落在了我的身旁。我抬臉看去，刺目的金光映入我的眼睛。哼……原來神鳥為令是如此。

只見一隻金鳥立在青石牌坊的最高處，在金日之中振翅高飛。

我收回目光，此時玄鏡已經開始說了起來：「尊使生於冬日，三歲時曾因誤食蚯蚓而嚇壞了家人……」

「啊！你怎麼知道？」大使驚訝地看玄鏡，眾人已經輕笑起來。

玄鏡在大家輕輕的笑聲中繼續說著：「七歲時因為捉馬蜂而被螫，險些喪命；九歲下湖被水蛇咬傷；十三歲騎馬時摔落，至今小腿上還有一個疤……」

「神！實在太神了！」大使萬分驚訝：「先生怎會知曉得那麼清楚？就像、就像生活在我身邊……」

「沒準他就是和你一起長大呢，哈哈哈——」他身邊的烏斯國大使大聲調笑。

玄鏡瞇眼一笑，再次開了口：「烏斯大使兒時也很頑皮，喜歡把剛出生的小雞扯碎。」

烏斯國大使的臉黑了。托托國大使笑了：「嘖嘖嘖，你小時候好殘忍啊～～」

烏斯國大使連連遮臉：「慚愧，慚愧。」

「本使就不信了，先生給本使看看。」東日國的大使也站了起來，玄鏡遠遠看他一眼，頷首一笑：「大使豔福不淺啊……家有嬌妻十三，琴棋書畫舞歌樣樣精通，大使也是夜夜笙歌，好生讓人羨慕吶……」

「神了！」東日國大使驚呼起來：「你怎麼像看見一樣？」

「東日國大使果然幸福啊。」老皇帝也調侃起來：「讓朕也好生羨慕啊。」

「不敢不敢。」東日國大使立刻行禮：「我小小東日哪有軒轅王朝美人如雲，連這些宮女都如仙女，賽過家中妻妾。」

東日國大使的讚美讓老皇帝笑意溶溶：「若是大使喜歡，挑一個回去吧。」

東日國大使立刻目露激動：「謝陛下！」

「讓我也試試！」在東日國大使坐下後，越來越多的使節也紛紛站起來，讓玄鏡一看。玄鏡就像一面鏡子般，照出了他們的過往。

玄鏡也只是聰明地點到為止，說一些不相干但足以證明他神通的小事。

各國大使忽然成了廟前喜歡算命的大媽大嬸，一個接一個讓玄鏡看，整個神壇變得如廟會一般熱鬧。

「天機先生，您能說出每個人的過去，可能說出每個人的未來？」有人好奇地問。所有人都目露更大更深的好奇，這份對未來的好奇變得強烈，強烈到成為一種欲望。

未來對每個人都是充滿誘惑的，因為想走捷徑、想偷懶、想躲避災禍、想先人一步；然而，一切都是要付出代價的……玄鏡，知道這代價嗎？

我抬眸看向玄鏡，卻意外地發現他陷入了猶豫。他羽扇慢搖，不發一言，這讓他顯得更加神祕。

我垂眸看向地面，那隻鳥的影子已經漸漸朝老皇帝的看台移去。

「天機不可洩露。」玄鏡終於開了口。我抬眸看他，他淡笑看眾人，抱拳行禮：「玄鏡今日若是說了，怕給各位招致災禍。」玄鏡說罷，看我一眼，眸光裡卻是絲絲無奈。

「哼。」我揚唇輕笑，他手握羽扇側落目光。

「先生說得對，天機不可洩露。」

「對對對，我國的國師也說過，未來不可隨意說，那是天神安排好的。」

「可惜啊……雖然我是信了這位天機先生有神通，但他不說出未來，我這份相信可就打了折扣。能說出未來的預言師，才是真有神通。」

「但我們與天機先生素未蒙面，他卻能看到我們所有人的過去，已經證明他有神通。他不做國師，誰做？」

「哈哈，你嫌他不說未來，他可是已經嘴下留情了。你想他能把我們小時候的事說得像是親眼看見一樣，難道你非得他說些不可告人的祕密才信他嗎？」

「哈哈哈哈——」大家大笑起來，氣氛異常活躍。

玄鏡卻在我面前靜靜坐下。我拿起茶壺，給他倒上一杯飄香的果茶：「說累了，潤潤喉。」

他緩緩放落羽扇，拾起潔白的袍袖拿起了茶杯，目光卻是久久落在茶杯的水中：「我……」

「你也會說天機不可洩露了？」我揚唇一笑，也給自己倒了一杯。

他緊緊擰眉，目光卻是如杯中晃動的水般晃蕩不定。

「你在不安？」我執杯看他不定的眼神：「你在害怕？害怕什麼？」

他垂眸不言，緊握手中的鵝毛羽扇。

「是怕改變未來？」我輕輕放落茶杯。他坐在對面一怔，臉上劃過一絲驚慌。

我揚唇邪笑：「怎麼，改變一個人的未來你不害怕，改變許多人的未來卻讓你怕了？」

他的胸膛開始起伏，神色也無法再保持那份從容淡定。他似乎從太多人的未來看到了改變未來未必是對的。

我垂眸輕笑：「哼……你居然也關心起別人的未來了。」

他側開臉，我落指在茶杯的邊緣上輕輕撫過：「等你悟了，你能成神。」一圈小小的漣漪在這輕輕的震動中在茶杯裡蕩開。改變未來，是一件連我們真神也不敢去做的事，因為它的影響會像這漣漪一般牽連越來越多，無法控制。

他一驚，轉回臉驚訝看我。我拿起茶杯輕輕一抿，唇角微揚：

「味道不錯。該我了。」

啪噠！茶杯放落桌面之時，一隊侍者小心翼翼地搬著人高的鏡子從入口整齊而入，不斷閃耀的鏡光時不時晃過兩邊看台。

「那巫婆又有什麼本事？」

「看吧看吧。」

「我覺得那巫婆不看也罷，她的本事一定比不過玄鏡先生。」

「國師之爭，女人出來湊什麼熱鬧？在我們那兒，巫婆就是跳大仙的，上不了檯面。」

「我們那裡巫婆直接沉河或是燒死，她們最會詛咒人。」

「搬那麼多鏡子出來幹什麼？怪晃眼的。」

眾人竊竊私語。鏡子一面一面立在我和玄鏡的四面八方，如同八卦。每一面鏡子都映出了我和玄鏡的身影，人高的鏡子把我和他圍在了中間。

玄鏡看向周圍的鏡子。我在帽簷下邪邪而笑：「這幅景象是不是很熟悉？」

他手中的羽扇搖了搖，目露回憶：「是那天在望江閣上。」

我揚笑點了點頭，緩緩揭下了帽簷。風從鏡子之間而入，輕輕拂起我的髮絲，也帶來了紫垣擔心的目光。

一片喧譁之聲也隨即而起。

「那、那是巫婆？」

「有那麼好看的巫婆？」

「軒轅王朝果然出美人，連一個巫婆都這麼漂亮！」

「簡直清麗脫俗，貌似神女！是神女！一定是神女！」

「她的法力定在玄鏡之上了！」

我揚唇邪邪地看向玄鏡：「看見沒，人心瞬息萬變，你以為你真的能控制他人命運？」

玄鏡也聽到了那些驚嘆讚美之聲。那些看熱鬧的人在沒有看到我容貌前，對我百般地鄙夷；在看到我的容貌後，卻僅僅因這容貌而對我又百般地吹捧。

玄鏡看了映入鏡中的人們，他們在鏡子裡身影顯得模糊而扭曲，一張張扭曲的臉恰似夢中幻境，似真非真。

我看著玄鏡有些迷茫的臉，放冷了目光：「玄鏡，我沒有掌控擺布任何人的命運，反而是你在強行改變。」

他怔怔看著我鏡中的臉。我依然沉沉看他：「當你看到這些芸芸眾生的命運彼此相關後，你還想要去強行改變別人的命運嗎？」

他慢搖的羽扇漸漸停下，看著那些鏡子裡的臉，開始陷入長時間的沉默。

「到底在幹什麼呀？」

「對呀，從鏡子搬上來後，怎麼不見動靜了？」

「這美人到底在想什麼？」

「她好像在跟玄鏡先生說話。他們在說什麼？」

看台上的人已經按捺不住好奇，急躁地站起身，宛如他們的舉動可以加速時間的流動。

我垂眸邪邪一笑。抬眸時，朗朗的聲音從我口中而出：「今日給大家看的，是一種古老的仙術，名為鏡中觀人。」

「鏡中觀人！」

「那又是什麼？」

「別說別說了。」

周圍漸漸安靜，但他們依然站在看台的欄杆邊，拉長脖子。

我沒有起身，仍舊穩坐神壇，抬手指向周圍：「這裡八面鏡子形成八卦符陣，在我的神力中，它們會現出一個人的前世。」

「前世？」

「什麼？她說什麼？前世！不可能吧！」

「胡扯！簡直胡扯，我不信！」

「鏡子不可能現出一個人的前世！」

「姑娘——牛不能吹太大——」

有人已經嘲笑地大喊。

玄鏡抬眸看向我，我也看向他，朗聲道：「你們不信我，我也不會給你們看。因為不是所有人都有這個資格可以在我這裡看到自己的前世，此人非我指定不可。」

「好狂的語氣！不給我們看，還要她指定！」

「一定是有詐騙同夥吧～～」

「對，是詐騙同夥。」

「你們別說了，我寒毛都立起來了，大白天的，怎麼感覺陰森森的。」

「這樣的景象太詭異了，簡直聞所未聞！如果不是親眼所見，難以相信！」

「這絕對是巫術！還是讓軒轅陛下盡快燒死這巫婆吧！」

即便外面已經吵翻天，八面鏡子之中、神台之上依然安靜。

我抬眸勾唇，笑看玄鏡：「熟悉嗎？」

玄鏡呆呆地轉身，看過鏡子裡每一面一模一樣的鏡子，他的身體歪斜了一下，腿似是發軟一般跌坐在我的面前：「這、這是什麼？幻術？」

「哼……」我垂眸再次拿起茶壺，鏡中已經不再現出他物，只有那面鏡子，我拿起茶壺給他倒上一杯芳香四溢的果茶：「你當是幻術就是吧。但我刑姬從不騙人，你的前世就是一面鏡子，而且，還是一面讓我非常頭痛的鏡子。」

他呆呆朝我看來，目光定定地落在我的臉上，然後，他笑了，笑得瘋狂：「哈哈哈——哈哈哈——」

「不信？」我在他笑聲中不緊不慢地說道：「你以為你這觀測的能力是從何而來？何人能有資格讓我下凡來收拾這爛攤子？」

他的表情僵硬在臉上，呆呆地看著我，漸漸收起臉上的笑容，然後失神地看向鏡中鏡。

「這是一面神鏡，可以看到過去和未來，有人利用它來改變眾神的命運，結果引發神族大戰，死傷……無數……」我的回憶陷入長久的沉痛。

「為什麼……妳要告訴我這些……」他無神地問，聲音顯得疲憊而滄桑。

我抬眸看他：「因為你又要重蹈覆轍。神鳥為令是嗎？」

他一驚，立刻看向我。我瞥眸看向地面上神鳥的影子：「時間快到了。」

「不！不可以！」他驚慌地立刻起身，轉身朝軒轅紫的方向大喊時，神鳥巨大的陰影已經覆蓋在老皇帝位置的上方。他驚恐地睜圓眼睛，我揚唇邪邪一笑：「後悔已經晚了，命運已經按照你安排的軌跡前進了。」

嗖！一支暗箭從陽光中破空而出，在陽光的遮蓋下，完全無法察覺。玄鏡驚恐地看著那支箭射去的方向根本不是老皇帝，而是軒轅昊！

「不──」他驚恐地大喊。

軒轅昊因為他的呼喊而疑惑起身，擔心地看向玄鏡時，那支箭正中他的身體。

砰！軒轅昊應聲倒落，驚詫的神情從此定格在他的臉上。

軒轅烈、紫垣、軒轅軒無不驚起，迅速圍住了軒轅昊。

老皇帝也驚然起身，卻因暈眩而再次跌坐，嚇得妃嬪們花容失色。

「啊──」尖叫也同時響起，兩側看台立刻陷入一片混亂。

「御醫！御醫！快讓御醫過來──」

「護駕！護駕！」

士兵立刻湧入整個神台！

「不，不……」玄鏡面色蒼白地站立。我依然悠閒地坐在原位，給自己倒上一杯果茶：「我說過，人心最難測，你這次不是輸給我，而是輸給這善變的人心。」我執起茶杯，在周圍一片混亂和驚惶亂跑的人中悠然品茶，果香齒頰留香，回味無窮。

士兵迅速湧入，軒轅紫趁亂放走了那些使節，也讓自己的士兵迅速控制了全場。軒轅昊、皇族們還留在看台之上，皇后扶住老皇帝，冷看看台下的一切

玄鏡跌跌撞撞地起身，想推開阻擋他的鏡子奔向看台時，立在看台上的軒轅紫登時眸光放冷，刀光隨即閃入周圍的鏡子，一個混在士兵中的高手鑽入神壇，直接砍在玄鏡的後背上，鮮血立刻染紅了他雪白的衣衫。他往前撲倒，右手伸向看台，有如當年他的手伸向玥。

那個士兵提著刀，隨即轉身看向我。我揚唇輕笑一聲，伸手去取冬棗，他直接提刀朝我砍來……噗！一隻黑色的利爪貫穿了他的身體。我微微擰眉：「麟兒，你好歹是魔神，殺人不用動手，血腥味很難洗。」

「對不起，師傅，妨礙妳吃棗了。」黑色的利爪從士兵身上抽回，士兵倒落時，濺了一地的鮮血。鳳麟小小的身體現於神台，伸長的右手正慢慢收回，甩了甩，然後一皺眉：「師傅，妳說的是真的，血甩不掉。」

「哼……」我輕笑搖頭：「想你以前從不殺生，現在你殺人怎麼不眨眼了？這是真的要成魔神了。」

「是他在找死！」鳳麟生氣地雙手環胸，不屑看地上屍體一眼。

我看向趴在遠處的玄鏡，起身緩緩走向他。周圍喊殺聲起，軒轅紫的士兵開始向皇族進攻，八面鏡子隔絕了外面混亂嗜血的世界。

我走到玄鏡的身旁，八面鏡子外的人影如同幻影般拉長，時間一點一點變得緩慢。

輕輕地，我拾起垂在玄鏡臉邊的長髮，指尖擦過他眼角，沾上了冰涼的淚水。

「咳……」一口血從他口中咳出。鳳麟蹲在他面前戳戳他的頭：「師傅，他快不行了。」

「嘖嘖嘖。」我搖頭嘆息。玄鏡的目光朝我瞥來：「救……救……」

「救軒轅昊？」

他嘸了口氣，點了點頭。

「哎……早知今日，何必當初？」我一邊整理他臉邊的髮絲，一邊淡語：「你若不強行改變軒轅昊的命數，他現在依然是他的駿王，封城封地，過得比誰都快活；他還會被紫垣重用，成為一字並肩王，與紫垣共興軒轅。而現在，卻落得一個慘死的下場。」

「是……是我沒算到……」

「算到什麼？」我看著他不甘的眼神：「算到皇后和軒轅紫殺的不是老皇帝而是軒轅昊？這世上唯一算不準的，就是人心，在你給皇后遞錦囊時，他們便已經決定要除掉你了。」

他驚訝地看向我：「為、為什麼……」

我輕輕一嘆，抬手撫上他蒼白的臉：「因為你比任何人都聰明……」

他的瞳仁收縮了一下，漸漸失去神采，像是猜到了什麼而開始失神。

我靜靜地看玄鏡：「他們懼怕你，懼怕你的神通，懼怕你對他們不忠，所以，他們在利用完你之後，便會除掉你，還有你曾經的主人軒轅昊，以絕後患。他們打從一開始就沒有信任過你，玄鏡……」

他的視線在血水中漸漸渙散：「我……我錯了……駿王……是我……害了你……如果……當

初你沒有……收留我……就好……了……」

我看著他慢慢閉上的眼睛，沉沉地問：「玄鏡，你真的知錯了嗎？」

他閉上了眼睛，一滴淚從他的眼角緩緩滑落，滴落在他臉下那一片血染的地面上……

我的唇角漸漸揚起，看向八面鏡子，鏡子裡再次現出神台的景象。玄鏡倒在血泊中，白衣化作了紅衣，他蒼白的唇裡尚有一絲微弱的呼吸。

我抬起臉，外面的人影拉長如同流線，那一條又一條線當中，紫垣正朝這裡緩慢地走來，他長長的手臂著急伸向我，我在玄鏡身邊對他揚起微笑。紫垣，我們現實中見。

我俯下臉，輕推玄鏡，輕柔呼喚：「玄鏡，該醒了。」

啪啪！鳳麟在一旁輕輕拍了兩下手，玄鏡虛弱地再次睜開眼睛，正對鏡中染滿鮮血的自己。周圍的世界開始急速旋轉，斗轉星移，瞬息之間，鏡中已是我和玄鏡面對面坐在望江閣包廂中的茶几兩旁，鳳麟坐在鏡邊。

我們之間的茶几上，紅色調皮的鯉魚在魚缸中輕輕一躍，啪的一聲，清水濺落桌面，驚起波紋漣漪。玄鏡呆呆看著鏡中的自己，撫上自己臉上的血絲，鮮血染紅了他的手指。

我抬眸看他，對他一笑：「醒了？」

他登時大驚起身，看向左右，再看向自己，上上下下，前胸後背摸了摸，驚魂未定地呆呆看我。

「我們還在望江閣裡，隔壁是軒轅軒。」我給他倒上一杯茶，悠然淡語：「你的軒轅昊還沒死，軒轅紫也還沒收到你的錦囊。」

「我們真的還在那一天！」他驚喜看我，臉上是那抹曾經留在鏡面上抹不掉的血痕。從那刻起，我們已經不在現實中，而是在鏡中世界。

「是的，我們還在那一天。」我收回茶壺，抬眸看他：「冷靜一下，坐。」

他的神情複雜起來，眸光跳躍而閃動，像是有太多的話想說，卻不知從何說起。他看著我許久，慢慢坐回我的對面，才問：「為什麼不在一開始就殺了我？」

我輕輕一笑：「因為我答應過一個人，留你一命。」

他怔怔看我：「誰？」

我抬眸看他：「創造你的人。」

「創造……我的人……」他困惑地垂下臉，慢慢摸上了自己左邊的眼睛。

我看看他，垂眸一笑：「這一局，算我輸了。」

他一愣，抬起臉再次看我。我淡笑看他：「為了不傷及太多的無辜，也想讓你自己看到最後的結局，我還是動用了神力，我作弊了。按照約定，我會告訴你一切。」

他呆呆地看向我。我在他困惑的目光中淡淡說道：「你的前生是一面神鏡，能看到過去未來。創造你的人是一位真神，也是你第一位主人，可是……」我垂下了眼瞼，看向魚缸中不停蕩漾的波紋：「他因你而死。在臨死前，他因愛惜你，讓我不要傷你，我便取走了你看見未來的能力……」我抬眸看他，見他正震驚而不可置信地看著我。我抬起手指，指向了他的右眼：「你的眼睛是我弄瞎的，你恨我嗎？」

他怔怔看我，緩緩地撫上了右眼，眼神漸漸渙散，深深的痛從他左眼湧出。他的手無力地垂落，低下了臉，痛苦地哽咽：「我的主人……真的死了嗎……」

「死了。」我拿起茶杯，他的身體在江風中搖曳了一下，癱軟下去。我揚唇一笑：「放心，他是真神，已經在另一個世界重生。」

他呆呆地看向我，臉上是又驚又喜的神情。

我抿了一口果茶：「你已經不記得他，為何這樣痛苦？」

他失神地撫上心口：「我不知道……但是這裡，很痛……很懊悔……」

「所以，你恨我嗎？」我放落茶杯看他。

他的神情漸漸平靜，搖了搖頭：「我知錯了，有些人的命運，不只是他自己的命運，他們的命運牽連太多太多，我不愛殺戮，卻親手製造了更多更多的殺戮……」他看向自己的雙手，手指上仍帶著他臉上流下的鮮血。

他放落雙手，慢慢提起袍衫，窸窣起身，然後朝我恭敬拜下：「求神女除去我的能力。」

我靜靜看他，江風從露台而入，掀起了露台畫桌上的宣紙，沙沙作響。

不是所有人都有重來的機會，而玄鏡在能選擇重新來過之時，卻讓我除了他的神力。這份神力到底是一份天賜的禮物，還是一份詛咒？

但我只知道自己不能毀了玥的心血。

我微微落眸：「我不會的。」

他一驚，起身看我：「為什麼？」

「因為這是你的神力。」我抬眸看他：「你要學會如何用，在何時用，怎樣用，這也是自己的修行。玄鏡，你準備好重新開始了嗎？」

他一怔，江風掀起了他臉邊的髮絲，吹乾了他臉上的血痕。

我微笑看他一眼，指向出口：「之前的命運已經因你而變，當你走出這扇門，命運依然會繼續向前，它不會為任何人停留，所以之後，要靠你自己去把它帶回原來的軌跡。等事成之後，我會來接你回去見你的創造者。」

「我的……主人……」他雖然已經不記得玥，可是在聽到我會帶他回去見玥時，依然露出了激動的神情。

我點了點頭：「我會在這裡配合你，完成你修正命運的使命。或許……」我溫和看他：「你會成為軒轅王朝史上第一位國師……」

他吃驚看我：「我、我不用歸隱或是離開嗎？」

我微笑搖頭：「你的命運，已經和軒轅王朝的命運牽連在一起了。」

他目露懊悔，垂下臉擰緊雙拳，久久無法平靜。

鳳麟輕輕地移開了我們一旁的銅鏡，讓陽光更加通暢地照入這間幽靜的雅間。茶水已涼，魚缸中的魚兒依然活躍。

鳳麟拿起茶壺，雙手捧住時，壺嘴開始冒出熱氣。他給我倒上了一杯，輕語：「師傅，茶熱了。」

我端起茶杯，溫暖的茶杯和從茶杯中而出的水氣，讓我在江風中有些乾燥的手舒適起來。

「鏡中的結局最終會如何？」玄鏡抬眸平靜地看向我。他想要一個結局，或者是想知道我如何破他的局。

我端茶淡淡看他：「我讓紫垣策反了軒轅柴的國舅爺。」

玄鏡微微一驚，卻又隨即露出了然和一絲佩服：「我果然輸了。」他接受地點點頭：「軒轅紫垣救駕有功。而駿王……」他沉痛地擰了擰眉，才再次開口：「軒轅紫垣註定為王。」

「知道自己輸在哪兒嗎？」我淡笑看他。

他垂下了臉，閉眸發出一聲長長的嘆息：「自負。」

我微笑點頭：「不錯，這也是神魔容易犯的錯誤。六界神魔過於自負，往往會輕看人類，你做錯了三點：你讓軒轅昊帶兵入京，即使軒轅柴不暗殺軒轅昊，事後軒轅皇帝對軒轅昊也會心存不悅，即使知道他是為護駕而調兵，但始終是私自調兵，這犯了大忌，此為其一。」

「難怪妳讓軒轅紫垣策反國舅，這樣便可以運用其兵。」玄鏡深深擰眉，連連搖頭：「妳不用神力，我也輸妳。尚有兩點，還請繼續賜教。」

我抿了一口溫熱的水，瞥眸看向鳳麟。他笑了笑，看向玄鏡：「你輕敵，此為其二；其三也是最重要的一點，你好強！」

玄鏡一怔。鳳麟揚唇輕笑：「哼，你想贏天、贏師傅，證明你可勝天；過強的好勝心讓你急躁，無法平心靜氣看透周圍人心。你只想贏師傅，是強烈的好勝心讓你變得輕敵，反而不把皇后和軒轅柴放入眼中。卻不知師傅一直以凡人之心來應戰，所以師傅始終可以做一個旁觀者，而你，已是當局者迷了。」

玄鏡怔怔聽罷，久久失神，忽而自嘲一笑，搖了搖頭：「我確實太想贏天了，因為我有能看到過去的神力，我不甘於做一個普通人，我要證明自己，我要讓所有人知道我、敬重我，我要給天看，我玄鏡可以改變老天安排的命運。而我……卻錯了……」

「不，你改變了。」我放落茶杯，他自嘲地笑著，似是不信。我繼續道：「現在，你已經是謀士了。」

「呵……」他又是自嘲一笑，伸手拿起茶壺，給自己倒上了一杯茶，如苦酒般飲盡，然後失意地放落：「我不害人就不錯了。」

「怎麼，沮喪了？」我伸手輕覆他的手背，他一時怔住了身體，視線閃爍地側開臉龐。輕輕地，我拍了拍他的手背，認真看他：「過去已經改變，未來還是在你手中，這件事始於你，也要終於你，你要負責到底。」說完，我收回手。

他立刻轉回臉看我：「妳可用神力！」

「不可。」我肅然沉臉：「若能用，在你改變之初我只需殺了你。凡間之事，我們不能用神力干涉，你已經知道時間是最可怕的力量，現在稍有不慎，又不知會引發怎樣的連鎖反應。」

我拿起茶杯，將杯中之水全數倒入魚缸之中，立刻波紋連連，紅鯉受驚亂撞。我放落茶杯，玄鏡的神色也開始凝重。

「看，這就是時間所引發的波浪。玄鏡，這已經是你的任務，而不是我的。」

玄鏡深深擰眉，對我再次一禮：「玄鏡領旨，必不會讓尊神失望！」

我再次揚笑，鳳麟給我補上一杯茶，我深吸一口氣，懶懶地單手支臉瞥眸看向移門：「現在我倒是輕鬆了。李馳啊～～請宣王～～」

玄鏡微微一驚，微露一絲謹慎地端坐，反而比之前更加緊張了。

「是！」外面傳來李馳的聲音。少頃，移門拉開，軒轅軒含笑入內，門也在他身後關閉，李馳還趁機瞄了兩眼。

「二位聊什麼聊那麼久？」軒轅軒走近時，玄鏡起身行禮。軒轅軒也不搭理他，兀自坐下：「莫不是已經較量開了？」軒轅軒好奇看我，玄鏡在一旁輕輕跪坐。

我看看玄鏡，瞥眸看軒轅軒：「我們剛才只是下了盤棋。」

「棋？」軒轅軒看看茶桌：「何來棋盤？」

「哈哈哈——」我仰天而笑，遙指屋外天空：「天為棋盤，人為棋子。」

「哦！」軒轅軒眸光立刻閃亮：「那我可真是錯過了！誰贏了？」

玄鏡看向我：「是……」

「天機不可洩露。」我垂眸拿起茶杯，玄鏡不再多言。軒轅軒笑看我：「我猜定是刑姑娘贏了！」

我在茶杯間瞥眸看他：「宣王……可喜歡我？」

軒轅軒立刻怔住，雙頰瞬間炸紅。

我邪邪地笑了，抬手時，打了一個響指，啪！軒轅軒的神情，就此凍結。

玄鏡在一旁也發了呆。

我放落茶杯，瞇眸看軒轅軒緋紅的雙頰：「我到底要不要干涉他的感情呢？都怪你……」我瞥眸看玄鏡，他僵硬看我。我瞟他一眼：「若非是你，我也不用下凡，又生出這些麻煩來。」

「對、對不起……」玄鏡雙頰微微發紅地垂下了臉：「但妳……」

「叫娘娘！」鳳麟沉沉命令。

玄鏡一愣，抬臉看向我。我邪邪而笑，懶懶地單手支臉瞥眸看他：「怎麼？」

他眼神微微閃爍了一下，臉上的薄紅依然未褪。他匆匆低臉：「娘娘也已入局，有些事……還是不要干涉的好。」

「嗯……」我看著軒轅軒犯愁，瞥眸看鳳麟，鳳麟稚嫩的臉上卻已是怒意：「他不配喜歡師傅，其他女人隨他愛。」說罷，鳳麟直接伸手挖入了軒轅軒的心，看得玄鏡驚然起身，全身僵硬。

鳳麟盯著軒轅軒的心看了看：「真夠花心的，我來給他清理清理。」說罷，鳳麟在心裡掏了掏，掏出絲絲縷縷的粉線——是軒轅軒的情絲。這些情絲讓軒轅軒易被別樣的女子吸引，從而生情。而這些情迷惑了他的心，讓他無法看清自己的摯愛。

鳳麟拽出情絲後，又粗暴地把那顆心塞回軒轅軒的胸腔內。我指尖輕動，那些粉色的情絲進入水中，在清水中漂洗。

玄鏡臉色蒼白，驚魂未定地緩緩坐下，看水中被我漂洗乾淨的情線。神力纏上我的指尖，情線出水相互纏繞，再次成為一枚紅色的同心結。

「命運不是不可改變……」我拿起同心結看著。玄鏡看向我，努力保持平靜，臉色依然蒼白，我瞥眸看他：「而是如何變又不影響星軌，不影響無辜之人。比如現在，我改變了軒轅軒和燕燕的命運，軒轅軒生性多情，易被奇異的女子吸引，所以他會流連花叢，因為青樓妓女多才多藝，反讓家中妻子顯得索然無味。燕燕因此而鬱鬱寡歡，最終抑鬱成疾，香消玉殞。軒轅軒那時才看清自己最愛的是燕燕，他因此而一蹶不振，借酒消愁。我此次下凡，與這軒轅軒有緣，於是助他早日看清，不再失去心愛之人。」

玄鏡一邊聽，一邊驚魂未定地看我手中的同心結。我看看他，邪邪地笑了：「想學嗎？」

他立刻搖頭。

我輕梳同心結的流蘇：「稍後回去，皇后該向你要錦囊了。這一次，你會寫什麼？」我瞥眸看他。他稍稍平復心神，想了想，輕拾袍袖，以指沾水，在桌面上寫落：天意不可違，違之必遭天譴。

他有力地寫完最後一個字，我仰天大笑：「哈哈哈——從沒想過這句話也會從你口中而出。」

他也是自嘲地笑了：「皇后是女子，女子更信鬼神，更易相信。」

我點點頭，抬手在軒轅軒面前啪的一個響指打響。軒轅軒看著我，臉上薄紅未褪。他失了一會兒神，垂眸搖頭苦澀一笑：「只怕我是配不上神女的。」

玄鏡目露驚訝，看向鳳麟。鳳麟對著他抓了抓手，他的臉上立刻再次浮出一絲蒼白。

我將同心結放落軒轅軒的面前：「去給燕燕吧。」

軒轅軒一驚：「妳怎麼知道？」他頓住了話音，卻是了然地笑了：「妳是神女，有何不知？」他落眸看向同心結，目露溫柔：「燕燕一定會喜歡的。」

我揚唇而笑：「宣王，請幫我送送天機先生好嗎？」

軒轅軒一愣，看看玄鏡再看看我：「這就談完了？我還以為能聽到驚天動地的辯論呢。」他笑著，笑得眸光燦爛。

我看向玄鏡。玄鏡看看我，垂眸一笑：「今日受教良多，玄鏡該回去了，不打擾姑娘賞景。玄鏡不敢有勞宣王相送，這就告辭。」說罷，他向我一禮起身。

「慢慢慢。」軒轅軒叫住了他：「刑姑娘託我相送，我必會送你。」他有些哀怨地起身：「唉，難得有機會與天下兩位奇人獨處，卻未能探得一二天機，可惜可惜……下次可不許再撇開我。」他笑呵呵地說著，手中同心結的流蘇在江風中輕輕搖擺。從此他那萬縷情絲只繫一人。

❖

「師傅會現真身嗎？」鳳麟在軒轅軒和玄鏡走後問，大大的黑眼睛裡是成年人的成熟與沉穩。

我揚唇邪邪一笑，單手懶懶支臉，望入江天：「誰知道呢……」

誰規定神不能在凡人面前現形？哼……本娘娘現在可是六界之主，真神之神！做神都不能任性，還有什麼樂趣？

偶爾現一下真身，也有助於凡人對神的信賴，相信善惡有報，心有信仰。若是凡人失去了信仰，這世界，也該枯萎了。

嗯……我可是最喜歡人類的，可不能讓美麗的人類世界失去對善的信仰。

而且，我也喜歡人類世界對我們的傳說。在遇見麟兒後，無數個黑暗的日子，都是聽他給我念傳說打發時間，那些傳說依然時不時會迴盪在我的耳邊……

『天地初開，生陰陽，陽孕男子陰孕女，男爲太陽聖帝，陽帝造蒼生萬物，女爲太陰女帝，集天地陰氣……』

哼，這個傳說是不是也該改改了？要讓六界知道這世界早就不歸男人管了，女人更不是男人的玩物。女人和男人一樣，有心有情，有抱負有野心，只要給我們一個機會，我們自會創造一片不輸於男人的天地。

江風徐徐入屋。鳳麟的建議不錯，我邪邪而笑。反正我一直任性，也不差這一回。

呼啦！移門忽然被人重重拉開。我轉臉看去，見紫垣已經衝入雅間，李馳目瞪口呆地僵立在門邊，轉身想跟進來時，紫垣直接甩上了移門，只聽見砰的一聲，移門晃動了一下。

紫垣大步到我身前，我緩緩起身。他頓住了腳步，立在我身前，眸光不停顫動，湧出深深的心慌與擔憂，情緒久久無法平復地激動看著我：「到底是怎麼回事？」

我幽幽看著他：「我答應過你，不會讓你忘記，我也沒有利用宣王的婚……」

忽然，他一把把我拉入懷中，深深擁緊：「妳沒事就好……沒事就好……」

我埋在他的胸前，他的胸膛裡是激烈不已的心跳。

咚咚咚咚……他真的在害怕，害怕那一切是真的，害怕我的鮮血染上神台。

「咳！」鳳麟在一旁重重咳了一聲。紫垣怔了怔，緩緩放開了我，情緒漸漸平靜，困惑看我：「到底發生了什麼事？」

「師傅在點化玄鏡。」鳳麟沉沉說。紫垣困惑地看他：「所以一切還沒發生？」

「沒有。」鳳麟答。

紫垣的臉上漸漸浮出欣喜：「所以一切還來得及阻止！」他立刻伸手拉起我：「走！我們去阻止一切！」

我微笑看他，沒有動。

他著急看我：「妳一定要幫我，不能讓三哥死！」

「師傅已經阻止了。」鳳麟站到了我的身旁，紫垣看向他，緩緩放開了我的手。鳳麟認真看他：「點化玄鏡，即可阻止一切。星軌已經恢復，師傅的任務完成了。」

「完成……」紫垣失神地看向我：「妳要走了？」

我揚起淡淡的微笑：「比賽那天是一切的終結點。紫垣，我始終要走的。」

「是啊，要走的，要走的……」他落寞地低下臉，失神地看著地面低喃。他知道，我始終要走的，他留不住我。

但是他不知道，我們將會在神界再見。

第八章 展翅高飛

夜空星光迷離，星河綿長無盡。

我和鳳麟坐在房梁上仰望這漫天星辰，它們之中，那顆紫微星尤其閃亮，星軌終於開始慢慢恢復正軌。雖然還有很多事要做，但那已是玄鏡的事了。

院內傳來輕輕的腳步聲，是紫垣，他靜靜地站在房梁下，默默地看向我，我坐在房梁上微笑看他。星光朦朧地覆蓋在他的臉上，他那如同星辰般閃亮的眸中，是依然散不開的離愁。

「今日……」他看我許久後，緩緩開了口：「軒轅紫來找我了，想與我結盟……」

我邪邪而笑：「是玄鏡促成的吧。」

他垂落目光，再未開口，夜風輕輕掀起了他臉邊的髮絲。他一直靜默無聲，似是有很多話想對我說，卻混亂得不知如何開口。慢慢地，他再次抬臉，勉強帶出一絲微笑：「明天我帶妳去郊遊吧。」

我看著他許久，笑了：「好。」

他微微鬆了口氣，轉身慢慢消失在濃濃的夜色之中。即使我已經看不到他的身影，但依然能感覺到他立在院外的氣息。他沒有離開，他一直站在那裡。

「師傅變了。」鳳麟在我身邊說，聲音微微發沉，稚嫩的臉上是陰鬱的神情：「妳對紫垣星君特別溫柔。」

我瞥眸看他，邪邪勾笑：「不是我變了，是我的敵人……全被我滅了，日子開始變得有些無聊～～～」我抬起手看自己瞬間化作黑色的指甲，又放落手遙望星空：「麟兒，不知道為什麼，我有些懷念曾經帶著恨的日子，那時的每一天都知道想要做什麼。可是現在呢，嗯……」

「師傅以前為恨而活，現在沒有了恨，反而不知為何而活。師傅，這是不是有些諷刺？」他反問我。

我看向他：「你覺得呢？」

他笑了，眸光閃閃：「對我而言，一切還只是剛剛開始，師傅也可以試試重新開始。」

「重新開始？」我邪邪地笑了，伸手撫上他稚嫩的臉，俯下臉吻上他柔軟粉嫩的小唇，他的眸光立刻跳躍閃動。我對他眨眨眼：「這建議好，要一起來嗎？」

「好。」他毫不猶豫地說：「無論多少世，多少次灰飛煙滅，我都會陪在妳身邊！」他沉沉說完，用小小的手捧住我的臉，吻上了我的唇，魔光開始在他的身上閃耀，他捧住我的手在魔光中漸漸變大，我聽到了手指骨骼拔長的聲音。他放開我時，已經是十六歲時他少年的模樣。

鳳麟全黑的眼睛裡是我的臉龐，他笑了笑，隨即起身。他已經能好好地控制心中的魔性。他面朝漆黑的深夜，張開了翅膀：「但我想先去歷完我的劫。我要統領我的魔界，無論我會經歷什麼，都希望刑兒妳不要干涉。因為這是我的事，我已經不再需要妳的守護。」他微微側臉，少年的臉上已是魔神的威嚴。

我坐在房梁上認真注視他的背影：「我知道，當初是我做錯了。我的過度保護反而讓你變得

紫垣和軒轅昊已經入座，紛紛緊張地看我和玄鏡，紫垣的眸中更是深深的不捨和心傷。他知道我今天要走了。即使他從未開口留過我，也從未道出他對我的心意，但是我知，他亦知。

「稍後我們比什麼？」玄鏡再次坐在我的對面，反而變得有些緊張。他回頭再次看一下軒轅昊，目露安心。那場腥風血雨，讓他心裡一直有餘悸。

如果不是知道玄鏡天性對主人忠誠如痴，旁人還以為他深愛軒轅昊了。

我拿起那壺一模一樣的果茶，給他倒上一杯：「和上次一樣就好。」

「怎麼不見那孩子？」他疑惑地看我身邊，找鳳麟。

我揚唇一笑：「他去歷劫了。」

玄鏡目露驚訝：「他也要歷劫？那麼小的孩子……」他目露驚嘆，不可置信。

我邪邪一笑了：「不歷劫，怎知六界之事，怎知人情世故、是非對錯？神界的孩子都要歷劫。我在入主神宮之前，可是在崑崙山下被關了三千年。」

玄鏡的神情變得更加吃驚，宛如不可置信。不可置信之中，又帶出了絲絲痛苦，宛如身臨其境般地痛苦：「三千年……」

我不在意地淡淡一笑：「不歷劫，不成神，沒有人可以輕輕鬆鬆上天界。現在，你可覺得公平了？你身上的劫難，不過是小事。」

「三千年……」他似是沒聽見我後面的話，低低自喃，忽然深吸一口氣心疼看我：「我能看看嗎？那三千年。」

他異常認真地看著我，目光之中，宛如是在祈求我給他看那在黑暗和孤寂中囚禁的三千年。

我在他認真的目光中，心中湧現一絲感動。我點點頭伸出了手，他近乎急切地握住了我的手，閉上了眼睛，登時，我將他帶入了那三千年……

那三千年裡……

只有黑暗……

只有虛無……

只有那六個法陣……

只有那一方石台……

永無止境的孤獨，是對我最可怕的折磨……

在那小小的石台上，我不知日夜、不知歲月，只知道仙尊換了，那就是大概過去一百年……

淚水從玄鏡的眼角滑落。他放開我的手，目光顫動地看著我：「是誰害了妳……」

我平靜地看他：「是你。」

他的淚水登時震落面頰，滴落在了桌上。

我壞壞地笑了：「所以我弄瞎了你，我們的帳清了。」

他的視線顫亂起來，呼吸也不自主地輕顫。他不敢看我地低下臉，匆匆拭淚，氣息久久無法平靜。

我看向走來的老太監，伸手再次覆蓋放在矮桌上的手背，他怔住了身體。我輕輕地拍了拍他的手背，溫柔而語：「平靜一下，你還有你要完成的任務。把它完成，算是對我的贖罪吧。」

他用力點點頭，努力恢復平靜。

他定了定心神，才再次抬起臉，但目光始終不敢看我。

老皇帝的太監再次上台：「國師大賽，開始——」

玄鏡立刻看向我，我伸手請他先來，與上次一樣。

他在猶豫中緩緩起身，陽光照在他的身上，也將一隻神鳥的身影投落在了神台之下。清爽的風中，他開始朗聲邀請：「誰來讓我一看——」

一切進行得是那麼順利，他和鏡中那一世一樣，引起了陣陣驚呼和驚嘆。無論多少人讓他看，他都能說出他們的過去，宛如在那些人的命運中，他一直站在一旁默默注視。

這是他的神力，也是他的痛苦所在。

他是玥最得意的作品，得意到讓我留他性命。玥是那麼無情冷酷的人，東西只要有一點瑕疵，他都會將其直接扔入焚爐中焚毀重造。然而，只有玄鏡——

只有玄鏡。

玄鏡緩緩在我身前坐下，期待而恭敬地看向我：「娘娘，請。」

我微微一笑起身，在眾人的議論聲中站在聖壇中央。這一次，我沒有揭下帽簷。

我靜靜站立，然後在議論聲中赫然撐開雙臂，登時，霞光從我的袍袖與帽簷中閃耀而出，狂風乍起，議論聲戛然而止，所有人從席位上起身！

紫垣匆匆趕到人前，情緒無法平靜地看著我。

玄鏡立刻起身，趴伏在我的身旁。

斗篷緩緩從身上脫落，霞光籠罩我的全身，我的面容、裙襬開始化作玉石，身體一點一點化成玉雕，玉雕漸漸變大，聳立在聖壇之上。我從玉雕中飛升，霞光隨我籠罩整個聖台，所有人驚得不敢發出聲音，顫顫跪落，不敢仰視。

「吾下凡體察民情，軒轅皇帝勤政愛民，吾心甚慰，賜其百歲。封玄鏡為神使，慎用神力，助軒轅四方太平，百姓安康——」

「玄鏡領旨！」

「軒轅謝神女護佑！」

老皇帝也跪落在地。

我在霞光中俯視世人：「神明在天，善惡自知，心惡者求神護佑，神自不憐；心善者前世冤孽未了，今生自要受苦，怨天地神明也是枉然。勸汝等好好做人，來世才有造化。今特現真身，以告誡世人，敬畏鬼神——」我的聲音久久迴盪在天際，霞光隨我漸漸消失，聖壇上只留下我高聳的神像。

看台上的人才如夢方醒般紛紛朝我的神像參拜，呼喊聲此起彼伏。

我化作黑雀飛落。紫垣緩緩起身，凝視我的神像，卻是眼眶濕潤：「妳就這麼走了……」哽咽的低語從他口中而出，讓人心疼。

我飛落他的肩膀，蹭了蹭他的眼角，擦去他的眼淚。他一驚，看向我，我對他一笑：「我們還會再見的，別讓我失望。」

他目露驚喜，玄鏡也立刻朝我望來。我從他肩膀振翅而飛，他和玄鏡的目光一直追隨我的身影，進入雲天……

方。

✣

崑崙依然安靜。我在沉睡中醒來，長長吐出了一口氣息，只見小竹和闞瓆的臉浮現在我的上

小竹匆匆扶起我。闞瓆無奈地微笑：「娘娘，妳又任性了。」

我懶懶地起身。沒有殺戮，果然恢復起來速度太慢，我伸伸懶腰：「做神都不能任性，還不如做人。」

闞瓆笑了，微露擔心：「鳳麟那裡……我們真的不管了嗎？」

「是啊，鳳麟主子真的沒問題？」小竹也擔心到闞瓆身邊，一起看我。

我沉沉擰眉：「他要做魔界之主，這件事，只能他靠自己來完成。」我心中怎能不憂？但是只要我幫他，他這個魔界之主便難以服眾。這同樣也是我擔心長風的原因，因為長風是在特殊情況下被我封成妖神的。

好在妖界比魔界好些，魔界裡的可是各個不服管。

鳳麟成魔界之主之路，必是坎坷重重。那長風呢？

妖界本是帝琊統領，即使他再混蛋，妖界依舊留有許多他的心腹。帝琊被我所殺，長風為我所立，曾經效忠帝琊之人必定恨我，也會恨長風。我平定了神界，但未平定妖界和魔界，把妖界的爛攤子就這樣扔給長風，是我考慮不周。

我曾對長風說過，有任何事可找我，但他從未找我。我知道因為他是個男人，有他的尊嚴，有他的抱負。

當初認識他時，我便看得出他眼中的雄心壯志。他和鳳麟是一樣的，即使傷痕累累，也不會向我求助。因為妖界要用他自己的雙手來得到。

然而他和鳳麟還是有些不同的。他不是天生的妖神，而鳳麟是，在神力上，他會弱一些。

不過……他有焜翃相助……

他不像鳳麟是孤軍作戰。

焜翃是妖界龍族，龍族在妖界中地位很高，是妖界的皇族，擁兵數十萬，會成為長風最大的助力。

我微微擰眉，心中不由擔憂：「長風那裡如何？」

小竹和闕璿微微一怔。闕璿到我身前：「我們一直在這裡看護你的肉身，不知妖界之事。」

小竹開始面露擔憂：「之前倒是聽說妖界各族不服，也不知後來怎樣了。」

「哼。」我輕笑：「能服才怪。不服……」我瞇起冷眸，抬起右手，神力開始纏繞：「就打到他們服！」

闕璿和小竹神色同時一緊。我瞥眸看他們：「怎麼了？」

小竹小心翼翼看看我，乾澀地笑著：「娘娘……以和為貴……呵呵。」

闕璿微微擰眉：「若是能以和為貴當然是最好，但是妖族的品性肯服嗎？」闕璿看小竹：「小竹，你曾是妖族，你說說。」

小竹抓抓頭，又是小心翼翼看我一眼：「想讓妖族服……確實不容易，還是娘娘說得對，呵呵。」他乾笑看我。我睨他一眼：「若是各個肯服，當初何須我動手平定神界？哼，六界都一樣，先要以暴制暴，才能有時間以德服人。」我閉上眼睛。神力恢復太慢，無法感知妖界。我睜開眼睛，邪邪而笑：「好，就去看看長風。」

「啊？」小竹一愣。我冷臉瞥眸看他：「怎麼了？」

小竹眨眨眼，低下頭：「長風大人應該和鳳麟大人一樣……不太希望娘娘插手吧……」

我開始盯視小竹：「你說你不知道長風的事？」

小竹心虛地咬咬唇：「這是……長風大人離開神界時跟我說的……當時小竹想跟他回去平定妖界，因為妖界也是小竹的家。可是、可是長風大人說若是我走了，娘娘會擔心……他……處理不好妖界的……事……」小竹說完，往闕璿身邊靠了靠：「娘娘就別管男人的事了……」

「嗯？」我立刻冷眸瞥去。小竹迅速躲在了闕璿的身後，雙手扶在闕璿的腰上，不敢看我。闕璿溫和地笑了起來，臉上玉光暖暖。他伸手輕輕拍了拍小竹的雙手：「娘娘只是擔心長風大人。」

小竹探出臉看闕璿：「娘娘擔心長風大人，闕璿大人你不吃醋？」

闕璿的臉上立刻浮出紅暈，瞬間將他如玉的肌膚染成了粉玉。他眨眨眼低下臉：「我……」見闕璿忽然變得不自信起來，我抓起了闕璿的手：「我不喜歡長風。」直接說道。闕璿低下的臉，開始浮出暖暖的笑意。

我瞇眸橫睨闕璿身後的小竹。他眨眨眼，從闕璿的肩膀上縮下了腦袋。我看向洞外：「我們去妖界。」

「好。」闕璿反握住我的手，宛如不願錯過任何與我單獨一起的時間。

我邪邪而笑，單手扠腰：「正好去補補身體。」

小竹微微探出臉，用一種像是我又要塗炭生靈的目光看我，我斜睨他。怎麼著，娘娘恢復體力還讓你害怕了？

哼！

闕璿抬起了手，用神力打開前往妖界的通道，登時，殺氣從光怪陸離的甬道中衝出。我揚唇邪邪地笑了，妖界果然在打仗。

吸——我深深吸入一口殺氣，身體立刻不再慵懶。我抬起手，黑色的神力再次纏繞上指尖，如同黑色的玫瑰在我手心綻放。我懷念這種感覺，我心裡的那個決定，變得更加堅定。

我和闕璿邁入妖門之時，身上已化出黑衣，容顏改變，雙耳拉長，黑髮垂落，化作妖界妖族。

闕璿溫潤的玉光一閃，也化作一個蒼白的銀角妖族。小竹緊隨其後，踏出妖門時，全身開始縮水，綠色的長髮再次化作短髮，面色浮出綠色蛇皮。這應該就是他在妖界時最初的模樣，一條小小的青蛇妖。

通道在我們身後關閉，面前是熟悉的竹林。

「是我的家鄉！」小竹針尖的綠瞳裡浮出了盈盈的水光。漫山遍野的竹林如同一片翠綠的海洋，風過之時，樹葉沙沙作響，翠竹搖擺，如同翠綠的海浪此起彼伏。

「嗯——」我滿意地抬手撩過長髮：「走，我們打仗去。」

「娘娘冷靜！」小竹急急攔在我的面前，翠綠針尖的眼睛裡是怕我滅了妖界的恐慌：「娘娘神力尚未完全恢復，還是……休息的好。」他咧開嘴，乾笑看我。

我挑眉看他：「怎麼，怕我毀了妖界？」

小竹眨眨眼，側開臉，不敢看我地戳手指，嘟囔：「娘娘神力實在……可怕，神界……都被娘娘夷為平地了……」

「哼……」我揚唇邪邪地笑了：「放心～～～妖界是長風的，我不搶。我只是……很久沒動了，想鬆鬆筋骨而已～～～」我揚起手，右手立刻化作黑爪。做妖族比做人帶勁，有事只需暴力解決，不像人族總是勾心鬥角。但是做人會更爽。

「吸——」我深吸一口氣，嗯？吸，吸，我再吸。

「娘娘，怎麼了？」闕璿疑惑看我。我凝望遠方：「我好像聞到吃不飽的味道了。」

「什麼？吃不飽大人在這兒！」小竹驚呼：「所以吃不飽大人這世是妖？」

我揚唇邪邪地笑了：「他的劫他自己歷，我不管。」

小竹鬱悶地轉開臉嘟囔：「紫垣大人的劫也是他自己歷，但妳不就管了……」

「嗯——？」我斜睨小竹，小竹又迅速躲到闕璿身後。闕璿垂臉輕笑。

轟！遠處忽然傳來震天動地的轟鳴，硝煙隨即從竹海的另一端升起，我咧開嘴興奮地笑了，撐開雙臂，仰天大笑：「哈哈哈哈——打架去！」我立刻起身，化作黑煙迅速朝那裡飛去。

小竹和闕璿立刻跟在我身邊。小竹急急地說：「闕璿大人！你快阻止娘娘啊！」

「娘娘自有分寸。」

「娘娘哪次有分寸啊——」

我朝硝煙直衝而去，已見妖光一束束沖天。當看見漫天遍野的妖族時，我從天而降，砸落在戰場之上！

血腥味瀰漫在空氣中，刀光劍影，妖光四射！這才夠勁！

妖族打仗很來勁！

因為妖族只傷不死。

妖族不像人類，隨隨便便碰一下就死了，再弱的妖族，多多少少都會自癒。想讓一個妖族死，只有奪取妖丹的方法。

但奪取妖丹是妖界重罪，會迅速成為整個妖族的公敵，被所有妖族誅殺。所以在戰場上，只會把妖族打成重傷，不會致死！

尤其是妖王爭奪之戰，沒有人會用奪取妖丹的方法，因為那樣將會永遠成為妖族的敵人，得不到他們的臣服。

面前是妖族正在廝殺，各式各樣的妖族——長角的，不長角的，沒有鼻子的，一隻眼睛的，八條手臂的，各種各樣，不像人類只有一種類型。

撲通！一個妖兵摔倒在我腳下，拿起刀就朝我砍來。我抬腳直接踩在他手臂。「啊——」他一聲慘叫，刀落在了地上，隨即暈了過去。

妖族雖然會自癒，但這時間可長可短，不會今天傷了下一刻就能起來。受傷的妖兵難以作戰，和人類打仗一樣，數量會逐漸減少。

闞璿和小竹落在我身邊。我彎腰看看妖兵身上的衣服，上面是個如同猛虎咆哮的徽章。

「是虎族的兵。」小竹認出了徽章：「虎族也是妖族中皇族，曾是妖王帝琊的部下。」

「那麼，他們就是敵人了。」我甩出了許久未用的蛇鞭，蛇鞭化作黑色的長棍。我咧嘴邪邪一笑：「娘娘我要去活動活動，你們自便！」說罷，我掄起棍子衝向了戰場。

戰場上腥風血雨，黑色的泥地裡四處是妖族的血，血腥的氣味瀰漫整個空氣。

紅色的火焰忽然從天而降，巨大的身影掠過我的上空，在地面上落下大片陰影。我往上看去，卻不是焜翊，而是一隻火鳳。火鳳噴出的火焰燒傷了前方虎族的士兵，地面瞬間燃起烈火，變成一片焦土。

我掄起棍子一路開路，妖兵被我打得四散飛開，棍子傷人不見血，也就不會濺到我身上。把他們揍遠點，也好盡快讓他們從戰爭的折磨與恐懼中解脫。

一個火紅的身影從我身前落下，她拍打了一下翅膀，瞬間化出了人形——一個身穿紅色戰甲的女人，英姿颯爽，帥氣的背影讓人無法移開目光。

她雙手甩出之時，兩把火焰燃燒的赤紅雙劍已在她的手中。她雙眉一擰，便朝妖兵砍去。

我身穿黑衣緊跟她身後。妖兵圍上她時，我將妖兵打開，棍子橫掃千軍，立刻掃出一片空地。她察覺而朝我看來，我看她一眼，繼續前行，她也緊跟其後。

我和她一黑一紅相互幫助，相互掩護，相互防禦，為後面的大軍開出一條血路！

我心中暗暗吃驚。妖族之中也有如此勇猛的女將，我心歡喜。

我和她直衝到陣前，前方出現一頭巨大的黑虎，黑虎如同小山般巨大，一爪拍下來震天動地。

砰！砰！牠用腳爪拍得地面發震，小小的妖兵四散震開。牠大吼一聲，朝我們撲來。

紅衣女人看我一眼，雙臂揮開立刻化作巨大的火鳳，朝黑虎撲去。但就在這時，黑虎上空四面八方忽然俯衝下巨大的飛鷹，瞬間將火鳳包圍其中。

是一個陷阱！

我眯了眯雙眼，黑爪現出，變身時猶豫了一下。我曾在焜翃面前化身過巨龍黑蟒，不能被他認出。

啪！就在我猶豫之際，黑虎的爪子忽然在我上方拍落。我手中黑棍瞬間化作細針，黑虎的腳爪拍落之時，我也化成黑煙從他腳爪下飛離，然後，就聽到黑虎的咆哮：「嗷～～～～」

我從牠前方旋身而出，牠他拔出虎爪，在我面前開始化出人形。黑色的長髮在風中飛揚，他的右手已是鮮血淋淋！

妖族隨著妖力的增加，自身的防禦也會不斷增強，普通的武器無法傷及他們，即使一根巨針，也會被他們踩碎。我能破他，是因為小竹蛇皮所化的蛇鞭，已被我改造成了神器。

「啊————」他朝我怒吼，是個勇猛而俊朗的男子，眉目如虎，眼角黑色的眼影向上吊起，如同吊睛老虎。

我伸出手，杵在地上的尖針回到手中，再次化作黑棍。我單手扠腰笑看他，朝他揚起手勾了勾手指，邪邪而笑：「來呀～～～」

「我要撕碎妳——」他朝我撲來，手中已化出一把巨大的砍刀。我扔出黑棍，黑棍立刻飛向火鳳，在她身周飛速旋轉助她脫困。她立刻擺脫鷹妖們的圍攻，一口火朝我這裡噴來，再助我戰黑虎妖！

就在這時，我感應到了焜翃，揚臉之時，果然焜翃巨大的龍身已沖入鷹妖之間，救出了火鳳。他們盤旋在黑虎上空，黑虎瞇了瞇眼，轉身化出巨大的虎形，帶著妖兵們一瘸一拐地跑了。

呿。

沒意思。

黑棍飛回我的面前，我靠在黑棍上，一臉不悅。

焜翃和火鳳從上空落下，在我身前化出人形，焜翃立刻看火鳳：「紅綃，妳沒事吧？」

原來那丫頭叫紅綃。她卻是朝我看來：「妳是誰？」

焜翃也隨即看向我。我手拿黑棍看他們，身邊跑來了小竹和闕璿，小竹跑得像是氣喘吁吁，他們也把神力藏起來了。

在妖界，千年以上修為的妖族，是能識別神族的，所以，我們需要做些隱藏。

「小姐，妳跑太快了。」小竹倒是機靈。

闕璿在我身旁安靜不言，如同家奴。

我看向焜翃和紅綃，勾唇一笑：「我是半路加入的。妖界戰亂，妖族有責。」

紅綃對我頷首一禮：「謝謝，最近確實不少如妳這般英勇的妖族加入我們。妳很厲害，跟我去見王吧。」

「紅綃！」焜翙沉沉喝道。一場場嚴峻殘酷的戰爭讓他變得更加成熟穩重，不再像當初那個急著救母、冒冒失失、頭腦單純的毛頭小子。

我倒是還挺懷念那個焜翙的，火爆的脾氣，像是時時刻刻都要朝我噴火。

焜翙謹慎地看我一眼，拉過紅綃。我側耳傾聽，只聽焜翙小聲說道：「小心她是奸細！現在已經到最後關頭，不能把不熟悉的人引薦給長風。」

紅綃微露懊悔：「你說得對，是我疏忽了。但是……她確實很厲害，方才還替我解圍……」

「若我做奸細，自然要先贏得你的信任。」焜翙說。

我微微挑眉。嗯？焜翙聰明了。

以前的他可沒什麼智慧可言。

「紅綃，讓妳為難了。」我朗聲說道：「我們不入軍營。下次開戰，我們自會來相助。」

紅綃微微擰眉，和焜翙相似如火的紅瞳裡露出一分堅定。她朝我大步走來，一把拉起了我的手：「我信妳，不管焜翙信不信。」說罷，她轉身看焜翙：「我不帶她見王就是了。」隨即拉起我就走。

這個女將，我喜歡。

從我自由以來，我的身邊唯獨缺個女將，遇到的女神卻全是敵人。

曾經純真卻換不來真心，偏偏要挖神丹，奪神骨之後，才知做神的真諦。

闕璿和小竹緊隨我的身邊。我轉動長棍輕輕一彈，長棍飛起，旋轉而下，插在我的背後。我和紅綃大步朝軍營而去。

戰場上的傷患很快就被送回軍營，方才血戰的戰場也恢復了安靜，只有縷縷硝煙記錄了方才激烈的戰鬥。

長風大軍的營帳紮在戰場附近的高崖上。紅綃帶我攀上崖壁，我隨她在夕陽中一起躍上了懸崖，眼中已經映入連綿不絕的營帳。

「到了。」紅綃拉住了我的手。我回頭俯看整片大地，不僅戰場一覽無餘，前方一座堅固而宏偉的城池也映入眼中。

「小姐，那就是黑虎城。」小竹在旁邊介紹。

紅綃疑惑看我：「妳不是妖族嗎？怎麼連黑虎城也不知嗎？」

我橫睨小竹，這次他多嘴了。

小竹吐吐舌頭，縮在了闕璿的身後。闕璿笑了笑，說：「小姐的家族一直隱世。小姐雖知黑虎城，但從未見過。」

我唇角邪邪上揚，連闕璿也學會撒謊了。

「原來如此……」紅綃目露感慨：「當年帝琊妖王統治妖界萬年，使妖界日漸腐敗，那些追隨帝琊的妖族在妖界地位日益升高，恃強凌弱，仗勢欺人，那時有不少妖族被驅逐，還有很多也相繼隱入深山。自從王來了後，妖界才慢慢……」紅綃的嘴角漸漸上揚，眼中也露出了欽慕的目光：「有了好轉……」

「嗯——？你喜歡長風。」我瞇起了眼睛，紅綃立刻面頰緋紅，在夕陽中越發嬌豔。她眨眨眼低下臉：「欽慕妖王的女子很多，我……不算什麼……」

「妳自謙了。」我抬手拍上她的後背：「不過……長風那樣的性格，確實很難搞。」

紅綃目露驚訝地朝我看來：「姑娘……好像對王很瞭解……」

我揚唇邪邪一笑，指指自己的心：「雖隱深山，心繫妖界。」

紅綃目露佩服：「姑娘厲害，即使隱世，也知天下事。姑娘叫什麼？」

闞璿和小竹看向我，我脫口而出：「妖姬。」

「妖姬……」她笑了，抬眸看我：「我和妳做定這個朋友了，我們喝酒去！」她一把拉起我的手，再次跑了起來。她是個熱情而奔放的女子，雖然在戰鬥中不苟言笑。

紅綃拉我回到她的營帳，女孩兒的營帳格外漂亮，營帳上繪有火紅的花紋，營帳裡每一件東西都分外乾淨整潔而豔麗，完全不像是行軍的營帳，而是草原公主的行宮。

當然，妖族是會妖術的，而人類不會。妖族可以用妖術輕鬆搭營換物，所以，紅綃的營帳會如新的一般。

我進入紅綃營帳時，吃不飽的氣息已經更濃一分。我提起鼻子聞了聞，小竹和闞璿立刻看向我。紅綃停住腳步：「怎麼了，妖姬？」

我轉身掀簾，順著吃不飽的氣息看向東側：「那裡是什麼地方？」

「那裡？」紅綃看向我看的方向：「那裡是伙房。」

伙房……伙夫？做飯的？吃不飽轉世了怎麼還是跟吃的分不開？過會兒要去看看。

「妖姬餓了？」

我一笑：「喝酒去。」然後對闞璿和小竹使了個眼神，他們二人便立在帳外，不再入內。

紅綃拉我坐在了地毯上，從一旁的矮几下迅速翻出了一罈酒，放到我的面前，目露激動：「這是我的父親去人間時帶回的烈酒，叫……」她頓了頓，笑了：「叫什麼不重要了。我一直找不到人陪我喝！」說完，她揭了封口，直接就喝了起來，濃郁的酒香瞬間瀰漫整個營帳。

咕咚咕咚咕咚。她爽爽地喝了幾口，砰地放落，登時大笑起來：「哈哈哈哈，好開心。來！」她把酒罈放到我的面前。

我笑著接過，也喝了一口，隨即把我嗆得鼻子冒火！

「咳咳咳咳！」

「哈哈哈哈——」她立刻笑得前仰後合，笑翻在了地上。明明方才戰鬥時如冰山美人，此刻卻已是如此開懷大笑。

「長風身邊有妳這樣的人，他定能執掌妖界。」我微笑地注視她。她卻是淡淡一笑：「王身邊的能人太多了。但是……王一直不容易……」方才還開懷大笑的她，此刻又黯然神傷起來：「都怪那個娘娘！」

「嗯？」我莫名看她：「那個娘娘？」

「是啊。」紅綃有些陰鬱地垂下臉，拿起酒罈再次喝了一口，抹抹嘴：「如果不是那個娘娘封王為妖王，王一開始也不會成為眾矢之的……」

我怔住了神情，沒有想到當年一個小小的舉動，會給長風惹來那麼大的禍端。我應該想到的，但那時的我被仇恨蒙蔽了眼睛，只想著復仇，只想著要把那群男人踢出神界。

「可是……」紅綃又變得矛盾起來：「如果不是娘娘賜王神力，王又怎能變成最強的呢？然而……正因為娘娘賜他神力，才無人服他。他們嫉妒他、怨恨他，各族開始向他宣戰，妖族陷入百年的戰亂，王過得也好艱辛。可是，那個娘娘再未出現。她怎麼能這樣？忽然出現任意地賜王神力，之後卻不幫王鞏固地位，就這樣遺棄了王，讓王獨自承受這一切……」

紅綃的話句句刻入我心。長風，你辛苦了。

「紅綃！」忽然間，長風的沉語傳來，紅綃有些緊張地看向帳簾。我看過去時，只見熟悉的手掀起了帳簾。那隻手依然光滑潔淨，指甲微長，帶著古琴的光澤。

他緩緩進入，一頭長髮卻已經不再垂落，而是挽在腦後。身上也不再是筆挺乾淨的長袍，而是青銅色的戰甲，讓他少了分當年的陰柔，多了分王者的威武。

長風掀簾入內，細細長長的眉眼露出了怒色。焜翃跟在他的身旁，一眼看見我，立刻目露戒備。

紅綃趕緊轉身，坐姿改為跪姿：「王！」

長風微微擰眉，忍起怒意，目光微垂：「紅綃，不准非議娘娘。」

「紅綃知道。」紅綃緊鎖雙眉，目露委屈：「但是！」

「不要再說了！」長風沉語，紅綃委屈低臉。長風垂眸低語：「娘娘是我的恩人，你們不懂她。」

我靜靜地垂眸，長風的話讓我更加自省一分。

焜翃微露驚訝，看我一眼後看向長風，附耳低語：「長風，有外人在。」

長風緩緩平靜，看向了我。我立刻起身：「我先出去了。」說罷，我俯臉對紅綃一笑：「等妳事情談完，我再來找妳喝酒。」

紅綃偷偷看我一眼，再次低臉，我走上前，焜翃第一刻護住了長風的身材，我輕輕一笑，說道：「我也覺得紅綃沒有說錯，是你太偏袒那位娘娘了。畢竟你做妖王，現在是紅綃他們助你，而非那位娘娘。」

「妳住口！」焜翃立刻變得憤怒起來，我垂眸瞇眼。這小子的脾氣還是那麼爆，說兩句便又開始跳腳，虧我先前還覺得他沉穩了些。

「妳出去！」焜翃朝我厲喝，長風朝我看來，我輕輕一笑。若是從前的我早就抽他了，居然敢對本娘娘這樣大呼小叫？

真是找抽！

我雙手背在身後，揚臉大步向前。

臭小子，等妖界平定了，本娘娘再抽你的龍皮！

外面已是火光閃耀，妖界的夜空格外地美麗，幻彩的微光籠罩夜空，星辰在這幻彩的微光中閃耀，如夢似幻。

小竹見我出來，生氣地白營帳內一眼，低語：「焜翃居然敢喝斥娘娘！」

闕璿立刻捂住他的嘴，搖搖頭。

小竹也有些委屈地鼓起臉。

我看看他們：「走。」

「是。」他們二人跟在我的身後。

我和他們在軍營中漫步，受傷的妖族躺在篝火邊自己舔舐傷口，妖族的軍醫上前開始給他們抹上傷藥。

很多事會讓人心痛，卻很無奈。

即使是神族也無法維持長久的和平，戰爭是無法阻止的未來。

「這場仗……該結束了……」我和闕璿、小竹再次站在懸崖邊，遙望雄偉的黑虎城。

每一個妖族都有自己獨特的妖法，也有自己獨特的結界，要攻下不易。

長風沒有用我賜予他的神力，而是用自己原本的妖力來贏得這場戰爭，應該是想讓那些妖族心服口服，這樣，才能給妖界帶來持久的和平。

如果用我賜給他的神力戰勝了其他妖族又如何？他們是不會心服的，戰爭依舊會發生。

「妳就是幫了紅綃將軍的人？」身旁走來了十餘將士，是各種妖族，有男有女。小竹看見他們，眸光閃閃，如見親人。

「打得不錯啊！」他們笑看我。

我揚唇一笑：「彼此彼此。」

「能替紅綃解圍，妳怎麼不去跟王要個將軍？」一個妖將問。

我聳聳肩：「焜翃將軍懷疑我是奸細。」

「哈哈哈——焜翃將軍確實很保護王。」大家笑了起來，還目露曖昧：「如果不是他跟王是兄弟，我們還真以為他和王是一對。」

「喂！你們又開始了啊~~~」

大家笑了起來，完全沒有戰爭後的餘悸和疲態。

「等戰爭結束了，王該娶妖妃了。你們覺得我行不行？」一個女性的妖將開始搔首弄姿，立刻沒了將士的英姿。

大家登時噴笑起來：「你就算了，要選也是紅綃第一個。」

「沒關係～～我可以做第二第三～～～」女性妖將故作嬌羞，又惹來大家一陣哄笑。

我看著他們：「你們……好像很喜歡妖王。」

「那當然。」妖將們激動起來：「王出身妖族，所以比帝琊遠遠尊重我們！那個娘娘真是選對人了！」

「娘娘是選對了人，但別人不知道～～～」有人開始瞟向某些人：「某些人當初還覺得不公平，讓王繼承了帝琊的神力呢～～～」

「別說了別說了……」某些人害臊起來：「當初確實不瞭解情況嘛，還以為王沒有能力，但現在我們服了！王愛戴我們，更愛護妖界百姓，對每個人都很好。王用心對我們，我們自然也用心對他。」

「欸──你們在說什麼呢？」忽的，熟悉的聲音傳來，我揚唇笑了。人群散開，走來了一個年輕的小妖，他一張黑臉，手裡卻拿著一個巨大的饅頭啃著。

我開始打量他。吃不飽轉世後就長這個樣子？怎麼還是和他以前一樣，一身的黑皮？但是，見到現在的他，我已經不會再想起那個窩在我懷裡舔著我手的神獸，而是一個貪吃又有點憨實的妖族。

他給我的孩子也快孵出來了吧，那可是他的孩子。

他一邊啃饅頭，一邊看大家：「將軍們不餓嗎？明天還要攻城呢，饅頭做好了。」

大家也笑看他：「阿黑，饅頭不是都給你一個人吃了嗎？」

他憨憨地摸摸頭：「我哪有……」

「對了，妳餓不餓？」有人關心看我。

阿黑朝我看來，他的年紀看上去不過十六。在看到我的那一刻，他定住了神情，手裡的饅頭都差點掉在了地上。

「阿黑！你看見美人，連饅頭都不要了啊。」

「哈哈哈哈——」

我揚唇笑看阿黑，他一直呆呆地看著我。

咚！咚！咚！咚！忽然間傳來了鼓聲，大家變得興奮起來：「酒會開始了！」大家朝一個地方看去，那裡的篝火格外閃亮，如同螢火蟲的小妖環繞在那裡上方，開始翩翩起舞。

妖族是個享受快樂的種族，在打仗的時候會拚上性命，但只要獲得一些喘息的機會，他們便會熱鬧熱鬧。

將士們拽住了仍看著我發呆的阿黑，把他直接拖走：「別看了，再看人家也看不上你！」將士們一邊取笑阿黑，一邊把他拖走。

「喂，妳叫什麼？一起來啊。」他們熱情地邀請我。

我微微一笑：「我叫妖姬，稍後就來。」

「好！等妳！」他們對我眨眨眼，往火光的地方趕去。

我轉身繼續立於高高的懸崖，凝視遠處暗沉的黑虎城，隨即看了闕璿一眼。他點點頭，轉瞬間已化作黑色的烏鴉。我們需要探查一下，瞭解了黑虎城，我心裡才會安心。

我再看向小竹：「你也去，你對妖界比較熟悉。」

「是！」小竹飛身躍起，在空中化作黑色的小蛇。闕璿黑色的身影從月光中俯衝而下，抓住了小竹的身體，往黑虎城的方向飛去。

靜靜的，身後傳來了腳步聲，我微微有些驚訝。是他，他怎麼來了？

我轉身時，他卻已經立在了我的身前，身軀完全擋住了我的視野，近在咫尺的距離讓他多了分高大。我微微後退一步，抬起臉看向了他——我的妖王長風。

他細細長長的眼睛裡看不到目光，可是那正在輕顫的睫毛顯示出他內心的不平靜。他靜靜地注視著我，如同古琴般線條的薄唇慢慢開啟：「能單獨聊聊嗎？」

我看看他，點點頭，他卻是讓開身形，讓我先行。他帶出的恭敬，讓我心中微微有些驚訝與擔心。

我走在他的身側，他伴在我身旁同行，帶著我走過軍營，迎面走來了焜翃與紅綃。紅綃見我和長風走在一起，愣住了神情。

焜翃立刻上前，擠眉弄眼地警告長風，長風卻是神情平淡，細細長長的眼睛裡沒有半絲懷疑和防備：「你和紅綃去酒會吧，我稍後會至。」

「可是！」焜翃急急抓住他的手。他慢慢扯回：「我認識她。」

焜翃一怔，莫名地皺起臉：「啊？你認識她？你少來，我跟你從小一起長大，一直睡一張床，你認識哪個姑娘我會不知道？」他眨眨眼，立刻拉住長風的手臂：「喂喂喂，不會吧，只看一眼就看上了？你心裡不是……」

「你弄皺我衣服了！」長風的聲音瞬間發了沉，焜翃有些尷尬地收回手。

我在旁掩唇低笑。都多少年了，吃不飽都轉世成為妖族小少年了，焜翃還是長進不大。

「走！」長風忽然一把拉起我，直接走過焜翃和有些失落的紅綃身旁。忽然間，他帶著我飛起，直入幻彩的星空，一隻巨大的飛鳥緊跟我們，飛在我們的腳下。長風扶我站穩後，我們已在幻彩的光芒之中。

他匆匆放開我，立刻轉身單膝跪落在我的身前：「長風拜見娘娘！」

我的手慢慢扠上了腰。看，這就沒勁了，這也是我現在最不想要的——就是每個男人都那麼恭敬地跪在我的面前。

即使闕璿喜歡我，我也向闕璿表明了心意，可闕璿與我相處時，始終帶著一分距離，我想要的是愛人，而不是一個僕從。

闕璿如此，紫垣也是如此。雖然紫垣比闕璿還要好些，他會主動地靠近我，主動地表達自己的心意。而其他人呢？

君子和長風他們雖然不是我的愛人，但在我的心中，他們也並非部下，而是朋友，是曾經戰鬥的夥伴，我不希望和他們相處時，他們總是把我當作主人來敬畏；我想要的，是像和紅綃相處那樣的感覺。

我……是不是寂寞了……

他們刻意保持的距離，卻讓我倍感寂寞。

我單手扠腰，靜靜地看長風，他始終單膝跪在我面前，沒有起來。

「你怎麼知道是我？」我淡淡俯視他。

他垂臉靜靜地答：「妖界見我不敬者，只有可能是娘娘。」

「嗯……」我無聊地轉身側坐在他的身前，雙手撐在身後現出了自己的容貌。他緩緩抬起臉，在幻彩的光芒中一直注視著我的側臉。

我仰起臉，觸摸那幻彩的光芒：「我想多玩會兒也不行。長風，你為什麼要戳穿我？」

「我……」

「起來吧。」

「是。」他膝蓋放下，恭敬地跪坐在我身旁。我轉臉看他：「放心～～～我不是來幫你的，只是來看看你在妖界怎樣了～～」

他神情依然安靜，細細長長的眼睛像是精心描繪般精緻，細細的唇線微微上揚。他輕輕地發出了一聲笑聲。

「我來了，你很高興？」我故意問他。

他點點頭：「是，娘娘來了，長風很高興。」

我立刻轉身正對他：「那你為何不叫我來？我說過，需要任何說明，可喚我。」

長風微微一怔，依然低垂臉龐：「妖界的事……長風不想靠娘娘。」

「我可以收起法力，以普通的妖族身分幫你。」

他微微驚訝，臉上劃過一抹猶豫。

我嘆了口氣：「可惜，你快打完了。」

他細細長長的眼睛微微睜開，帶起一抹若有似無的淡笑：「是，只剩這黑虎城了。」

「讓我幫你拿下吧！」我再次興致滿滿地看他。他抬起了臉，沉靜的臉上帶出一抹深思：「娘娘……妳莫不是……無聊了？」

我微微尷尬了一下，轉開臉：「咳！只是……想為你做些什麼。」

「娘娘已經為長風做的夠多了。」長風異常認真的話，反而讓我心裡更加自責。

我仰起臉凝望幻彩的星空：「當年，只因我一心復仇，就這麼任意地讓你做了妖神，反而連累你成為妖界各族的公敵，害你陷入百年的戰亂。我……」我擰了擰眉，轉臉看向他細細長長的眼睛：「想對你說聲對不起。」

他驚訝地睜開了那雙總是瞇起的眼睛，裡面清澈的水光在幻彩的光芒中，如夢似幻地盈盈顫動。時間在安靜中變得緩慢，戰場的硝煙也在這份安靜中漸漸淡去。

我靜靜地注視他：「你已經不再是我認識的那個長風了，你是真正的妖王，六界六王之一的妖王！」

他怔了怔神情，顫顫的目光在我的話音中緩緩垂下。他慢慢地抬起了手，伸向了自己的髮髻，修長的手指拔出那固定長髮的髮簪時，如同琴弦的長髮也如瀑布般一瀉而下，鋪蓋在他流光溢彩的戰甲上。順直的長髮遮住了他的側臉，讓他再次變得雌雄莫辨，如我最初見到的那個精緻的人兒。

「現在……」他垂眸低聲而語：「可是娘娘認識的長風了。」

「哼……」我邪邪地笑了，伸手執起他那順直的髮絲，如同古琴般顏色的長髮在幻彩的光芒中帶出了別樣的光澤，曾經稍顯粗硬的髮絲在他成為妖王後，變得纖細而柔順，髮絲從我指尖慢慢滑落，讓人愛不釋手。

我收回了手，轉臉看向那幻彩的星空，心中是從未有過的千般感慨：「這一次下凡，我重新想了很多，紫垣和你，是我感覺到最自責的兩個人，紫垣為我攪亂星盤，禍及人間，致使人間戰亂四起，民不聊生。而你，也因為和我相遇這個機緣，陷入與妖界各族的對戰。我……」

忽的，面前如同琴弦的長髮掠過，一雙手捧住了我的臉，纖細涼薄的唇映在了我的唇上。

我驚訝地看著他。

他緊閉那雙纖細的眼睛，帶著一分堅定地吻在我的唇上，靜靜地壓住我的唇，連呼吸也在我的面前凝滯。

緩緩地，他離開了我的唇，跪坐在我的身前：「娘娘恕罪，長風放肆了。」他雙手交疊在額前，朝我拜下。

我摸上了自己的唇。若是從前，只怕長風已經被我踹下去了。

「為什麼？是因為感激我？還是因為我的容貌？」我放下手，平靜地看著他。

他依然拜伏在我的面前，順直的長髮如同一件外衣般，覆蓋在他的身上。

「是因為長風配不上娘娘。」低低的話音從他的長髮間傳來。

「所以呢？」

「所以長風放肆地想吻一次娘娘，即便一次，也不想給自己留下遺憾……」

我不再說話，只是靜靜地注視他拜伏在我面前的身影。他始終沒有起身。

我擰了擰眉，仰起臉凝望幻彩光芒後的深沉夜空：「天地初開，生陰陽，陰為陰女，誘人淫欲，貪色成癮……」

「不！娘娘不是這樣的！」長風急急起身，阻止我繼續說下去。

我揚起手，淡淡看他：「讓我說完。」

他著急地睜開了那雙細細長長的眼睛，裡面卻是滿滿的疼惜與懊悔。

「我降生之時，聖陽便覺得我容貌邪魅，眉目嫵媚，天生生魅，易讓男人心生欲念，所以給我取名為魅兒……」

長風在我面前安靜下來，雙眸再次化作那細長如畫的眉眼，靜靜地注視我。

我微微側臉：「聖陽教我認字，傳我神法，帶我與帝琊、嗤霆、玥和剎相認。我認他們為哥哥，他們認我為妹妹。聖陽曾告誡我，讓我不要和他們太過相近。可是，未來不是我們所能控制的……」回憶一一浮上心頭，現在卻已經再無恨意，只有平靜。

「帝琊因被我容貌所惑，如聖陽說的那般，對我產生了欲念。我拒絕了他，他卻因此而墮落，與女神們廝混，和我愈來愈遠。我那時還不知是自己的錯，還對他心生嫌惡，想必他一定非常痛苦。帝琊曾經是那麼純善純真，我早該想到他所表達出來的欲念，理應是他最為直接的心意。但那時的我不明白……」我抬眸看向長風：「而我也因為痴愛聖陽，從沒有留意和聖陽一起

徹底抛下神的身分，抛下我們曾經的愛恨情仇，從頭開始。那時……」我微微而笑：「不知道我們是不是還會繼續相愛？」

「會的！一定會的！」長風站了起來，握住了我的手：「即使長風忘記了一切，只要看到妳的那一眼，長風便會知道，妳將會是長風命中註定的人。」

「哼……」我邪邪地笑了：「話可不要說滿啊長風，你我可是還要回來的，若是那時你愛的是別人，你再見我豈非尷尬？」

他一怔，臉上劃過一抹尷尬的神情。

忘記前生，忘記一切，是否還會繼續相愛？真的難說。

我看向他：「不如讓我幫你拿下黑虎城，以朋友的身分。」

他靜靜看我片刻，浮起了微笑：「好。記得手下留情。」

我邪邪一笑，湊到他耳邊低語：「你放心～～～～我造神後到現在神力也還未完全恢復，所以不會搶你風頭的。」

他握住我的手猛地收緊。我收回身形，邪邪地笑看他，看著他白皙的臉開始浮上淡淡紅暈。

我慢慢地欺近他的臉：「你確定你不是被我所惑？長風，你若願意，可隨我一起歷劫，方能看清真心。」

他睜開了細細的眼眸，眸中的眸光卻是顫動得厲害，似是能隨我一起歷劫讓他萬分激動。

希望他不會後悔。人間若是幸福，何以羡慕天神無憂無慮？

撲啦啦！闕璿變作的黑鴉飛落我的面前，他和小竹神光閃現，已經恢復原形。

闕璿見我與長風一起，微微側臉，略顯在意。

小竹看看我，再看看長風，不悅地鼓起臉：「娘娘還說不能讓人認出？支開我們，卻是和長風大人幽會。」

「說什麼呢？」我直接白他一眼，他縮起了身體，躲在闕璿身後。

長風微微尷尬地側身，也是不看闕璿。

我看向闕璿和小竹：「是長風認出了我。闕璿，黑虎城那裡如何？」

闕璿在我的呼喚中看向了我，正色道：「回稟娘娘，黑虎城裡也是傷亡慘重，明日可以拿下，但未必會心服。」

「沒關係，先打了再安撫。闕璿，今後叫我刑兒。」

闕璿卻是一怔，臉立刻紅起，比曾經的長風更加慌亂：「不可不可，闕璿不敢。」

我看長風一眼。看見了吧，闕璿愛我卻敬我為主。

長風微微地笑了。

我雙手背在身後，一步一步朝闕璿走去：「叫刑兒。」我挑眉，闕璿反是步步後退：「闕璿不敢。娘娘，不要逼闕璿。」他腳後忽然一個趔趄，險些摔出飛獸之外。

他慌忙站穩，卻是依然不敢看我。

我踮起腳尖，欺近他已經紅透的臉：「叫刑兒、刑兒、刑兒。」

「刑兒！」忽然，小竹激動地喊。我立刻橫睨他：「你閉嘴！本娘娘准你叫刑兒了嗎？」

小竹委屈地低下臉：「是……娘娘……」

闕璿被我逼得咬緊下唇，卻依然叫不出刑兒二字。

「哎！長風，你看見了嗎？這就是我為何想帶他們下凡的原因。」我看向長風，長風的臉上露出了然的神情。

我看一眼闕璿，甩臉轉身：「哼！等你什麼時候叫我刑兒了，再什麼時候與我成婚！」

「啊？娘娘！我！」著急的聲音從身後而來。小竹也受不了地白他一眼：「還叫娘娘？娘娘都不准我叫她刑兒呢！我也不幫你了，你這顆笨石頭！」

我轉身看向黑虎城：「明日你們隨我一起拿下黑虎城。」

「是……」小竹和闕璿的聲音都顯得有些喪氣。怎麼，不服氣？哼，不服氣就拿出你的男人氣魄來征服我！沒想到闕璿還沒長風有勇氣。

❖

整個軍營在火光中漸漸安靜，我拿起一罈酒、兩只碗，再次走入紅綃的營帳。她看見我時，還有些視線閃爍。看著她閃爍的神情，我邪邪地笑了。

把酒罈和酒碗再次放在我們之間，我看向她：「是不是想問我跟妳的王怎麼了？」

「沒有沒有。」她匆匆掩飾。

我指向她，瞇眼：「吃、醋、了。」

「沒有！」她更是緊張起來。

「沒有就喝酒！」我提起酒罈給她倒上酒，放到她面前：「這世上的男人也不是只有你們王一個。」

她拿起酒碗咕咚咚喝了幾口：「可是……王……」

「妳那是崇拜～～」我也給自己倒上了一碗：「你們王現在心裡有人，別把感情浪費在他身上。」

「妳知道！」她驚訝地看向我。

我輕輕一笑：「這種事，要等。以前我也認識一個男子，他俊美非凡，心性溫柔，無數女子為他所迷，但他心裡只有一人，那些女子就算等上無數年，也始終無法獲得他半絲垂憐。妳說，這樣的男人是不是很可惡？既然不愛，便不該對所有女人施以溫柔，讓那些女子認為自己始終會有機會。」

「聽妳這麼說……好像對，又好像不對。」紅綃變得迷惑：「那男子專情於一人讓人感動。可是既然他愛那女子，便該與其她女子保持距離。」

「沒錯！」我舉起酒碗與她相撞：「還是女人懂女人的心。所以，若妳真愛他，不如直接向他訴出情意，或許他會被妳感動，也會放下心中那個女人呢？」我微笑看她。她望著酒杯，若有所思。

「若是他直接拒絕，妳也不必再等。女人的青春和感情可是很寶貴的哦～～」我邪邪地笑看她，她應該拿出戰場上的勇氣，去爭取一下自己的幸福。

第九章　你才是王

第二天，作戰的號角吹響。

「嗚——————」

「嗚——————」

「隆隆隆隆。」

鼓聲隨即而起，震天動地。

我和紅綃共同站在妖兵之前，小竹和闕璿立於我身後。我們之後，便是無邊無垠的妖兵。

「呼——」忽然間，巨大的黑風捲土而來，立刻飛沙走石，漫天昏暗。

昏暗之中，感覺到了強烈的殺氣，號角聲和鼓聲在這陣黑風中停止。黑風開始化作黑霧，慢慢壓下，將我們所有人都包裹在它巨大的身軀之內，看不清方向。

忽然，寂靜的黑霧中傳來「嗖嗖！」的聲音。我揚唇邪邪一笑，上前一步，抬起手正對上方，大喝：「開！」

立刻，黑色的結界在我手中張開，下一刻，如雨般的箭矢就落在了我的結界之上。紅綃看得吃驚：「妳怎麼知道的？」

我揚笑看她：「該妳了！」

紅綃立刻收眉，張開雙臂之時，已經化作火鳳衝入了黑霧，一口火噴出，立刻在黑霧中點亮了一道光明，照出了正悄然前進的妖兵。

「殺——」只聽殺聲喊起，身後的妖將率領妖兵們，衝入了黑霧。

黑霧裡妖光閃現。我支撐結界，擋住所有箭矢，接著看向闕璿和小竹，他們也立刻來助我支撐結界！就在這時，從後方衝出了一個小黑胖子，正是小黑。他也跑到我身邊，憨憨地笑了笑：「美人姊姊，我來幫妳！」說完，他也雙手撐起，用他那微薄的妖力助我，然後，就開始看著我傻笑。

我好笑看他：「你是為了幫我，還是為了看我？」

他憨憨地笑著，沒有回答。

錚！忽然間，琴聲起，一波又一波琴聲掃過我的身周，也掃去了黑霧。漸漸地，陽光開始穿透黑霧，黑霧在琴聲的震盪中徹底消失，箭矢清清楚楚地在結界上方如暴雨落下，我撐起的巨大結界上已經滿是箭矢，如一片黑壓壓的雲壓在我們的上方。

我看闕璿一眼：「撐住！」

「是！」他接替我撐住。我收回手，提起棍子，直衝前方城池，紅綃他們也已經衝到城前，城前正是無數的弓箭妖兵，輪番上陣，使箭矢不間斷地落在我軍頭頂，如果不用闕璿和小竹的神力，結界也撐不了多久。

我看到了黑虎城的護城河，邪邪一笑，俯衝而下，落在了紅綃的身邊：「紅綃，掩護我一下，我需要到他們的後方！」

「好！」紅綃立刻化作火鳳，我躍在她的身上。在她飛起時，焜翃化作火龍飛來。

「妳們要去哪兒？」焜翃依然用戒備的眼神看我。

紅綃扇動火紅的翅膀：「我送妖姬去後方。」

焜翃看看我，再看紅綃：「讓我來！這最後一戰不能有差。」

哼，焜翃還是不信任我……好，那就騎他。我毫不猶豫地躍上焜翃的後背，看向紅綃：「妳去吧。」

「好！妳小心！」紅綃飛落高空，與對方的妖將繼續廝殺！

我踩了踩焜翃：「走，去他們後方。」

「看妳想耍什麼花樣。」他說了一聲，快速飛向敵軍後方。就在我們想靠近時，巨大的黑鷹又再次飛出，圍住了焜翃。我揚唇邪邪一笑，從焜翃身上再次躍起，直接一腳踩在了那些黑鷹的頭上。

「嗷～～～～」黑鷹嘶號起來，我手中的黑棍立刻化作長鞭，狠狠一抽，啪的一聲，焜翃竟是定住了身形，在黑鷹之間呆呆看我。

「閉嘴！」我冷冷說，用皮鞭一把勒住黑鷹的脖子，黑鷹被我控制，開始俯衝而下，直衝黑虎城的護城河！

我手中法力開始凝聚，在飛鷹掠過護城河時，法力直接砸下，登時，護城河掀起了滔天的巨浪，朝弓箭兵壓了下去！

啪！滔天的河水登時像巨浪一樣重重拍下，瞬間拍亂了弓箭兵的隊伍，那如雨的弓箭就此而至。

我一把拉起皮鞭，黑鷹再次而上。躍過城頭時，我一個後翻從黑鷹身上躍下，手中皮鞭再次化成黑棍，和我一起穩穩地落在城頭之上，一把拔了黑虎城的徽棋，高高舉起，迎風飄揚。

立刻，整個戰場安靜了，焜翃化出人形，在黑鷹之間怔怔地看著我，城樓上的妖兵也因為事情發生得太突然而發了愣。

我的腳下是黑壓壓的妖將與妖兵，有黑虎城的，也有長風的。戰爭卻因為我拔下了旗幟而突然停止，整個戰場瞬間從喧鬧變得安靜。

忽的，我感覺到了身後的妖氣。

「小心！」焜翃立刻大喊。

我沒有轉身，揚唇邪邪一笑，縱身躍起後翻，抬腳重重踩落！

砰！他的頭直接被我踩入地面，我眯起雙眸冷冷俯視他：「敢偷襲我？找死！」手中黑棍已經化作了黑鞭，直接揚起。

「住手！」忽然，長風的聲音傳來，我頓住了手。長風飛落我的身旁，我放開了腳下的人，他彎腰去扶那被我一腳踩在腳下的男人。這若是以前的我，可不只是踩在腳下那麼簡單，早就拆了他的妖丹了！

啪！地上的男子拍開了長風的手，自己爬了起來，散亂的黑髮裡是一對黑色的虎耳：「長風！我黑羅不服！」他朝長風大吼。

長風平靜地看他：「若是不服，你我可再戰。」

「再戰？哼。」黑羅冷笑：「你現在擁有帝琊妖王的神力，我怎麼可能是你的對手！」

長風看著他，細細長長的眉眼中是異常平靜的神情。城牆之下，無論是黑虎城的妖將妖兵，還是長風的，都仰起臉靜靜看著這裡。

「好，我把妖丹取出與你一戰。」長風竟忽然這樣說。

「什麼？」黑羅大吃一驚。

「長風！你瘋了！」焜翃立刻飛下，朝我看來。「娘……」他叫了一聲，長風立刻側臉。他慌忙開口：「娘子！勸勸王！」

娘子？好你個焜翃，占本娘娘便宜嗎？

我立刻冷冷看他，他也自知理虧地噘了口口水，躲在長風身後。長風看向我，我對他微微一笑：「王想怎麼做，就怎麼做，因為你是王。」

長風靜靜地笑了，他緩緩撐開雙臂，神力的氣流立刻揚起了他的袍衫，神光開始在他身上綻放。黑羅目瞪口呆地看著長風吐出了神丹，面露一絲疲憊與蒼白。

長風緩緩調息，神丹飄入他的手中，他平靜地看黑羅：「來吧。」

黑羅怔怔地看他，久久無法回神。

✣

長風與黑羅一戰，未分勝負。但黑羅認了長風為王。

妖界以武力論強者，以武德服世人。

我與長風立於黑虎城高塔光頂上，金燦燦的陽光灑落在面前的雲海，幻彩的雲瞬間如同祥雲一般遍及腳下。美麗的雲海如同將彩虹的顏色染上，在我腳下飄流而過。

「娘娘，焜翃知錯了。」焜翃跪在了我和長風身後。小竹捂嘴偷偷一笑：「讓你蠢。」

焜翃立刻白他一眼，小竹仰起臉得意洋洋，有種「仗勢欺人」之感。

闕璿也默默一笑，搖了搖頭。

我不看焜翃：「昨晚～～你很拽啊。」

「娘娘！」焜翃慌忙到我腿邊，拉住了我的褲腿：「焜翃不知道是妳。」

「你叫娘子叫得很開心啊。」

焜翃擰了擰眉，咬了咬牙，赫然起身甩手指向長風：「你早認出來怎麼不跟我說！」

長風細細長長的眉眼含笑不言。焜翃氣惱無比：「好啊！你也想看我出醜！」

長風轉身看向我：「刑兒，你現在就走嗎？」

「刑兒？」焜翃瞪著眼睛看長風：「你什麼時候叫娘娘刑兒了！」

「娘娘准的～～～」小竹滿是醋味地說，拉起自己一束長髮，百般地哀怨：「娘娘都不准我叫她刑兒。」

「你可以叫我姊姊。」我指向他拽頭髮的手：「怎麼，想做我妹妹嗎？」

小竹拽頭髮的手一僵，忽然嬉皮笑臉地跑過來挽住我的手臂：「如果娘娘同意，我隨時可以做妳妹妹，還能跟娘娘睡一張床，我們姊妹聊聊心事～～～」說著，他往我肩膀靠來。

「小竹！回來！」闕璿猛地冷冷出聲，長風目露一絲驚訝看他。他漲紅了臉瞪著小竹：「我想殷剎大人會很不高興看到你這樣的！」

小竹登時身體一僵，默默回到了闕璿的身邊，狠狠白他。闕璿也橫睨他一眼，沉下臉。

哼～～～？小竹挺怕剎啊？哼，也難怪，小竹認識鳳麟時，那時麟兒還是我的徒弟，小竹並不怕他。而長風、闕璿更是在小竹之後，那時小竹已是我的心腹了。吃不飽那德行，是沒人會怕的，小竹雖不怕他，但也是很崇拜他。

而君子呢，為人君子，謙謙有禮，待人更是和善。

這神界還真是沒有小竹懼怕之人，果然只有剎能鎮得住小竹。

我看向長風，認真看他：「長風，莫要為我錯過好姻緣。」

焜翃一怔，立刻看向長風。

長風面容平靜：「刑兒，長風相信自己的好姻緣，會在下一世。」

我和他相視而笑。他的自信，我很欣賞。

接著，我橫睨焜翃：「過來！」

焜翃有點害怕地到我面前。

「跪下！」

他老老實實跪下。

我俯下臉，他一驚。我看他一眼，吻落他的眉心，他立刻陷入愣怔，帶出了一絲失落，他的反應居然和長風相似。

神印緩緩收回。我看向他，見他還在發呆，抬手彈上他的眉心。他一怔回神，我揚唇一笑，站直了身體俯看他：「怎麼？以前給你留神印時你哭著喊不要，現在又捨不得了？」

他捂著眉心，有些彆扭地側開臉站起身：「誰說的？我才沒那麼犯賤呢！早就不想做妳的奴隸了！」

「那就好。」

焜翃不再說話，摸著自己的眉心。

腳下雲霧忽然湧動起來，顯是有人上來了。一隻火鳳破雲而出，躍落焜翃身邊的同時，黑羅也跑上了光頂。

紅綃直接看向長風：「王，黑羅王想見見妖姬。」

「妖姬在哪兒？」黑羅氣勢洶洶而來，看見我時，緊盯著我的臉：「我黑羅從沒被人踩在腳下！」

「她只是踩你就不錯了～～」焜翃滿臉辛酸地說，他的話讓黑羅和紅綃立刻發愣。焜翃抱住自己的身體：「以前我可是被她抽慘了！」他不停撫摸自己手臂，像是那些傷至今還在他的身上。

黑羅吃驚看焜翃：「你家娘子還真是凶悍！喂！悍婦！」他又看向我：「妳……唔！」焜翃立刻捂住他的嘴，驚恐地看他：「你找死啊！你把她惹怒了，就不是踩你一腳那麼簡單了！」

紅綃也緊張起來：「對了，焜翃，從沒聽說你有娘子啊。」

「因為不是娘子。」長風微笑地開了口。焜翃的臉漸漸紅了起來，長風睜開雙眸，深深看我：「是娘娘。」

「娘娘！」

「唔唔！」

紅綃和黑羅異口同聲地驚呼。黑羅被焜翃捂住嘴，瞪大了眼睛。焜翃緩緩放開黑羅的嘴，紅著臉低頭：「是……是娘娘。不過黑羅，我們攻打你的時候，真不知道是娘娘來了。如果她肯現身，你都不知道死幾次了。」

黑羅在焜翃的話音中大驚地看我：「妳、妳就是殺了帝琊妖王的那位娘娘？」

「不錯，是我。」我單手扠腰，神力纏上了全身，黑色的衣裙開始化出，飄飛在幻彩的祥雲之上，闕璿和小竹也神光閃現，一一現出真身。

「娘娘……」紅綃看呆了神情。黑羅的眼睛開始拉直。

我揚唇邪邪而笑：「怎麼？我是不是很好看？」我接著眸光放冷地看黑羅：「所以，帝琊想把我占為己有，反而被我殺了。」

黑羅猛然回神。

長風微微蹙眉：「刑兒，不要這樣說自己。」

闕璿也走到我身邊，哀傷地看著我：「我們都知道娘娘是無辜的，請娘娘不要再這樣說了。」

我邪邪勾笑，瞥眸掃過他們，轉身甩手之時，衣裙飄揚，我仰天而笑：「哈哈哈哈——我刑姬一直光明磊落，是我殺的，就是我殺的，至今還是覺得爽快！」

「那妳為何不助長風，也把我們全殺了！」黑羅有些憤怒。

我轉回身看向他，焜翃緊張起來，立刻上前：「娘娘！黑羅他是無心的！」

我瞥眸看焜翃：「放心~~~不犯我者我不殺。」

焜翃長長鬆了口氣。我轉而看黑羅：「你的問題，我可以回答。很簡單，這裡是妖界，既然長風成了妖神，妖界是他的，他才是王。我知道你們不服。長風，你忍忍。」

長風一怔，還沒明白我的話時，我已直接伸手伸入他的體內，他登時一僵。

「王！」紅綃驚呼。我收回手時，手中已是神骨：「妖神之位不是我想給就能給的，需神骨自己選擇。黑羅，你若不服，可讓神骨選你。」

黑羅怔怔看著我手心裡的神骨。我放開手，神骨飄向他，他抬起臉，神骨登時神光乍現，卻是再次回落長風體內，看得黑羅目瞪口呆。

「娘娘，妳也太亂來了。」小竹怯怯地說：「被拆掉神骨很痛的。」

黑羅再看我時，目露一絲恐懼。

我昂首邪笑看他：「看見了嗎？長風是神骨選的。但你放心，如果他管不好妖界，或是和帝琊一樣，貪圖淫樂，本娘娘……」我瞇起了雙眸：「一樣會拆了他的神骨，收回神丹。另外再選妖王！」

咕咚！黑羅嚥了口口水，下意識後退了一步，臉色蒼白看我：「娘、娘娘英明。」

「唉……」長風長長一嘆。黑羅看看他，卻是立刻站到他身後了。焜翃似是同病相憐地看黑羅：「你終於知道怕啦。我可告訴你，娘娘六親不認，只認公正。帝琊曾經是她……」焜翃附耳到黑羅耳邊，黑羅登時睜圓了眼睛。

「呿。」我冷笑：「不錯，六界諸神都是我哥哥，沒關係，我不怕人說。我的故事你們在我走後可以慢慢說，是非對錯，自有公論。」

焜翃一僵，不敢再動。

我看向長風：「長風，彈一曲送我如何？」

「好。」長風微笑看我，墨髮飛揚。

他揚起長長的袍袖，如同黑蝶振翅。他緩緩坐下，袍袖蓋落他的身旁，遺音的琴身已現於他的身上。他修長白皙的手指放落之時，悠揚的琴聲已隨即而出，我宛如看到遺音立在我的身前，衣袂飄揚，對我微笑。

那個多愁善感的男人，那個總是一人孤獨地立在玥的神宮裡遙望遠方的男人……

吾雖人身，卻無人心……吾想成人，吾想有情……

不願再彈萬年枯曲……只求一世眞情眞愛……

不悔……不悔……

長風的琴聲一直傳入了神宮，繚繞在我的耳旁久久不散，像是深深刻在我的心底，警醒著我們每一位天神——我們不知情，不懂愛，只會讓身邊的人陷入痛苦與孤獨，困在孤寂的牢籠中生不如死……

我來到聖陽的神像前，剎伴隨在我的身邊。

「妳打算讓他回來了嗎？」剎問。

我淡淡一笑：「我不恨他了，但不代表他就能回來。因為……」我轉眸看剎，他沉眉看我。「我是這裡的主人，他……」我看向聖陽的神像：「是那裡的主人，他需要守護那個世界，那個世界是我們的重新開始。」

「但這裡始終還缺兩位真神。」剎走到聖陽神像之前：「你不能用他的神骨和神丹來作為一個真神，平衡六界陰陽。」他微微側臉，神情裡帶一分凝重：「最後還是會崩塌的。」

我笑了，雙手環胸：「看來我要和他摒棄前嫌，為保護這個世界再造陽神了。沒想到六界居然無人能替他們二人。」

剎轉身神情開始複雜，像是極不情願又有些無奈。

我壞壞笑看他：「怎麼，後悔了？」

剎擰緊眉，嘆了一聲：「唉！」

「娘娘——娘娘——」忽的，小竹又是慌慌張張跑來，剎頓時不悅。小竹看見剎時，登時守住腳步，不敢再上前，也不敢再說話。

我看向他：「怎麼了？」

他站得極遠，朝我喊：「紫垣大人那裡又出了點問題——」

紫垣？紫垣那裡又出什麼事了？不是平定了嗎？他現在應該已經成王了。

我看向剎，剎鎮定看我：「你去吧。」

「嗯。」

我飛落小竹身邊：「紫垣怎麼了？」

小竹偷偷看殷剎一眼，湊到我耳邊說：「他不娶妻！」

我一愣，轉身看剎。剎立在聖陽的神像前，久久注視，深深的背影滿是凝重。他在為六界平衡擔憂，神像可以支撐十年、百年，但千年就難說了。而且玥的神位也一直無人能替，六界之力的平衡長久下去會崩塌，一旦崩塌，這個世界也會隨之而毀滅。造神之事，已是刻不容緩。

軒轅紫垣在登基後，一直沒有娶妻。我想，我或許知道原因。

心裡忽然有些矛盾……我很開心他不娶妻，但是他不娶妻，何來子嗣？軒轅王朝的國運如何繼續？星軌如何運轉？

軒轅王朝需要有人繼位。

❖

夜未央，月尤明。女神神像之下，一人獨站。

他在月光下深深注視那座我留下的白玉神像，無論是誰都無法勸他離去。

我飛落神像肩膀，坐在石像肩膀上靜靜俯看紫垣司思念的臉龐。紫垣啊紫垣，你怎麼下凡也讓我牽腸掛肚呢？

「紫垣，為何不婚？」冰涼的空氣裡，是我幽幽的聲音。

紫垣的雙眸顫動起來，緊緊地看著我的石像，擰起了眉深深看我：「妳知道原因。」

「唉……」我幽幽一嘆，嘆息聲漸漸在安靜中消散。

夜風吹拂起了髮絲，他緩緩地朝神像走來，慢慢地伸出手，撫上了身前可以觸及的神像的衣裙：「妳不願見我嗎？」

「紫垣，你若無子嗣，何人繼位？軒轅國運會變。」我出口時，心中卻是酸痛，難道這就是吃醋的感覺？

我……真的愛聖陽嗎？

聖陽教我的大愛讓我在他對其她女神溫柔時，也心感溫暖。我竟是感其她女神所感，而不是吃醋，是溫暖。

我愛聖陽，我愛得太痴，愛得太像個孩子，卻沒有了愛情當中那些細微而真正的感覺。我很享受此刻的醋味，這讓我知道，我的心裡是愛著紫垣的。

「我皇弟的孩子們可以繼承。」紫垣忽然說。

我愣愣看他，不由搖頭笑了：「呵……」

他看著我，卻也是自嘆一笑，目光深邃地注視我的神像。真的只有變成凡人，才能獲得真正沒有雜質的愛情，變成凡人的紫垣反而少了對我的那份崇敬，化作了最純粹、乾淨的感情……

「看來……」我從神像的肩膀上緩緩飛落，在月光中漸漸現出了身形，他怔怔地看著我。我輕輕捧住了他的臉龐，深深看他：「我要讓你做個短命的皇帝了……」我吻上了他的唇，帶著他漸漸沒入我的神像之中。在白玉的世界內，我們緊緊相擁……

終章 曲終人不散

軒轅紫垣成了軒轅王朝最短命的皇帝，享年只有四十歲，由軒轅昊之子繼承皇位。但在他在位的二十年裡，軒轅王朝進入了最強盛的時期，紫垣也完成了他在凡間的任務。

今天，歷劫的諸神歸位，我立在高高的聖台上，身側是剎、君子和長風，我們四位真神接受諸神歸位後的朝拜。

紫垣立在台階下方，卻是面帶窘迫地不敢看我，始終臉龐低垂，紫髮遮臉。那個晚上，讓他今日卻羞澀起來，果然還是忘記彼此的好。

小竹似是看出了端倪，對闕璿擠眉弄眼。闕璿臉一紅，擰眉低下了臉。

而在紫垣對面站著的，正是玄鏡，他也回來了，正激動地看著我。我答應過他，他回來之後會還他神力，帶他去見他所愛的主人——玥。

焜翃站在台階下，激動地看著長風，臉上是在為長風立於神台而高興。

只有吃不飽還在繼續歷劫，他這一世應該是個人了。

雲天忽然湧動，眾神驚訝。我邪邪而笑，高喝：「魔神歸位——」

立刻，中天現出黑色的漩渦，神魔兩界通道瞬間開啟，紅色的閃電在裡頭閃耀，眾神微露慌張。

魔是神的剋星，所以魔族暫時是由真神管理，魔族心裡一直不服！在嗤霆的管理下，魔族猶如奴隸和囚犯，沒有自由與尊嚴。

卻沒想到因為玥的一個舉動，讓魔界自己生出一個真正的魔神來。我本以為麟兒成為魔王之路艱辛坎坷，卻未想他比長風輕鬆了許多，因為他是真正的魔神，魔界魔族感應到了他是他們的王、他們的依靠，紛紛臣服。麟兒很快一統魔界，才能趕在所有真神歸位之時趕來。

黑紅色的衣袍在黑色的漩渦中鼓動，他腳踏血色閃電而來，衝出了通道，落在我的身前，炸開層層氣流，傲然而邪魅，不再是少年的模樣，而是挺拔威嚴的成年男子！

「刑兒，我回來了！」

說罷，他看我身旁剎、長風和君子一眼，點頭一笑，站到我的身旁。

我上前一步，張開雙臂：「諸神歸位。望此劫能讓諸神知愛懂愛，感念蒼生疾苦，與我一起守護六界！」

「謝娘娘教誨——」

伴隨著朗朗的聲音，他們朝我單膝跪落，我微笑地看著他們。神界再次恢復生機，六界重歸祥和。

天地初開，生陰陽，我自陰而來，六界生靈陰暗之力為我力量之源，怨、恨、妒、邪、淫、殘、殺念無不可取。

所以，天地祥不祥和，我最清楚。

鳳麟、剎、長風、君子、紫垣、闕璿、玄鏡、小竹和焜翃立於聖陽神像的神台上，高高的宇宙之下，小吃不飽也已長成巨獸立在神台邊，雙目好奇地看著我們。

我看向眾人，目光隨即落在玄鏡身上。他激動地看著那扇神門，如鏡般明亮的眼眸裡是顫動的眸光。

「玄鏡。」我喚他。

他立刻朝我而來，跪在我的身前：「娘娘。」

我微笑看他，抬起臉來。

他緩緩抬起臉。我抬手輕輕拂過他的右眼，神印化作一抹黑煙，從他眼中飄散。

他吃驚看我，忽然拜伏在我面前：「求娘娘還是封印玄鏡的神力。」

我疑惑看他：「為什麼？」

「因為……」玄鏡緩緩抬起臉：「玄鏡看得很痛苦……」

我一怔，明白了。我微笑點頭：「好。但這封印你自己來。」

他一怔。我伸手扶起了他：「因為你也是一位真神。」

他怔怔地看著我，顫動的眸光中竟落下了淚水。他再次對我頷首一禮：「謝娘娘信任。玄鏡也想隨娘娘歷劫，經歷人世無常。」

我笑了：「准了，去吧。」

他擦了擦眼淚，大步走向神門，將見玥讓他始終激動，心情無法平復。

長風從我身邊走出，伸手按在了焜翃的肩膀上。焜翃握住他的手臂：「你放心，妖界我會給你看著。」

長風微笑點頭。

「娘娘……你真不帶我去？」小竹委屈地看著我。

我正色看他：「上神豈可全部離開？」

「小竹，有我在。」君子微笑看他。小竹看看他：「君子大人，你怎麼不隨娘娘去歷劫啊？」

君子微微一怔，微露一抹窘迫地垂下臉。

鳳麟看看他，伸手攬住他的肩膀：「君子，去吧，不必擔心這裡的事，歷劫是一件很好玩的事，莫要錯過。」

君子依然側開臉：「六界主神……豈可全部離開。」

剎看向君子，君子雙眉緊擰。剎看他深思片刻：「君子，你有心魔了。」

君子一怔，驚訝朝剎看來。

剎平靜地看他：「你剛才的神情與玥當年很像，隨我們歷劫吧。這裡還有紫垣在。」

君子怔了怔，溫潤儒雅的臉上卻再無半絲笑容。

紫垣目露憂慮地看他。

我也察覺出來了。君子心裡壓抑了一個太大的祕密，這樣的祕密，最後必會成心魔。

我走到鳳麟、紫垣和君子身前，伸出右手拉住了鳳麟，伸出左手拉住了紫垣，君子微微側臉，如墨筆描繪的雙眉已經簇起。

我不再看君子，認真看鳳麟與紫垣：「聖陽會帶著新的陽神回來，你們替我好好照顧和教導他。」

「放心吧。」鳳麟握了握我的手：「我是魔，紫垣是神，我們會讓他懂正邪。等妳回來，讓他歷劫再懂真愛真情。」

我笑了：「鳳麟，你真的是一位神了，而不再是我的麟兒。」

「若我不成神，怎配在妳身邊？」他的目光帶出了深情。無論他如何變，那份情永遠不變。

他笑了：「妳我這一世已是刻骨銘心，無論經歷多少世，也無法替代這一世。刑兒，我在這裡和君子守護你們的神身，妳去吧。」

我笑了，看向紫垣：「紫垣，新的陽神拜託給你了。他幼小之時，鳳麟是不能靠近他的，神魔相剋。」

他立刻正色看我，墨黑的眸子裡是我的倒影：「我明白，娘娘放心。」

我笑了：「你怎麼還叫我娘娘？叫我刑兒，你我也算是一世夫妻了。」

他一怔，羞紅立即浮上他白皙的臉龐。他眨了眨紫眸，低下臉：「是，刑兒，一路小心。」

我微笑點頭，放開了他和鳳麟的手，轉身之時，撈起了君子微涼的手。那一刻，君子怔住了身體，怔怔地被我拉回。

我瞥眸看他：「隨我歷劫，這是命令。」

他神情反是有些慌張，匆匆垂臉：「是。」

我們五人圍了一個圈，張開雙臂，結界從我們身邊而起，連同聖陽的神像一起包裹在內。

我看向結界外的小竹：「我造神後，會和剎他們將神身留在此處。若有大劫，結界破開，我們便會立刻歸位。」

「知道了……」

小竹還是不情不願地噘著嘴。鳳麟瞥眸看他一眼，直接一掌扇在了他的後腦上，小竹「哎呀」一聲，更加委屈。

小吃不飽守護在我們結界旁，瞪大眼睛看著我們。

吃不飽，等我歷劫回來再來接你回家。

通往聖陽世界的通道開始打開，我和剎、長風與闕璿對視一眼，踏入光芒之中……

「刑兒。」

「怎麼了？剎？」

「這次歷劫，妳能不能……給我生個……真正的孩子？」

「呵……」

初芯是剎的心結，我們創造了初芯，卻不是初芯的父母，她也不是我們的孩子。剎想要個孩子，真正會叫他爹、叫我娘的孩子。

金光散去，聖陽已在我面前。而他身後是已經成人的帝琊、御人和嗤霆。我高興地看著他們，還有我和剎所造出的冥界女神初芯。

初芯正好奇地看著我。她已經長成美麗的少女，眉心是她的神印，雖為女神，她的穿著打扮卻不奢華，相反帶著一分調皮。她果然不像我們，若是像剎，身上的顏色怎會如此斑斕？臉上的笑容怎會如此燦爛？

她的身邊是嗤霆。她激動地要向我跑來，嗤霆立刻一把拉住她：「妳小心點！」結果反而是帝琊先激動地跑了過來，御人站在遠處沉著地看著我們。

「娘娘妳來了！」

帝琊高興地看著我，藍色的髮辮在他身後飛揚。

我微笑看他：「是的，我來了。」

聖陽依然溫柔地笑看我們。初芯不開心地掙脫嗤霆的手，跑到我和剎的面前：「謝謝你們創造了我！」

我和剎深深看她，這份感情非常複雜與特殊。

「乖。」

剎忽然伸手溫柔地摸了摸初芯的頭，初芯燦燦地笑了。她看向我，然後，忽的抱住了我。我一怔，也慢慢抱住了她，抬眸之時，心跳卻因為遠遠而來的那個月色的身影而停滯。

聖陽隨我的視線看向了那個方向，花瓣飛揚之間，是他月色的飄逸的長髮。

「喔！是玥來了！」

初芯調皮一笑，退開了身形。玥緩緩飛落我的身前，雪白的衣衫不染半絲塵埃，披散的髮絲輕輕飛揚，掠過他薄紅的唇瓣。

他月牙色的眸子裡是激動卻又隱忍的目光。他緩緩地抓起了我的手：「我長大了，刑兒，所以我可以娶妳了。」

我揚唇笑了：「好。」

他純美地笑了，這是我第一次看到玥純淨無瑕的笑容……

「主人！」玄鏡忽然激動地呼喚他。玥不由疑惑地看著他許久，漸漸地開始目露熟悉：「你是……」

我笑了笑，抬手之時，已是封印眾人回憶的寶珠。我看向聖陽：「是時候把這些東西還給他們了。」

聖陽微笑點頭。帝琊、嗤霆和御人疑惑地看著他和我手中的寶珠。我的寶珠在他們困惑不解又帶著一絲熟悉的目光中飛向了他們，沒入了他們的體內……

❖

我和聖陽單獨在他的神宮中，他從我身後緩緩擁住了我：「原諒我了嗎？」

「嗯。」我低下臉：「這次我來有兩件事。」

「什麼？」

「和你還有玥造神。」

他一怔，鬆開了懷抱，站到了我的身前，有些驚訝地看我一會兒，尷尬地側開臉：「妳……願意跟我……」

「我的世界需要陽神，你的世界需要月神，沒想到造孩子也會成了我與你的責任。」我抬起臉看他，他忍不住輕笑起來：「呵……」

「別笑了！我是很嚴肅地跟你說這件事！」看他笑，我心裡好火大，不由瞥眸睨他：「我不在時，你有沒有跟那些女神又曖昧不清？」

「沒有。」他笑看我：「我戒了。」

我邪邪地笑了：「學乖了。」

他也笑看我：「另一件事就是妳想和剎還有闕璿、長風在我的世界歷劫吧。」

「是。」我點點頭：「在我的世界裡歷劫之時，恐有人知道我們身分，相助我們，所以我才會來你這裡。你這裡世界六界剛分，六界神妖也是最初，適合歷劫。」

他點了點頭：「好，妳放心去吧，我也會跟妳一起……」

「啊？」我愣愣看他：「你去幹什麼？」

他紅唇揚起，感嘆而笑：「我想學會怎麼去真正愛一個人……」他深深地凝視我，眸中的神情開始將我們帶回最初。他隨即緩緩地朝我俯來，鼻尖停落在我的上方：「現在……我們有氣氛可以造神了……」

「噗嗤。」我忍不住噴笑出來，轉開臉：「對不起，讓我笑一會兒。」

「魅兒！」他重重喚我，一臉氣鬱。

我一邊笑，一邊看他：「我想起來了，你還是下次吧。因為你適合做奶爸，我和玥造出來的月神需要你照顧和教導。」

他的臉立刻更加陰鬱。我看著他的神情，越發肆無忌憚地大笑，像是徹底釋懷的笑，讓我一直無法停歇。他索性雙手環胸，等我笑夠。可我像是三千年沒笑過，一次全數笑了出來。

是啊……

我真的……

三千年……

沒笑了……

能笑……

真好……

這一世，聖陽世界的諸神下凡歷劫。

我看著玥、剎、闕璿、君子、長風、玄鏡、帝琊和御人。

帝琊和御人也將一起隨我們歷劫。

我邪邪笑看玥他們：「這一世，若是你們都愛我會如何？」

剎第一個沉下臉：「就看誰先遇到妳。」

玥面露寒意：「不能爭嗎？」

玄鏡立在玥的身邊羽扇慢搖：「無論怎樣，鏡都會幫主人。」

「呵。」玥看向玄鏡：「鏡，下凡之後，我們若成為敵人呢？」

玄鏡手中的羽扇頓在手中，目光中難得出現一片茫然和對未知的一絲恐慌。

聖陽微笑看他們：「或許能全部在一起呢？」

登時，所有男人不可思議地看聖陽。

「神界可以。但凡間……」君子搖了搖頭。

殷剎陰鬱看他：「陽，你這是站著說話不腰疼。」

「他不去，自然可以這樣說地輕鬆。」玥也一臉氣鬱。

我笑：「誰說不行？沒準兒我真能八夫臨門呢？」

「也算上我？」帝琊開心地笑著。御人深沉地戳了他一下：「小妹又不愛你，你高興個什麼勁。」

帝琊白他一眼：「歷劫之時，大家都沒了現在的記憶，小妹也不會再記得玥、剎和闕璿，我為什麼不能讓小妹愛上？莫說我，這裡的每個人都有可能會與小妹相愛。」

長風和君子微微側臉。玄鏡手中慢搖的羽扇又是再次頓住。

御人深深一想，若有所思。

「只怕這才……不可能吧。」長風細細長長的眉眼裡是一分憂慮：「大家不再記得彼此，才會為一個心愛的女人去爭、去搶。」

「那樣刑兒不會傷心嗎？」闕璿看向了所有人。

所有人在他的話中變得沉默。

聖陽依然微笑看他們：「所以，你們一起好了。」他伸手忽然拉住了玥和御人的手，放在了一起。

御人和玥立刻各自抽回自己的手，玥滿臉不悅，摸了摸自己的手臂。

御人也噁心看他：「陽你噁不噁心！把我手和玥放在一起幹什麼？你別想趁機在我們身上用什麼神力，好讓小妹遇不到我們。」

「哈哈哈——」

聖陽大笑起來，完全是惡作劇後的快樂，被玥和御人深深鄙視。

我也邪邪地笑看他們。世事無常，歷劫最好玩的，就是連我們真神也不知道下一刻會發生什麼。或許……

我真的可以……八、夫、臨、門！

凡間，我們來了！

番外 遙憶當年真乖巧

夜黑風高，幾個身影在黑暗中浮現。他們圍攏神台邊，神台裡是一只七彩神玉通透的方樽。

「我用彩虹為胚，神玉為身，鑄造了這七情神玉樽，可釀七情六欲。」廣玥冷沉正色地說著，環視那一圈人，微微皺眉。「你們……真的要這樣做？」他冷淡而平靜地看其他幾人——聖陽、殷剎、御人、鳳麟、闕璿、君子、長風、玄鏡和帝琊。

聖陽溫和微笑：「我很懷念曾經的魅兒，她那時很……乖巧……」聖陽溫柔的目光裡充滿了懷念。

「娘娘曾經也乖巧過？」從未見過娘娘乖巧模樣的幾人目露驚訝。

「所以今天我們才在這裡～」帝琊指指七情神玉樽，「這事兒大家一起擔。」

「師傅現在的性格也是拜你們所賜。」鳳麟不悅地瞟了一眼那幾個罪魁禍首。

「是他害的。」御人立刻甩過摺扇，指向廣玥，卻不看廣玥。

廣玥冷冷睨他一眼：「好，我就還你們一個乖巧的魅兒，你們可別後悔！」廣玥揮舞神袍衣袖，七彩霞光在神樽內旋轉、分離，浮出一顆淡黃色的光球。

廣玥伸出素手，手心裡七彩神玉酒樽已現，光球落入酒樽中，化作一杯佳釀。他將酒樽放到聖陽面前：「該你了。」

聖陽微笑接過，已消失在眾人面前。

乖巧的娘娘？

大家實在難以想像。

❖

六界星宙神台在星辰之間緩緩旋轉，神台上只有魅姬一人正在忙碌。她單手支臉，右手在神台上劃來劃去，六界景象隨之而動，命運之線縱橫交錯。

聖陽浮現一旁，放落酒樽：「休息會，我來吧。」

「怎麼現在才來，真是無趣。」魅姬拿起酒樽離開神座，懶洋洋靠在神台上：「每天都做一樣的事，還不如在下界做妖暢快~~」她慵懶地提杯，飲入裡面的瓊漿，微微皺眉：「今日這酒的味道有些膩……你們……放了什麼？」

聖陽已端坐在神椅上，接替魅姬的工作，唇角帶著微笑：「因為今天加入了我們所有人的愛，是不是很甜膩？」

魅姬微微失神，緩緩放落了玉樽：「我感覺……」

「魅兒……」聖陽這一聲魅兒喚得分外溫柔與深情。魅姬看向他，他朝魅姬伸出手：「來，坐我身上。」

魅姬臉紅了紅，乖巧地坐在了聖陽的腿上，羞澀得不敢看聖陽，唇角卻帶著甜膩的笑。

「這才是我的乖魅兒……」聖陽伸手撫上魅姬的臉。魅姬乖巧地在他懷中一動不動，明明惹人憐愛，卻讓聖陽心生古怪。

平日的魅姬雖然慵懶邪魅，另外還有些霸道跋扈，但那是唯一的。

滿天神女，大多為乖巧順從，和此刻懷中的魅姬一般。聖陽微微皺眉，廣玥說得對，他後悔了，這不是他的魅兒，這不過是滿天神女中的任何一人。

但他隨即又笑了，這樣的魅兒也要讓別人一起看看。

「魅兒，你去鳳麟那兒吧。」聖陽輕輕吻落魅姬的臉側。

魅姬又是乖巧聽話地點點頭，沒有任何多言，也再沒有不羈邪魅的斜睨。魅姬失去了魅，也不再是魅姬。

魅姬到鳳麟神宮的時候，鳳麟正在帶吃不飽遛彎。

鳳麟和吃不飽感受到了魅姬的到來，都欣喜地看去，卻看見魅姬乖巧地站在一旁，低眉頷首，如同神宮的任何一個宮女那般乖順站立。

鳳麟和吃不飽同時發了愣。

吃不飽奔到魅姬的面前。

魅姬依然低魅頷首，乖巧地說：「聖陽……讓我來找你……」她微帶羞怯地抬手將髮絲順在耳後。

這乖巧的模樣卻讓鳳麟渾身起了一層雞皮。

他是萬萬不習慣魅姬如此乖巧的模樣的。

他自打兒時認識魅姬時，她就是那個邪魅不羈，狂妄霸道，超脫世俗的女人。而眼前這個，只是一個披著魅姬的皮，隨處可見的宮女。

魅姬這副乖順的樣子，連吃不飽也不想搭理了。平日他早就肚皮朝天，等著魅姬把他當腳凳踩，而今天他瞅了兩眼，搖了搖頭，扭頭就走。

「吃不飽，你怎麼了？」魅姬有些疑惑，「是我做錯了什麼嗎？」

吃不飽一下子跳起來，鳳麟更是驚呆在原地。魅姬居然會說自己做錯了什麼？

鳳麟再也看不下去了，大步上前，拉起魅姬就走：「跟我來！」

鳳麟帶魅姬飛起，飛落御人神宮。此時其他「密謀者」也都在，正在決戰棋局。這是一種多人棋局，棋盤上可二人聯盟，對戰他人，也可先戰一人，所以越發複雜，如多國大戰，風雲萬變。

他們一邊下棋，一邊等著乖巧的魅姬依次尋他們獨處，卻沒想到鳳麟把魅姬給帶來了。

鳳麟帶魅姬降落。大家紛紛看來，卻看見魅姬已經乖巧地站在一邊，低眉頷首不看任何一人。

這副樣子的娘娘，他們誰見過？

「這是……魅兒？」帝琊驚呼。

「如你們所願！」鳳麟氣悶上前：「你們看著。魅兒過來。」

魅姬眨眨眼，立刻乖巧上前，讓所有男人目瞪口呆。

「魅兒坐。」御人也嘗試發令。

定價
NT$240
HK$75

人生中的第二次機會
得來不易，
要是遇上，
可千萬別再錯失了！

二次緣古物雜貨店

夜透紫◎著　Chiya◎插畫

陳年收音機、海洋女神畫……
隱藏在這些雜貨背後的，又是些什麼樣的故事？

有別於庸庸碌碌的香港都市印象，「二次緣古物雜貨店」的步調始終緩慢而古樸。這間小店的櫥窗裡，堆滿各式各樣等待被發掘的雜貨。踏上這片陌生土地就讀大學的台灣少女何葦琪，因緣際會下成為這裡的工讀生，也因此邂逅了充滿各種故事的客人們……

Kadokawa Fantastic Novels DX
台灣角川華文新視野

定價
NT$240
HK$75

台灣角川輕小說
秋季新人王得獎作品！
瑰麗且懸疑的
異色奇譚！

魂草

葛葉◎著　kinono◎插畫

絢爛卻又殘酷的異色奇譚，
即將伴隨著神祕而詭譎的植物，一一揭幕……

魂草——依附著情緒而生的詭異植物，卻蘊藏著所有人夢寐以求的力量。自小受盡厭惡排擠的少女，夏夢言，遇見神祕的白髮蘿莉，瑤姬，從此踏入了異能者的世界。原本這是個美好的相遇，如果不是毀滅太快到來……

©kuzuhaspace
Illustration：kinono
Kadokawa Fantastic Novels DX
台灣角川華文新視野

定價
NT$240
HK$75

《闇之國的小紅帽》Killer
獻上吸血鬼與狼人
相存相依的異色物語！

夜行騎士 1~3（完）

Killer◎著 譞◎插畫

永生不死的吸血鬼 × 擁有大限的狼人
相知卻無法相守的物種，要如何維持誓約？

　　佛烈德忽然失蹤，心急如焚的愛德華四處尋找，當他找到時，佛烈德居然化身殘暴赤狼，毫不留情地朝他咬去？月神的三項試煉到底是什麼？會如何改變兩人的命運？同一時間，陸續發生吸血鬼離奇死亡案件，而這跟始祖阿希達有關？禁忌的最終章將揭露血族源起之謎——

國家圖書館出版品預行編目資料

六界妖后 / 張廉作. -- 初版. -- 臺北市 : 臺灣角川, 2018.05-

冊 ; 公分. -- (Kadokawa fantastic novels DX)

ISBN 978-957-564-198-6(第6冊 : 平裝)

857.7 107003798

Kadokawa Fantastic Novels DX

六界妖后6（完）

2018年5月17日　初版第1刷發行

作　者：張廉
插　畫：Izumi
發行人：成田聖
總　監：黃珮君
總編輯：蔡佩芬
編　輯：邱瓈萱
美術設計：李思穎
印　務：李明修（主任）、黎宇凡、潘尚琪

發行所：台灣角川股份有限公司
地　址：105台北市光復北路11巷44號5樓
電　話：（02）2747-2433
傳　真：（02）2747-2558
網　址：http://www.kadokawa.com.tw
劃撥帳戶：台灣角川股份有限公司
劃撥帳號：19487412
法律顧問：寰瀛法律事務所
製　版：尚騰印刷事業有限公司
ISBN：978-957-564-198-6

香港代理：香港角川有限公司
地　址：香港新界葵涌興芳路223號新都會廣場第2座17樓 1701-02A室
電　話：（852）3653-2888